经典文学名著

JINGDIAN WENXUE
MINGZHU

巴黎圣母院

BALI SHENGMUYUAN

〔法〕雨果　著
李玉民　译

中国文联出版社

图书在版编目（CIP）数据

巴黎圣母院 /（法）雨果著；李玉民译. -- 北京：中国文联出版社，2023.3

ISBN 978-7-5190-5084-9

Ⅰ.①巴… Ⅱ.①雨… ②李… Ⅲ.①长篇小说－法国－近代 Ⅳ.①I565.44

中国国家版本馆CIP数据核字（2023）第004240号

著　　者 〔法〕雨果
译　　者 李玉民
责任编辑 陈若伟　付劲草
责任校对 郑红峰
装帧设计 余　微

出版发行 中国文联出版社有限公司
社　　址 北京市朝阳区农展馆南里 10 号　　邮编 100125
电　　话 010-85923025（发行部）　010-85923091（总编室）
经　　销 全国新华书店等
印　　刷 鸿鹄（唐山）印务有限公司

开　　本 710 毫米 ×960 毫米　1/16
印　　张 14.5
字　　数 227 千字
版　　次 2023 年 3 月第 1 版第 1 次印刷
定　　价 29.80 元

走进名著

维克多·雨果，法国浪漫主义作家，人道主义的代表人物，法国文学史上资产阶级民主作家，几乎经历了19世纪法国的所有重大事变，被人们称为“法兰西的莎士比亚”。一生写过多部诗歌、小说、剧本、各种散文和文艺评论及政论文章，是法国有影响的人物。

《巴黎圣母院》是他创作的长篇小说，1831年1月14日首次出版。书中以离奇和对比手法写了一个发生在15世纪法国的故事：巴黎圣母院副主教克洛德道貌岸然、蛇蝎心肠，先爱后恨，迫害吉卜赛女郎爱斯梅拉达。面目丑陋、心地善良的敲钟人卡西莫多为救爱斯梅拉达舍身。小说揭露了宗教的虚伪，宣告禁欲主义的破产，歌颂了下层劳动人民的善良、友爱、舍己为人，反映了雨果的人道主义思想。

这本书是为了叙说“命运”一语而写作的，雨果寻求的是命运的真实内涵。无论是克洛德，还是卡西莫多，他们归根结底是社会的人，他们内心的分裂、冲突，反映的是他们那个时代神权与人权、愚昧与求知之间，庞大沉重的黑暗制度与挣扎着的脆弱个人之间的分裂、冲突，最终导致悲剧中一切人物统统牺牲的惨烈结局。

本书为简读本，在不影响情节连贯的基础上，进行了少量删减和缩写。并随文附加了名师解读和精简点评等内容，辅助读者在酣畅的阅读中，深入地感受和理解这部小说。

故事大纲 GUSHI DAGANG

主要内容

·圣母院的敲钟人卡西莫多是一个弃婴，因为天生是独眼、驼背、跛足而被人们嫌弃，爱斯梅拉达则是一个美丽的吉卜赛姑娘，圣母院的副主教克洛德道貌岸然、蛇蝎心肠，为了占据美丽的姑娘而丧尽天良，面貌丑陋但心地善良的卡西莫多为救爱斯梅拉达而敢于献身。

人物性格

·卡西莫多：当时社会穷苦大众的典型代表，虽然外貌丑陋，但内心真诚善良且忠实勇敢

·爱斯梅拉达：融真、善、美为一体的完美艺术形象，虽然饱受人世的艰辛与苦难，但始终保持着善良纯真、乐于助人的心

·克洛德：道貌岸然的圣母院副主教，为了得到爱斯梅拉达不择手段，通过其表现出当时贵族的自私自利和黑暗罪恶

·弗比斯：典型的无情无义、冷酷、丑恶之人的形象

艺术特色

· 丰富的想象、怪诞的情节以及奇特的结构是这部小说的重要特色，作品刻画的法国中世纪的社会现状非常符合实际，通过善与恶、美与丑、崇高与卑下的对照，让作品的主题更加突出，从而深刻地披露了当时法国社会的黑暗与罪恶，表达了对底层劳苦大众的歌颂之情。

作品主题

· 本书是为了叙说“命运”一语而写作的，雨果寻求的是命运的真实内涵。无论是克洛德，还是卡西莫多，他们归根结底是社会的人，他们内心的分裂、冲突，反映的是他们那个时代神权与人权、愚昧与求知之间，庞大沉重的黑暗制度与挣扎着的脆弱个人之间的分裂、冲突，终于导致悲剧中一切人物统统牺牲的惨烈结局。

目录 CONTENTS

第一卷

一　大　堂

话说距今三百四十八年零六个月十九天，那日巴黎万钟齐鸣，响彻老城、大学城和新城三重城垣①，惊醒了全体市民。

其实，一四八二年一月六日那天，并不是史册记载的纪念日。尽管一清早全城钟声轰鸣，市民惊动，倒也没有发生什么大事。

一月六日那天，是约翰·德·特洛伊所说的“全巴黎欢腾”的双重节庆，即远古以来就有的主显节和狂人节②。

这一天，照例要在河滩广场燃起篝火，在布拉克小教堂那里植五月树，在司法宫演出圣迹剧。就在前一天，府尹大人已派衙役通告全城：他们身穿神气的紫红毛纺衬甲衣，胸前缀着白字大十字，到大街小巷的路口吹号并高声宣告。

清早，住家和店铺都关门闭户，男男女女从四面八方拥向三处指定的场所。去看篝火、赏五月树还是观圣迹剧，要随各人的兴趣而定。大家仿佛串通一气，谁也不去布拉克小教堂墓地，让那棵花不繁茂的可怜的五月树，孤零零地在一月的天空下瑟瑟战栗。

市民大多拥进通往司法宫的街道，他们知道佛兰德使团

背景介绍

这是小说开篇的背景，以双重节庆作为切入点，提供了时间线索，便于读者入戏。

叙述

看篝火、植五月树和观圣迹剧都是民间的传统活动。

阅读笔记

① 老城今称城岛，在塞纳河中，是巴黎城的发祥地，东侧有巴黎圣母院和司法宫；大学城位于塞纳河左岸即南岸；新城则指塞纳河右岸即北岸巴黎城一部分。

② 主显节，又译显圣节。据《圣经·马太福音》记载，耶稣三次显圣，故天主教称为“三王来朝节”，定为1月6日。狂人节是中世纪民间的狂欢节日。

场景描写

这里的描写生动形象，写出了人山人海的场面，给人以身临其境之感。

讽刺

作者在反讽中世纪司法的迂腐和混乱。

阅读笔记

要前去看戏，并观看在同一大厅举行的推举丑大王的场面。

司法宫大厅虽然号称世界之最（须知索瓦尔[①]那时尚未丈量过孟塔吉城堡的大厅），这一天要挤进去谈何容易。通向司法宫广场的五六条街道犹如河口，不断涌出一股股人流，从住户的窗口望过去，只见广场上人山人海，万头攒动。司法宫高大的哥特式[②]门脸正中一道大台阶，上下人流交汇在一起，又在接下来的台阶上分成两股，从两侧斜坡倾泻到人海浪涛中；这道大台阶就是一条水道，不断向广场注入，犹如瀑布泻入湖泊中。成千上万人呼喊，嬉笑，走动，简直甚嚣尘上，沸反盈天。这种喧嚣，这种鼓噪，有时还变本加厉，有增无减。拥向大台阶的人流受阻，折回头来，乱作一团，形成了旋涡。原来是府尹衙门的一名弓箭手在推搡，或者一名警官策马冲撞，以便维持秩序。这种传统实在值得称道，是由府尹衙门传给总督府，又由总督府传给骑警队，再传给我们今天的巴黎保安队。面孔和善的市民，成千上万，密密麻麻，站在门口、窗口，爬上天窗、屋顶，安安静静，老老实实，注视着司法宫，注视着熙熙攘攘的人群。

那座长方形大堂无比宽敞，两端各有用场：一端安放着著名的大理石案，极长极宽极厚，无与伦比，正如古代土地赋税簿中说的那样，“世上找不出同样那么大块”——这种说法准能让卡冈都亚[③]食欲倍增；另一端辟为小教堂，路易十一世命人雕塑他的跪像，放在圣母像前面，他还命人把查理大帝和圣

① 亨利·索瓦尔（1623—1676），法国历史学家，著有《巴黎史》等。

②“哥特式”一词，通常，用得完全不恰当，但又完全约定俗成了，我们只好沿用，按照大家理解的那样，用来表示中世纪后半期的建筑风格，其基调为尖拱，是前半期以半圆拱为主的建造风格发展而成的。——作者原注

③ 卡冈都亚，法国著名作家拉伯雷小说《巨人传》中的主人公，食量惊人，故听说“大块”便会食欲倍增。

路易的雕像移进来，全然不顾外面一长排历代国王雕像中间，留下两个空空的壁龛。显而易见，他认为这两位圣君，作为法兰西国王在上天言事最有分量。小教堂刚建六年，还是崭新的：建筑精美，雕刻奇妙，镂刻也细腻精微，这种整体的曼妙的建筑艺术品格，标志着哥特时代在我国进入末期的特征，并延续到十六世纪中叶，焕发出文艺复兴时期那种仙国幻境般的奇思异想。门楣上方那扇花瓣格子的透亮小圆窗，那么精巧秀丽，宛如饰以花边的星星，尤其堪称精品。

比喻

作者对教堂的环境做了介绍，运用比喻的修辞手法，把带有花瓣格子的小圆窗比作饰以花边的星星，为我们生动形象地呈现了教堂的精致、美丽。

对着正门的大堂中央，靠墙有一个铺了金线织锦的看台，其专用入口，就是那间金碧辉煌的寝室的窗户，特为接待应邀观看圣迹剧的佛兰德特使和其他大人物。

圣迹剧照例要在那张大理石案上演出。为此，一清早就把石案布置妥当，大案面已被司法宫书记们的鞋跟画得满是道道，上边搭了一个相当高的木架笼子，顶板充作舞台，整个大堂的人都能看得见，木笼四周围着帷幕，里面充当演员的更衣室。外面赤裸裸竖起一架梯子，连接更衣室和舞台，演员上下场，就登着硬硬的横掌。不管多么出乎意料的人物、多么曲折的故事，也不管多么突变的情节，无不是从这架梯子上场演出的。戏剧艺术和舞台设计的童年，是多么天真而可敬啊！

对比

舞台、更衣室等的简陋与上文中看台的奢华形成鲜明对比，这样的描写反映出社会的不平等。

要等到中午，司法宫的大钟敲十二响戏才能开场。演一场戏，这当然太晚了——不过，总得迁就一点外国使团的时间啊。

观众熙熙攘攘，一清早就赶来了，现在只好等待。这些赶热闹的老实人，许多人天刚亮就来到司法宫大台阶前，冻得瑟瑟发抖；还有几个人甚至声称，他们在大门洞里守了个通宵，好抢着头一批冲进去。人越聚越多，仿佛水超过界线而外溢，开始漫上墙壁，淹了圆柱，一直涨到柱顶、墙檐和窗台上，涨到这座建筑物的所有突出部位和所有凸起的浮雕上。这么多

比喻

这里把等待的人群比喻成潮水，用“溢”“漫”“淹”“涨”等词语十分形象地写出了人数之多。

人关在大堂里，简直透不过气来，而外国使团迟迟不到。谁的臂肘捅了一下，谁的打了铁掌的鞋踩了一脚，正好找碴儿争吵打架。抱怨和咒骂响成一片，而混杂在人群中的一伙伙学生和仆役，听着特别开心，他们还不断挖苦嘲弄，可以说火上浇油，更加激发大家的火气和暴躁情绪。

这时，正午的钟声敲响了。

“哈！……”全场异口同声地叫了起来。

侧面反映

看似是人们对圣迹剧无法准时开始的不满，其实作者是在反映上层社会生活的腐朽，表达底层群众的呼声。

看台上依然空空如也。大堂里簇拥这么多人，从一清早就等待三样东西：正午、佛兰德使团和圣迹剧。现在，只有正午准时到来。

这未免太过分了。

又等了一分钟、两分钟、三分钟、五分钟、一刻钟，还是毫无动静。看台上仍然空荡荡的，戏台上仍然是静悄悄的。这时，人们的焦躁情绪转为气恼了。

“我们要求，圣迹剧马上开场，”磨坊约翰大吼道，“要不然，我们就把大法官当场吊死，算作一出喜剧、一出寓意剧！”

因圣迹剧没准时开始，民众就提议把法官和警卫们吊死，看似是民众残忍，其实作者是在反映当时法律的残忍。

“说得好！”众人又喊道，“先把他的几名警卫吊死吧！”

全场立刻欢呼。

恰巧在这时候，上面描述过的更衣室的帷幔忽然掀开，钻出一个人来。众人一见他出现，就仿佛中了魔法，愤怒顿时化为好奇了。

“肃静！肃静！”

那人神色慌张，浑身发抖，他边走边鞠躬，越靠近前越像跪拜，一直走到大理石案的边沿。

这工夫，场内也渐渐静下来，只有人多场面肃静时总能听见的隐隐的骚动声。

“市民先生们，”那人说道，“市民女士们，我们万分荣幸，要在红衣主教大人面前朗诵，演一出极为精彩的寓意剧，名叫

《圣母马利亚的明断》。天神朱庇特由在下扮演。此刻，红衣主教大人正陪伴奥地利大公派遣的尊贵的使臣，在博岱门听取大学校长先生的演说，故稍有延误。等红衣主教大人法驾一旦莅临，我们就开场。”

阅读笔记

二　彼埃尔·甘果瓦

结果，他的声音淹没在一片雷鸣般的嘘声中了。

“打倒朱庇特！打倒波旁红衣主教！”罗班·普斯潘和高踞窗台上的其他学生大喊大叫。

场景描写

此处体现出了反教会的意识。

可怜的朱庇特吓掉了魂儿，愣在那里。

他左右为难：等待吧，他要被民众给吊死；不等待吧，又要被红衣主教给绞死。两边唯见深渊，也就是，唯见绞刑架。

幸好有人挺身而出，给他解围。

原来，此人待在栏杆和大理石案之间的空地里，身子又细又长，完全被他背靠的圆柱遮住，谁也没有看见。他高高的个头儿，干瘦的身材，脸色苍白，一头金发，人还算年轻，尽管额头、脸上已经有了皱纹。眼睛炯炯有神，嘴角总带着笑意，身穿的黑哔叽旧袍已经磨光磨破了。这时，他走到大理石案跟前，向那个准备受刑的可怜家伙招了招手，然而，那家伙已经吓昏了头，什么也没有看见。

名师解读

这里从外貌、神态和动作多个角度对这个“解围人”进行了细致的描写，同时文笔流畅，不会给人冗长拖沓之感。此外，在紧张的情节中适时安排重要人物出场，使故事节奏张弛有度，故事性和趣味性更强。

新露面的人又朝前跨了一步，说道：“朱庇特！亲爱的朱庇特！”

“是谁在叫我？”朱庇特开了口，仿佛从梦中惊醒。

“是我。”黑衣打扮的人答道。

“哦！”朱庇特惊叹一声。

“立刻开演吧！”那人说道，“先满足老百姓，我负责去请大法官息怒，大法官再去请红衣主教先生息怒。”

朱庇特这才缓过气来。

“市民老爷们，”他用足气力，对嘘声不断的观众喊道，“演出马上开始。”

“好啊！好啊！”观众高呼。

这工夫，如先贤高乃依[①]所说的，那个大显神通“平息了风暴”的陌生人，也谦谦然引退，回到柱子的阴影下；要不是头一排观众中有两位年轻女子，刚才注意他跟米歇尔·吉博纳——朱庇特对话，现在又招呼他，那么他还会像先前那样，靠着柱子一动不动，悄然无声，也不为人所见了。

名师解读

这个陌生人显然是非常低调的，他完全不想引起大家的注意。这个人到底是什么身份？他究竟是一个怎样的人？作者设置这样的情节激发了读者的阅读兴趣，也让小说多了一份神秘色彩。

“先生。”

那位陌生人走到栏杆跟前，殷勤有礼地问道：“小姐，你们唤我有何贵干？”

“他们要演出的戏，会精彩吗？”一位女子怯生生地问道。

“非常精彩，小姐。”那陌生人毫不迟疑地回答。

接着，他略带几分矜持地补充一句：“二位小姐，在下就是剧作者——彼埃尔·甘果瓦。”

高音低音的乐器，立刻在戏台木架中奏起乐曲。这时帷幕也掀起，走出四个人来，一个个衣着五颜六色，脸上化了粉妆，他们从陡立的梯子爬上戏台，一字排开，面对观众深鞠一躬。这时乐队停止演奏，于是圣迹剧开场了。

作者看见广大观众敛声屏息，自己的思想字字珠玑，从演员的口中朗朗吐出，自然要醺醺欲醉了。令人钦佩的彼埃尔·甘果瓦！

---

① 皮埃尔·高乃依（1606—1684），法国悲剧诗人，古典主义戏剧代表作家，著有悲喜剧《熙德》（1637）、表现宽宏大量的君王的《贺拉斯》（1640）、塑造理想公民典型的《波利厄科特》（1643）等。

不料，说来实在痛心，这种陶醉状态很快就被扰乱了。

猛然间，贵宾看台的门打开了——这道门一直关着，本来就不像话，这时打开就更不像话了——门官突如其来地宣告："波旁红衣主教大人驾到！"

三　红衣主教大人

可怜的皮埃尔·甘果瓦！他最担心的情况果然发生了。红衣主教大人一进场，整个大堂就骚动起来，所有脑袋都转向看台，所有嘴巴都不断重复："红衣主教！红衣主教！"倒霉的序幕戛然中断。

红衣主教在看台门口停留片刻，他的目光颇为冷漠，扫视全场，于是全场沸腾起来。人人争相从两边人的肩膀中探出头来，要把他看个清楚。

波旁的红衣主教同路易十一是姻亲，在巴黎老百姓的心目中有相当的名望。红衣主教先生一表人才，穿着一件艳美的大红袍，显得气度不凡。

这时，门官朗声通报："奥地利大公殿下特使先生们驾到！"红衣主教回头朝门口望去，脸上浮现出极为热情的笑容（须知他训练有素）。不用说，全体观众也都转过头去。

四　雅克·科坡诺勒老板

一台戏眼睁睁毁掉了。对于这出好戏的妙处，观众全

阅读笔记

讽刺

这里作者特意交代了一句"训练有素"，把红衣主教在特使面前奴颜婢膝的模样描写得很真实，讽刺效果十分强烈。

无感受，也毫不理解。谁也没有听戏：可怜的寓意剧遭人鄙弃了。

门官鬼叫神号的独白终于止歇了。贵宾都已到齐，甘果瓦这才长吁一口气。演员们继续演下去。岂料科坡诺勒老板——那个卖袜子的——却又腾地站起来，发表了一通十恶不赦的演说："巴黎市民和绅士们，我不知道我们大家在这儿干吗。我倒是看见那个角落的台子上，有几个人好像要动手打架。我闹不懂那是不是你们所说的什么神秘剧、圣迹剧，可是看来没啥意思。原先跟我说的不是这个，而是约我来选举丑大王。我们根特也有丑大王，在这方面我们绝不落后！我们是这么干的：搞一个大聚会，就跟这儿一样；接着，一个挨一个，脑袋钻进窗洞里，做个怪相给大家看。谁的样子最丑最怪，受到大家欢呼，就算当选为丑大王。就这个办法，简直开心极了。按照我们那儿的办法，选举你们的丑大王，大家说好吗？再怎么说，也不会像这些人满嘴废话这么乏味。谁愿意参加这种游戏，就到窗洞里做个怪相。怎么样，市民先生们？"

甘果瓦真想驳斥他。然而他恼羞成怒，一时瞠目结舌，讲不出话来。何况市民们听到称呼他们"绅士"，全部喜不自胜，立刻热烈拥护这位颇得民心的袜商的倡议，谁出来反对都是徒劳的了，只好顺从大流。甘果瓦用手捂住脸，恨不能将脸蒙起来。

五　卡西莫多

转瞬之间，一切就绪，可以按照科坡诺勒的办法进行了。那些市民、学生和小文书，大家纷纷动手。大理石案对面的那座小教堂挺合适，就选作表演怪相的舞台。门楣上方有一扇美丽的花瓣格子窗，干脆敲碎一块玻璃，石雕圆框里外就通了。参加竞赛的人，就按规定从圆洞里探出脑袋。不知从哪儿搞来两只大酒桶，好歹摞起来，赛手登上去就够得着窗洞。大家还定一条规矩，凡是参赛的人，无论男女（也可能选出一位丑女王），必须先蒙上脸，躲进小教堂里，等轮到时再突然露面，这样做出怪相，就能给人以全新之感。不大工夫，小教堂里就挤满了赛手，门也随即关上了。

鬼脸怪相表演开始。从窗洞探出的第一张面孔，红眼皮翻出来，嘴巴咧到耳根子，脑门皱纹重叠。接着第二个、第三个……堪称一幅人类百丑图。

整个大堂化为无耻取乐的一座大熔炉：一张张嘴都化为呼喊，一双双眼睛都化为闪电，一张张脸都化为丑形，一个个人都化为怪相。整个大堂一片狂呼乱叫。龇牙咧嘴的鬼脸接连从窗口探出来，每一个都是投入烈火中的干柴。犹如从锅炉里腾腾冒出蒸汽一样，从这沸腾的人群中，也冲起尖厉锋锐、嘶啸凄厉的喧声，交汇成蚊蚋振翅的嗡鸣。

丑大王选出来了。

“妙极啦！妙极啦！妙极啦！”四面八方一片狂呼乱叫。

果然，一副叹为观止的鬼脸，从花瓣格窗洞里探出来，一时光彩夺目。前一阵，从窗洞里相继探出来的那些五角形、六边形，以及各种奇形怪状的丑相，全不够理想。须知在狂热的气氛中，群众的想象力达到离奇怪异的程度，自有一种标准，他们一见最后这张怪脸，顿时眼花缭乱，全场喝彩。全场一致欢呼通过，大家蜂拥冲向小教堂，把这个幸运的丑大王抬出来炫耀。这样一来，惊讶和赞叹达到了极点：鬼脸怪相竟然就是他的本来面目。

更确切地说，他的整个形体就是一副怪相。大脑袋上倒

名师解读

这段描写非常精彩，大家在科坡诺勒的鼓动下纷纷加入了丑相比赛，沉浸在这种低趣味的表演之中，反映出当时民众的愚昧，分辨不清“真正的美丑”，只是一味地顺从大溜。

名师解读

每个人对于丑相都有自己的标准，而最后一张脸却得到了所有人的认可，这样的描写更加凸显出这张脸奇丑无比。

竖着棕红色头发；两个肩膀之间突出一个大驼背，同隆起的鸡胸取得平衡；从胯骨到小腿，整个下肢完全错了位，只有双膝能勉强合拢，从正面看去，两条腿恰似手柄合拢的两把弯镰；双脚又肥又宽，一双手大得出奇；然而，整个畸形，却有一种难以言状而又令人生畏的强健、敏捷和果敢的气度，可以说是一种奇特的例外，违反“力和美皆来自和谐”这一永恒法则。这就是选出来的丑大王。

正像大卸八块而又胡乱拼凑起来的巨人。

观众立刻认出来他是谁，异口同声地喊叫：“那是卡西莫多，敲钟人啊！那是卡西莫多，巴黎圣母院的驼子！卡西莫多独眼龙！卡西莫多罗圈腿！妙极啦！妙极啦！”

这工夫，所有乞丐、所有仆役、所有扒手和学生会聚起来，列队前往司法宫书记室，打开文件柜，找到纸板，给丑大王做了冠冕和可笑的长袍。卡西莫多不动声色，听任别人给他穿戴，温顺中透出凛然难犯的神态。然后，大家让他坐上花花绿绿的担架，由狂人会十二大骑士扛上肩。这个独眼巨人瞧着这些男人漂亮、端正而姣好模样的脑袋，都在自己畸形的双脚之下，阴郁的面孔不由得开颜，现出一副又辛酸又鄙夷的喜悦神情。这支衣衫褴褛、闹闹哄哄的队伍开始行进，按照惯例，先在司法宫各条走廊转一周，然后上街游行。

对比

这里鲜明的对比会让读者对这个畸形的人十分同情。

六　爱斯梅拉达

就在上述场面发生的整个过程中，甘果瓦和他的戏仍然坚持不懈。演员们在他的激励下继续演出，他本人也继续听戏。不管全场如何喧闹，他毫不气馁，决心坚持到底。老实说，的确还留下零零星星的一点观众。还有几名学生骑在窗台上，向广场张望。

窗口上一个淘气鬼突然嚷道："爱斯梅拉达！爱斯梅拉达在广场上呢！"

霎时间，引得大堂里剩下的人都爬上窗去看。甘果瓦受了这最后一击，只好垂头丧气地里去了，边下楼边嘟囔："没品味的巴黎人……爱斯梅拉达是什么意思？恐怕是古埃及的咒语！"

阅读笔记

精简点评

第一卷主要介绍了主要人物的出场和故事背景。剧作家彼埃尔·甘果瓦迫切希望自己的作品顺利完成演出，并取得好的反响。红衣主教的出现打断了演出，随后丑大王的选举吸引了更多人的注意——卡西莫多因长得最丑陋而当选，吉卜赛姑娘爱斯梅拉达的出场最终吸引了所有人的目光，甘果瓦的神迹剧也因此彻底破灭。

佳词美句

叹为观止　光彩夺目　奇形怪状

离奇怪异　眼花缭乱　衣衫褴褛

整个大堂化为无耻取乐的一座大熔炉：一张张嘴都化为呼喊，一双双眼睛都化为闪电，一张张脸都化为丑形，一个个人都化为怪相。

阅读思考

本章从视觉和听觉两个角度对选举"丑大王"的情景进行描写，请试着从文中找出相关描述。

第二卷

一 从卡律布狄斯漩涡到希拉礁

侧面描写

这句话写得很有哲理，夜晚出现的哲学家需要给在白天受伤的诗人包扎伤口，长时间的流浪使甘果瓦只能将哲学当作自己的归宿。

时值一月，天黑得早。甘果瓦步出司法宫时，街道已经昏暗了。夜幕降临，他倒觉得挺高兴，正想钻进一条幽暗无人的小街，从容地思考一番，好让他这哲学家给他这诗人略微包扎一下创伤。再说，他也无家可归，哲学是他的唯一栖身之所。

二 “以吻还击”

阅读笔记

彼埃尔·甘果瓦走到河滩广场时，全身已经冻僵了。他望见广场中间燃得正旺的篝火，就急急忙忙赶过去。但是人很多，里三层外三层，已经把篝火团团围住。

围着篝火的观众圈里留下一大片空场，原来，是有位姑娘在那儿跳舞。

那姑娘是人，是仙女，还是天使，甘果瓦一时闹不清楚，他枉为怀疑派哲学家，又是讽喻诗人，却被眼前光彩夺目的景象迷住了。

姑娘的个头儿并不高，但身材苗条，亭亭玉立，显得很高。她的肌肤微黑，不过可以想见，白天看来肯定闪着金光，极为漂亮，就像安达卢西亚或罗马女子那样。她的纤足也是安达卢西亚型的，穿着秀美的花鞋，显得那么纤巧，那么相得益彰。她翩翩起舞，转圈飞旋，踏着随意掷在地上的一块波斯旧地毯，那张光艳照人的脸每次转向你，乌黑的大眼睛都会向你射去一道电光。

周围的人个个张大嘴巴，瞪大眼睛观看。只见她那纯美滚圆的双臂举到头顶，嘭嘭敲着巴斯克手鼓，伴随着舞蹈，那身段修长曼妙，灵活飞动，宛如一只胡蜂；那金光闪闪的胸衣平滑无纹，彩衣飘舞而裸露臂膀，彩裙翻飞而不时窥见线条美妙的小腿，那秀发乌黑如漆，那目光灼灼似火焰，这哪里是凡人，分明是一位天仙！

“一点不错，”甘果瓦心中暗道，“她是一个火精，是一位山林仙女，是一位天仙，是曼纳路斯山[①]的酒神祭女！”

恰巧这时，“火精”的一条发辫松落，一枚缀在发上的黄铜钱掉在地上。

“哦，不对！”甘果瓦说道，“她是个吉卜赛女郎！”

整个幻象倏然消失。

她又跳起舞来，并从地上拿起两把短剑，把剑尖抵在额头上朝一个方向转动，同时身子则朝另一个方向旋转。果然不错，她是个地地道道的吉卜赛女郎。甘果瓦尽管颇为失望，可整幅图景依然不乏迷人的魔力。通红的篝火光亮刺眼，欢腾跳动，映在围观群众的脸上，映在吉卜赛女郎微黑的额头上，又向四周广场投射过去，淡白的余光映现跳荡的人影，映现在一侧的大柱楼满是皱纹苍老发黑的门面上，另一侧是绞刑架的石臂。

千百张脸被火光映得通红，都凝视着跳舞的姑娘，其中有一张脸看得似乎格外出神。这是一张男人的脸，一副严峻、沉静而阴郁的神情。由于旁边的人遮挡，看不出他的衣着打扮，估计年龄不超过三十五岁，但是已经秃顶，只有两鬓稀稀

这里运用了类比的手法，对跳舞姑娘进行了外貌描写，刻画出她的美丽。

这里运用了比喻的修辞手法，将这位姑娘的优美身姿比作胡蜂，突出了她跳舞时的灵动轻盈。

阅读笔记

① 曼纳路斯山是希腊神话中的自然神潘所居的山。

外貌描写

将人物的外貌进行细致的描写，展示出作者细致入微的观察力。

阅读笔记

落落长几绺头发，且已花白了。他的额头又宽又高，开始刻出一道道横纹；然而，他那双深陷的眼睛里，却闪烁着非凡的青春、火热的活力、深沉的情欲。他那双眼睛死死盯住吉卜赛女郎，就在这个十六岁的放浪少女跳舞、飞旋、为众人取乐的时候，他那沉思凝想的神情越来越阴沉了。一丝微笑和一声叹息，不时在他的唇边相遇，但笑容比叹息还要痛苦。

姑娘跳得气喘吁吁，终于停了下来，观众则满怀爱心，热烈鼓掌。

“佳利！”吉卜赛姑娘叫了一声。

甘果瓦立刻看见跑来一只小山羊，雪白而美丽，灵敏而活泼，神采奕奕，两只角染成金黄色，四只蹄子也染成金黄色，还戴着金黄色的项圈。刚才它一直蜷伏在地毯的一角，瞧着主人跳舞，甘果瓦没有注意它。

“佳利，该看你的了。”跳舞的姑娘又说了一句。

动作描写

小羊佳利用鼓声回答姑娘的提问，展示出它通人性的一面，给读者带来一种别样的体验。

姑娘坐下来，将巴斯克手鼓亲热地举到小山羊面前，问道：“佳利，现在是几月份？”

小山羊竖起前蹄，在小鼓上敲了一下。果然不错，正是一月。观众鼓起掌来。

“佳利，”姑娘翻转了巴斯克鼓面，又问道，“今天是几号呀？”

小山羊又竖起金色的蹄子，在鼓上敲了六下。

“佳利，”埃及女郎[①]再一次翻转鼓面，又问道，“现在几点钟啦？”

佳利便敲了七下，正巧这时，大柱楼的时钟打了七点。

观众都惊叹不已。

---

① 中世纪法国人以为，这些流浪的人来自埃及，先到欧洲的波希米亚地区，故称“波希米亚人”，还把流浪者和乞丐统统称为“埃及人”。译文按通常的说法，把“波希米亚人”改称为“吉卜赛人”。

"这里面有巫术！"人群中一个险恶的声音说道。说话的人正是那个死盯着吉卜赛姑娘的秃顶男子。

姑娘打了个寒噤，扭头望望；但是又爆发出一阵掌声，淹没了这声哀鸣。

掌声甚至从她心灵上完全抹去了那人的声音，因此，她还继续考她的小山羊。

"佳利，在圣烛节[①]游行队列中，城防手铳队队长吉沙尔·大勒米先生，是一副什么样子呢？"

佳利竖立起来，用两只后蹄走路，样子又庄重又斯文，把个手铳队队长假正经的神态模仿得惟妙惟肖，逗得全场人哈哈大笑。

"佳利，"表演越成功，姑娘也就越胆大，她又问道，"王国检察官雅克·夏莫吕阁下，在宗教法庭上，是怎样夸夸其谈的？"

小山羊坐下来，开始咩咩叫，同时挥动前蹄，动作十分奇特，除了学不出他那蹩脚法语、蹩脚拉丁语之外，那姿势、那声调、那神态，整个儿活脱出一个雅克·夏莫吕来。

观众的掌声更热烈了。

"亵渎神灵！邪魔外道！"那秃顶男人又叫了一声。

吉卜赛姑娘再次回过头去。

"哼！又是那个坏蛋！"她说完，便伸出下嘴唇，做了个似乎是习惯性的撇嘴动作，随即一旋，转过身去，托着巴斯克手鼓，开始收敛观众的赏钱。

大白洋、小白洋、小盾币、鹰币[②]，雨点一般投过来。她走到甘果瓦面前，猛然停下。诗人摸摸口袋，一探到底，摸到了

语言描写

这个男人是谁？他这样说究竟有什么目的？作者这样写是为了引起读者的好奇，也会让读者为吉卜赛姑娘感到紧张、担忧。

动作描写

这里运用了动作描写，生动形象地写出了山羊在模仿时可爱的模样。

语言描写

这个男人又在用自己的"道理"解释吉卜赛姑娘和山羊的表演。

---

① 西俗圣烛节为每年的2月2日。

② 大小白洋为银币，盾币是布列塔尼旧币，鹰币为小面值铜币。

实际，原来囊空如洗，说了声："见鬼！"美丽的姑娘却始终站在那儿，伸着手鼓等待。甘果瓦急得豆大的汗珠往下淌。

口袋里若是装一座秘鲁金矿，他也情愿掏出来给跳舞的姑娘。可是他没有秘鲁金矿，何况那时还没有发现美洲大陆。

幸而一个意外事件给他解了围。

"你还不滚开，埃及蝗虫。"一个尖厉的声音从广场最幽暗的角落传过来。

姑娘大惊失色，转身望去。这回不是那个秃顶男人喊的，而是一个女人的声音，又虔诚又刻毒。

这声叫喊吓坏了吉卜赛女郎，却喜坏了在那儿乱窜的一群孩子。

"是罗朗塔楼的那个隐修婆，"孩子们起哄笑着嚷道，"是麻袋婆[①]在吼叫！大概她没有吃晚饭吧？看看公共食摊上有什么剩东西，给她送点儿去！"

甘果瓦赶紧趁机逃跑。可等他赶到公共食摊时，什么都没了。

他正自愁肠百结，意绪消沉，忽然一阵充满柔情而又奇特的歌声传来，他顿时从遐想中醒来。原来是埃及女郎舒展歌喉。

她的歌喉犹如她的舞蹈，犹如她的容貌，极为迷人，却又难以捉摸，可以说蕴含着纯净、激扬、空灵、缥缈。听来是一阵阵心花怒放，一阵阵美妙的旋律，一阵阵意外的节奏；继而乐句单纯，间有咝咝尖厉的音符；继而音阶轻快跳跃，足令夜莺退避三舍，但音韵始终那么和谐；继而八度音跌宕起伏，好似这位唱歌少女悸动的胸脯。随着歌声的百转千回，她那张俏

细节描写

这里情节的设置让故事充满戏剧冲突，更具神秘感。

铺垫

孩子们的话揭示了那个女人的身份，这里不禁会让读者好奇她为什么会如此厌恶吉卜赛姑娘——将她比作蝗虫。

细节描写

在甘果瓦的心中，这位吉卜赛女郎是天使，是仙女，再美的语言用在她身上都显得逊色。她的身材、歌喉、脸蛋，都是上天所赐的最好礼物，作者在这里使用了大量的细节描写，就是为了凸显出这位姑娘的美好。

---

① 基督徒受罚，会身披粗麻衣，俗称麻袋片。麻袋修会由圣路易创建，因修服像麻袋，故得名。

脸的神态，也奇异般变幻莫测，从极度狂放到极度庄严，忽而显出一副浪相，忽而俨若一位女王。

听她这声调，甘果瓦不禁眼泪盈眶。不过总体来说，她的歌情调欢快，她像鸟儿一样歌唱，完全出于恬适，出于无忧无虑。

吉卜赛姑娘的歌声扰乱了甘果瓦的冥想，但是像天鹅划出水纹一样。他聆听着，自觉心中欢然，忘却了万念。几小时以来，只有这会儿他没有痛苦之感。

游行队伍走遍大街小巷，又来到河滩广场，他们高举着火把，闹哄哄沸反盈天。

读者已经看见这支队伍从司法宫出发，一路上排列成形，不断扩大，巴黎所有的地痞无赖、无所事事的小偷，以及闲散的流浪汉，全都加入进来。因此，队列来到河滩广场时，已经声势浩大了。

新登基的丑大王头戴王冠，身披王袍，手持权杖，端然坐在担架上，真是光彩炫目，他正是圣母院敲钟人——驼子卡西莫多。

游行队列从司法宫到河滩广场这一路上，卡西莫多那奇丑而忧伤的面孔，如何渐次开颜，喜形于色，终至得意扬扬的神态变化，是很难描绘出来的。这是他有生以来，自尊心第一次得到满足。

名师解读

卡西莫多是多么可怜啊，因为长相丑陋一直受着人们的嘲笑和歧视，这次选丑比赛他成为冠军，终于体会到了受人拥护和爱戴的滋味。这是一件多么讽刺的事啊！从这里我们能感受到作者的写作意图，引发我们对美与丑的探讨。

卡西莫多正自我陶醉、耀武扬威地经过大柱楼时，忽然一个人怒气冲冲地从人群中闯出来，一把从他手中夺去他那丑大王的标志——那根包着金纸的木棍，众人见此情景，无不深感意外，无不惊骇。

名师解读

故事情节突然发生转变，这种冲突的设置紧抓读者眼球，吸引读者继续阅读。

这个胆大包天的家伙，正是刚才躲在人群中发泄仇恨、大肆威胁吉卜赛女郎的那个秃顶男人。他一身教士打扮。他从人群里冲出时，甘果瓦定睛一看，这才认出他来，惊呼道：

"咦！这不是我的学艺师傅，克洛德·弗罗洛主教代理吗！见鬼，他要把这个独眼龙怎么样？不是想要将这独眼龙吞掉吧！"

果然，随着一声惊叫，可怕的卡西莫多跳下担架，女人们纷纷转过脸去，不忍心看着他被主教代理撕成碎片。

卡西莫多一个箭步蹿到教士面前，瞧了瞧他，却扑通一声跪到地上。教士扯掉他的王冠，折断他的权杖，撕烂他那缀着金箔的王袍。

卡西莫多双手合十，低头跪着。

继而，两人虽然都不讲话，却打起手势，做出种种姿态，开始一场奇特的交谈。教士昂然站立，大发雷霆，又咄咄逼人；卡西莫多则卑恭地跪着，极力哀求恳请。然而只要愿意，卡西莫多动一动手指头，就肯定能把这个教士碾碎。

主教代理粗暴地摇着卡西莫多强壮的臂膀，终于示意他站起来跟他走。

卡西莫多站起身来。

这时，狂人团从一阵惊愕中醒悟过来，想前来护驾，保卫他们这位被猝然赶下宝座的大王。埃及人、丐帮和所有小文书，将教士团团围住，厉声叱责。

然而，卡西莫多却挺身护住教士，他挥动着两只大拳头，牙齿咬得咯嘣响，像发怒的猛虎一般，注视着进犯的人。

主教代理又恢复阴沉而庄重的神态，他向卡西莫多略一示意，便默默地离去。

卡西莫多劈开人群，在前边为他开路。

他们穿过人群，穿过广场，可是喜欢热闹、游手好闲的人，黑压压一片，都要在后面跟随。于是，卡西莫多掉过头来断后，倒退着尾随主教代理，他那形体敦敦实实，样子狰狞可怖，毛发倒竖，四肢蓄势待发，龇着野猪似的獠牙，又像猛兽

语言描写

这里揭示了秃头男人的身份，他是主教代理弗罗洛。

情景描写

卡西莫多前一秒还在享受着众人的簇拥，下一秒便在弗罗洛面前俯首称臣，而他明明可以把弗罗洛"碾碎"。这样奇怪的安排，让人不禁好奇起卡西莫多和弗罗洛之间的关系。

动作描写

看到卡西莫多的卑微、顺从，众人都很震惊，显然眼前发生的事情很是出乎大家的意料。

外貌描写

这里写出了卡西莫多的丑相的可怕。

阅读笔记

一样咆哮，只要手脚一动，目光一瞥，人群就如退潮一般纷纷闪避。

他们俩钻进又黑又窄的小街里，众人干瞪眼看着，谁也不敢贸然追上去：卡西莫多那咯嘣嘣咬牙的幻影，就足以把住街口。

“嘿！真是妙不可言！”甘果瓦说道，“可是鬼知道，我上哪儿去混顿晚饭呢？”

三　夜晚街头逐艳的麻烦

甘果瓦不假思索地跟上了吉卜赛女郎。他看见那姑娘带着小山羊，走进了刀剪街，自己也走上那条街道。

“有何不可呢？”他自言自语道。

甘果瓦是个在巴黎街头流浪的哲人，他早已发现，跟踪一位不知道她去哪儿的美貌女子，比什么都更能激发奇思异想。

待她拐进另一条街刚刚不见了，就听见她尖叫了一声。

他急忙快步跑去。

这条街伸手不见五指。不过，在拐角圣母像脚下有一个铁笼子，里面点着一盏油灯，甘果瓦借着微光，看见吉卜赛女郎正在两条汉子的手臂中挣扎，那两条汉子极力堵住她的嘴，窒息她的叫喊。可怜的小山羊吓坏了，抵着角咩咩直叫。

“救人啊，巡逻队的先生们！”甘果瓦高声呼救，勇敢地冲上去。抓住那姑娘的两条汉子，有一个朝他回过头来，原来是卡西莫多那张狰狞可怖的怪脸。

甘果瓦没有逃跑，可也不敢向前多走一步。

卡西莫多却逼过来，反手一掌，就将他击出四步远，摔倒在铺石路上。接着，那个魔头一只手臂托着吉卜赛女郎，就像搭着一条丝巾似的，飞步跑掉，一会儿便隐没在黑夜中。那个同伙跟在后边，也消失不见了。可怜的小山羊跟着追赶，咩咩惨叫。

“救命啊！救命啊！”不幸的吉卜赛姑娘连连呼叫。

“站住，坏蛋！把这个姑娘给我放下！”突然像打雷般一声断喝，只见从邻街冲出一名骑手。

他是一名羽林军骑卫队长，全身披挂，手执一把巨剑。

他从惊愕的卡西莫多的手中夺过吉卜赛姑娘，横放在马鞍上。待狰狞可怖的魔驼定下神来，冲上去要夺回他掠获的女子，紧随队长的十五六名羽林军骑卫抢上前来，个个手执长剑。这是一小队禁军，奉巴黎军警统领罗伯尔·戴图维尔之命，沿街巡逻检查宵禁。

卡西莫多被包围逮捕，牢牢地捆住。他狂吼乱叫，口吐白沫，牙齿咬得咯嘣作响，如果是大白天，那么毫无疑问，单凭他这张因发怒而更加丑恶的脸，他就能吓跑这一小队人马。丑相是他最可怕的武器，然而，黑夜却解除了他的武装。

他的同伙趁厮打的时候溜掉了。

吉卜赛女郎从马鞍上优美地坐起来，双手钩住年轻军官的双肩，定睛凝视他片刻，仿佛既喜爱他那英俊的相貌，又欣然感激他的搭救之恩。继而，她率先打破沉默，使甜美的声音更加甜美，问道：“警官先生，您尊姓大名？”

“弗比斯·德·夏多佩队长，为您效劳，我的美人儿！”军官挺身答道。

“谢谢。”姑娘说道。

弗比斯队长捻着他那勃艮第式的小胡子，姑娘趁机哧溜一下滑下马，像飞箭一般逃掉。

她消失得比闪电还快。

阅读笔记

象征

作者的这句话很有深意，值得我们细细品味。“黑夜却解除了他的武装”更是意味深长。

动作描写

军官的英雄救美让吉卜赛女郎对他产生了好感。

“可恶！”队长勒紧捆绑卡西莫多的皮索，恨恨地说道，“我宁愿扣住那个姑娘！”

“有什么办法呢，队长？”一名骑警说道，“黄莺飞走了，蝙蝠留了下来。”

四　摔罐成亲

甘果瓦被摔得懵懵懂懂，好一会儿才清醒过来。然后，他为了躲一群野孩子的恶作剧开始奔逃。甩脱孩子之后，甘果瓦又遇到了三个乞丐，对他紧追不舍，边追还边念着“行行好吧”。甘果瓦一路向前，路的尽头是一个广阔的空地，只见许多星星点点的灯光在茫茫夜雾中摇曳闪烁。

环境描写

这里的环境描写其实是一种暗示，目的是讽刺当时世风日下的封建统治。

“这是哪儿？”

“奇迹宫廷。”

可怜的诗人环视周围：的确，在这种时刻，从来没有一个好人走进可怖的奇迹宫廷；这是个魔圈，无论大堡的军校还是京城的警官，胆敢闯进来的，无不粉身碎骨；这是贼窝，是巴黎脸上的脓疮；这是条阴沟，每天早晨污水流出去，夜晚又流回来停滞，满载着邪恶、乞讨和流浪，即在各国京城常年横溢的流浪；这巨大的巢穴，每天晚上，社会的一切寄生虫都满载而归；这是骗人的医院，吉卜赛人、还俗的修士、失足的学生，诸如西班牙、意大利、德意志等所有民族，诸如犹太、基督、伊斯兰、偶像崇拜等各个宗教的渣滓，他们白天敷上假造的伤口，化装要饭，夜晚在这里摇身一变而为强盗；总而言之，这是一间巨大的化妆室，在巴黎街头上演的偷盗、卖淫、谋杀这类永恒喜剧的所行演员，当年就是在这里上装卸装的。

奇迹宫廷在城市中显得格格不入，对于市民来说是另一个世界，这里面住着的都是游民，是社会最底层的民众。

这片广场很宽阔，跟当时巴黎所有广场一样，形状不规则，铺石路面也不平整。四处火光闪亮，每处火光都围着一群奇特的人。他们窜来窜去，大叫大嚷。

这又像一个前所未见、闻所未闻的新世界，是爬行动物麇集、怪异荒诞的世界。

甘果瓦被三个乞丐紧紧抓住，又被周围人的咆哮震聋了耳朵，越发吓得魂飞魄散。这个倒霉的家伙极力收拢神思。

在周围一片喧哗吵嚷中，一声清晰的叫喊响起来："带他见大王去！带他见大王去！"

"圣母啊！"甘果瓦咕哝道，"这里的大王，一定是公山羊了。"

"带去见大王！带去见大王！"众人不断地叫嚷。

人人都来拖他，都争先恐后朝他伸出指爪。然而，那三名乞丐就是不松手，吼叫着同其他人争夺："他是我们的！"

一名乞丐坐在火堆旁的大酒桶上，他就是坐在宝座上的花子王，丐帮帮主。

三个家伙把甘果瓦拖到酒桶前，狂呼滥饮的人一时静了下来，只有一个孩子还在大锅里刮出声响。

甘果瓦大气不敢出，眼睛也不敢抬一抬。

这时，坐在酒桶上的帮主开口问道："这小子是什么东西？"

"师傅……"甘果瓦结结巴巴地说，"大人……陛下……我该怎么称呼您呢？"他问道。称呼升级到了顶点，他确实不知道如何再往上升，如何降下来了。

"陛下、大人，怎么称呼我都行……你，叫什么名字，小子，少废话。告诉你，我，克洛班·特鲁伊傅，金钱王国的国王。由我来审你。你不是黑帮成员，却闯入黑帮王国里，侵犯了本城的特权，应当受到惩罚。

阅读笔记

指代

公山羊指的是魔鬼撒旦寄寓在世间的肉身。

“要吊死你！理所当然，正派的市民先生们！你们那边怎么对付我们，我们这边就怎么对付你们。你们定什么法律惩罚无家无业的游民，游民也拿什么法律惩罚你们。如果说法律太残忍，那也是你们的过错。”

语言描写

金钱王克洛班要用当时惩罚游民的法律来惩罚甘果瓦，这里反映出当权者的残暴，不关心底层人民。

然而他却停住了，好像突然有了个什么念头。

“等一等，”他说道，“我倒忘啦！……咱们还有个规矩：要吊死一个男的，总得先问问有哪个女的要他——伙计，你只有这一点活路。要么跟一个女花子结婚，要么跟绳子结合。”

甘果瓦这副惨相，当然吊不起人家的胃口。女花子看到处理的这种货色，似乎都没有什么兴趣。倒霉的家伙听见她们回答：“不要！不要！吊死他吧，还可以让大家开开心！”

叙述

即便是贫穷的女乞丐也不愿意选择甘果瓦，足以反映出当时他的落魄不堪之态。

“伙计，活该你倒霉！”克洛班说道。

恰好这时，有人喊了一声：“爱斯梅拉达！爱斯梅拉达！”

甘果瓦浑身一抖，扭头朝叫嚷声那边望去，只见人群闪开一条路，走来一个光艳照人的清秀女子。

正是那个吉卜赛女郎。

“爱斯梅拉达！”甘果瓦在惊愕中不禁说道。他听到这个具有魔力的词，突然想起这一天的种种遭遇，怎能不激动万分？

这个天生尤物世间罕见，她那魅力和美貌，似乎在奇迹宫廷也有极大威力。黑帮男女都悄悄地为她让路，他们看见她，粗野的面孔都笑逐颜开。

叙述

即使是在奇迹宫中，吉卜赛女郎爱斯梅拉达也是美丽的、耀眼夺目的。

美丽的山羊佳利跟在后面。她脚步轻快，走到受刑的人跟前，默默地端详了片刻，只见甘果瓦此时已经半死不活了。

“您要吊死这个人吗？”姑娘向克洛班郑重问道。

“是啊，妹子，”金钱国大王答道，“除非你要他做老公。”

姑娘撇了撇嘴唇，做出她常有的娇态。

“我要他了。”她答道。

语言描写

在没有人要甘果瓦做老公的情况下，爱斯梅拉达要下了他，让人好奇她这样做的原因。

到了这一步，甘果瓦确信他在做梦，而这是接续的梦境。

尽管逢凶化吉，变化也的确来得太突然了。

有人将绳套活结解开，把诗人从凳子上扶下来。由于精神上受的刺激太强烈，他不得不坐下。

埃及大公一言不发，拿来一个瓦罐。吉卜赛姑娘把它递给甘果瓦，说道："把它摔到地上。"

瓦罐摔成了四瓣。

"兄弟，"埃及大公说着，双手按住他俩的额头，"她是你老婆；妹子，他是你老公。婚期四年。好啦。"

五 新婚之夜

过了一会儿，诗人就置身于一个小房间，坐在桌前了。

年轻的姑娘似乎根本不理睬他，只是在屋里走来走去，时而碰到一张小凳子，时而同小山羊说两句话，时而又撇撇嘴。终于，她走了过来，挨着桌子坐下。

甘果瓦越来越沉溺于梦想，失神的目光随她的一举一动，暗自思忖："'爱斯梅拉达'，难道就是她吗？一位天仙！街头跳舞的一个姑娘！既是神品，又如此低贱！白天，正是她最终断送了我的圣迹剧；晚上，又是她搭救了我的性命。她是我的丧门星，又是我的好天使！……老实说，是个如花似玉的女子！……她肯定爱我爱得发狂，才会把我要下来——"他猛然起

身，自言自语，“我还没搞清情况，就成了她的老公！”

这个意念从他的目光中流露出来，他雄赳赳地，但又殷勤地凑过去，吓得姑娘连连后退，问道：“您要干什么？”

他不客气地去搂姑娘的腰。

吉卜赛女郎的衣衫跟鳗鱼皮似的，从他手中滑走了。她一个箭步，从屋的一端蹿到另一端，略一弯腰又挺起来，未待甘果瓦看清楚，手中不知从哪儿操出一把匕首。她又气恼又高傲，嘴唇鼓起来，鼻孔张大，两颊涨得赛似红苹果，眼珠子放射光芒。与此同时，白色小山羊也护在她面前，抵着两只涂成金色的美丽尖角，向甘果瓦摆出一副迎战的姿态。这一切发生在一眨眼的工夫。

蜻蜓忽然化为黄蜂，只想蜇人。

我们的哲学家困惑的目光看看山羊，又看看姑娘。

“圣母啊！”甘果瓦惊魂稍定道，“这不是两个泼妇吗？”

与此同时，吉卜赛姑娘打破缄默：“你这家伙，胆子够大！”

“对不起，小姐，”甘果瓦笑呵呵地说道，“不过，为什么您又要我做您老公呢？”

“难道眼看着你被吊死吗？”

“这样看来，”诗人自作多情的美愿落空了，颇为失望，又说道，“您嫁给我，只想救我一命，没有别的意思啦？”

“你还要我有什么别的意思呀？”

这工夫，爱斯梅拉达的匕首和小山羊的尖角，始终戒备。

“爱斯梅拉达小姐，”诗人说道，“咱们和解吧。我以我进天堂的福分向您发誓，没有您的准许，我绝不靠近您。可是，您给我一顿晚饭吃吧。”

过了一会儿，桌子上就摆上了一块黑面包、一片肥肉、几个皱巴苹果、一罐麦花酒。甘果瓦开始大吃大嚼，叉子和陶瓷盘子碰得叮当作响，看那样子，他的情欲整个儿化为食欲了。

名师解读

这两句对话表明了爱斯梅拉达要甘果瓦做老公的原因，也反映出爱斯梅拉达善良单纯的品质。“难道眼看着你被吊死吗？”是一句至关重要的话，爱斯梅拉达的形象从此就变得鲜明起来。

语言描写

落魄、流浪的甘果瓦找到了栖身之所，将奇迹宫廷视作天堂。

姑娘坐在他对面，默默注视他吃饭，她脸上不时泛起微笑，温馨的小手抚摩着轻轻抵在她膝上的聪明小山羊的头。

“大伙为什么叫您‘爱斯梅拉达’呢？”诗人问道。

“我一点儿也不明白。”

“总有点原因吧？”

姑娘从胸襟里掏出一个长方形小香囊，那是吊在脖子上用念珠树籽穿的项链。小香囊发出一股强烈的樟脑味，外面有绿绸子套，正中镶了一大颗仿绿宝石的玻璃珠。

“大概是因为这个吧①。”她说道。

姑娘把护身符放进怀里，将一根指头放在嘴唇上。甘果瓦还提些别的问题，但是姑娘爱搭不理的。

“弗比斯，”姑娘喃喃说道，继而转向诗人，“‘弗比斯’是什么意思？”

甘果瓦不大明白，他的一番话和这个问题有什么关联；不过他也不恼，能炫耀一下自己的博学也是好的，于是他昂首挺胸，答道：“这是个拉丁文词，是‘太阳’的意思。”

“太阳！”姑娘重复道。

“这是一个非常英俊的弓箭手、一个天神的名字！”

“天神！”埃及女郎重复道，声调中含有一往情深的意味。

这时，姑娘的一只手镯脱落，掉在地上。甘果瓦赶紧弯腰去拾，等他起来时，姑娘和山羊都不见了。他听见门闩咔嚓一声：通隔壁的小房门一定是反插上了。

“她至少给我留下一张床吧？”我们的哲学家念叨了一句。

他在小屋里兜了一圈。要找适合睡觉的家具，也只有一口长木箱，可恨箱盖还是雕花的，甘果瓦躺上去的感觉，就跟

埋下伏笔

这里的小香囊为后文埋下了伏笔。

细节描写

爱斯梅拉达这样问是有理由的，从这个细节上我们也可以看出，她已经对弗比斯产生了好感。这个细节为后文爱斯梅拉达为爱而死做了铺垫。

情节描写

幽默的语言为故事增添了一些诙谐轻松的气氛。摔罐成亲的习俗让甘果瓦和爱斯梅拉达结为名义上的夫妻，这个情节充满了戏剧性。

① 埃及语中，绿宝石的发音同“爱斯梅拉达”相近。

米克梅嘎斯[①]睡在阿尔卑斯山群峰上的滋味差不多。

“算了，”甘果瓦咕哝道，同时尽量顺势卧下，“还得将就点儿。这个新婚之夜，也真够离奇的。唉！真遗憾。不过，摔罐成亲的习俗，我倒挺喜欢，这里有天真淳朴的古风。”

精简点评

这一卷讲述了爱斯梅拉达在巴黎街头的舞蹈吸引了很多人，包括甘果瓦。甘果瓦情不自禁跟踪她，发现她被弗罗洛与卡西莫多掳走，幸好被弗比斯所救。因为不忍心看见一个无辜者被处死，爱斯梅拉达接受误入奇迹宫廷的甘果瓦做自己名义上的丈夫，以保全他的生命。本卷着重展现了爱斯梅拉达美丽、纯洁、富于同情心的形象，同时，卡西莫多的被捕与爱斯梅拉达同甘果瓦的意外结亲等都为后续故事的发展设下了悬念。

佳词美句

思忖　雄赳赳　惊魂稍定　缄默

她又气恼又高傲，嘴唇鼓起来，鼻孔张大，两颊涨得赛似红苹果，眼珠子放射光芒。

阅读思考

1. 请你概括本卷的主要内容。
2. 爱丝梅拉达会喜欢甘果瓦吗？

---

①米克梅嘎斯，即小巨人，是伏尔泰同名小说中的主人公。该小说中并无小巨人躺在阿尔卑斯山群峰上的情节，雨果顺笔杜撰，以达借喻之趣。

第三卷

一　圣母院

自不待言，巴黎圣母院至今仍不失为一幢巍峨壮美的建筑。

从正面望去，只见三座并排的尖顶拱门，上面有一层锯齿状雕花飞檐，一溜儿排着二十八尊列王塑像的神龛，飞檐上居中是花棂的巨型圆窗，左右护拥着两扇侧窗，好像祭师身边的两名助手：执事和副执事；再往上看，便是那亭亭玉立的修长的三叶形拱廊，那一根根纤细的圆柱支撑着沉重的平台，还有那赫然矗立，带有青石瓦披檐的两座黑沉沉的钟楼。纵观整个门脸儿，雄伟的五个层次，上下重叠，在恢宏的整体中布局和谐，一齐展现在眼前，又丝毫不给人以紊乱之感，甚至那难以计数的细部，诸如雕塑、浮雕、镂刻，无不强有力地凝聚在宁静而伟大的整体上。可以说，这是石头谱成的波澜壮阔的交响乐，是一个人和一个民族的硕大无朋的作品，整个儿既浑然一体，又繁复庞杂，如同她的姊妹《伊利亚特》和罗曼采罗[①]；这也是一个时代所有力量凝结的神奇产物，每一块石头都千姿百态，鲜明地显示由艺术天才所统摄的工匠的奇思异想；一言以蔽之，这是人的创造，伟壮而丰赡，赛似神的创造，似乎窃来神的创造的双重特质：繁丰和永恒。

景物描写

这段文字将巴黎圣母院庄重、宏伟的外观描绘得非常细致，我们能够在字里行间感受到作者对它的喜爱之情。雨果将大教堂比喻为“石头谱成的交响乐”、硕大无朋的作品和史诗，巴黎圣母院在他的生花妙笔下展现出了无穷的魅力。

这座大教堂令人敬畏，正如她的编年史家所称：庞然大

①《伊利亚特》是荷马的杰作；罗曼采罗是西班牙民间谣曲的总称，继承了史诗传统，最早出现在14世纪晚期。

物，见者无不震悚[①]。

她是转型时期的一种建筑。当初开始建造大殿时，萨克逊建筑师刚刚竖起第一批柱子，十字军[②]带回来的尖拱式样，就以征服者的姿态出现，登上原本只用来支撑半圆拱腹的罗曼式宽大斗拱。尖拱一跃而为主宰，构成这座大教堂的其余部位。不过，这种式样毕竟还嫩了点，初登宝座，难免有些胆怯，有时放开手脚，有时又收敛拘谨，只是后来才大有作为，在许许多多出色的大教堂上化为利箭长矛，直刺天空，而眼下在圣母院，还未得施展，大概是受到身边粗壮的罗曼式圆柱的影响吧。

拟人 这里运用了拟人的修辞手法，生动形象地写出了哥特式尖拱在大教堂中的使用情况，增加了阅读的趣味性。

尽管如此，从罗曼式到哥特式过渡的这类建筑，同纯粹的式样一样珍贵，一样值得研究。没有这类建筑，它们所表现的艺术格调就会失传。这种格调就是在半圆拱腹上嫁接尖拱式样。

名师解读 作者表达了对巴黎圣母院的赞叹，揭示出它的科学和艺术价值。

巴黎圣母院正是这种变异的一个弥足珍贵的样品。这座令人景仰的丰碑，每一侧面、每一块石头，都不仅是我国历史的一页，而且是科学和艺术史的一页。我们这里不妨只举出主要几点来谈：例如，小红门造型之精美，几乎达到十五世纪哥特建筑艺术的顶点，而大殿的圆柱，以其粗壮和凝重，又把我们带回牧场圣日耳曼修道院的加洛林时代。小红门和大殿圆柱之间，恐怕相距有六百年。就连炼金术士也能从那种大拱门的象征中，满意地找到炼金术的要点，而屠宰场圣雅各教堂则是炼金术最完善的象形符号。再如，罗曼式修道院、点金术教堂、哥特建筑艺术、萨克逊建筑艺术，令人回溯格列高利七世[③]时代的粗壮圆柱、尼古拉·弗拉麦勒先行于马丁·路德的那种炼金术象征、教皇一统精神、教派分立倾向、牧场圣日耳

阅读笔记

①原文为拉丁文。

②十字军是由天主教士兵组成的，因士兵都佩有“十”字标志而得名。

③格列高利七世，1073—1085 年任罗马教皇。

曼修道院、屠宰场圣雅各教堂，凡此种种，无不结合、杂混、融会在圣母院的建筑中了。这一中枢教堂，母体教堂，在巴黎所有古老教堂中，是集万形于一身的神奇之体：头颅、四肢、腰身，都分属不同的教堂，从所有教堂都取来一点东西。

我们重复一遍，对这种混合型的建构，艺术家、古物学家和历史学家仍有浓厚的兴趣。这种建构使人们感到，建筑艺术是多么原始的东西，它像巨人时代①的遗迹，像埃及金字塔和印度高大的佛塔那样，表明建筑艺术最伟大的作品，主要不是个人的创造，而是社会的创造，主要不是天才人物的灵感，而是民众劳动的成果。最伟大的建筑，是民族留下的财富，是世世代代的积淀，是人类社会不断升华的结晶，总而言之，这是相叠的生成层。时间的每一浪潮都覆上一片冲积，每一种族都为大厦增添自己的一层，每个人都奉献一砖一石。这是海狸所为，蜜蜂所为，也是人类所为。巴别塔——建筑艺术的伟大象征，就是一座蜂房。

伟大的建筑，如同高山一样，是多少世纪的产物。艺术发生变化，而建筑物往往处于停滞状态：中断的工程停而待建②，建筑随着变化的艺术平静地继续。新艺术碰到建筑物，就会抓住不放，钻进去，消化吸收，再随心所欲地发展它，并且尽量把它塑造成形。整个过程遵循平稳的自然法则，既无骚动，又不费力，不待引起反应就完成了。这是一种意外的嫁接，是一种循环流通的汁液，是一株复活再生的植物。同一建筑物的不同高度相继焊接多种艺术，这种材料足够写几部巨著，足够写人类通史。在这些没有标出作者姓名的庞然大物上，人类、艺术家、个人都消泯了，其中只凝聚着人的智慧。

名师解读

巴黎圣母院融合了所有古老教堂中的艺术元素，是独特的存在，这个伟大的作品承载着法国的历史，让人们惊叹。

名师解读

作者认为，建筑艺术中伟大的作品主要是社会创造出来的，是民众的劳动成果，是世世代代的积淀。也就是说，作者肯定了人民群众的价值和存在的意义。随着对圣母院介绍的深入，作者也将思想感情上升了一个高度，把主旨思想进行了升华。

---

① 指古希腊传说的库克罗普斯人，迈锡尼时期的古城墙据说是他们所筑。

② 原文为拉丁文。

时间是建筑师，人民是泥瓦匠。

这里只谈欧洲基督教的建筑艺术，这位东方伟大营造艺术的小妹妹，看来它像一个巨大的生成层，明显地分成三个相互重叠的带：罗曼带①、哥特带、文艺复兴带（或称希腊－罗马带）。罗曼带最古老最幽深，由半圆拱腹所占据，又被希腊柱举到现代高层，在文艺复兴带再现。尖拱式样则介乎两者之间。仅仅属于三带中任何一带的建筑物，全都一目了然，都是统一而完整的。例如，瑞米耶日修道院、兰斯大教堂、奥尔良圣十字教堂。不过，这三带的边缘往往交错杂混，就像太阳光谱的颜色那样。从而出现复合式建筑，出现有了差异的过渡性建筑。其中有一座建筑物，罗曼足、哥特身、希腊罗马头，只因建造的时间长达六百年。这种变异可谓旷世罕见。埃唐普城堡主塔就是一个样品。不过，两带璧合的建筑更为常见，例如，巴黎圣母院，虽为尖拱建筑，但是却因为早期的圆柱而深深扎于罗曼带中；同样，圣德尼拱门和牧场圣日耳曼教堂的大殿，也都属于这一带。再如，博舍维尔教务会的美丽大厅，是半哥特式的，罗曼层一直抵达半个腰身。还有鲁昂大教堂，如果那中央尖塔的顶尖没有刺入文艺复兴带②，它纯粹是哥特式的了。

固然，所有这些差别，所有这些奇异，还仅仅涉及建筑物的表面。变换表皮的乃是艺术，而基督教教堂的结构本身却没有受到冲击。内部始终是同样的骨架，各部分始终是同样逻辑的布局。一座大教堂，不管外表如何雕饰，下面总能看到长方形的罗马式大殿，至少也是处于萌芽和初创的状态。这种大殿

景物描写

巴黎圣母院结合了罗曼式和哥特式这两种建筑式样，哥特建筑式样是承接罗曼建筑式样而兴起的。

---

① 根据地域、气候和种族不同，又称为伦巴第带、萨克逊带、拜占庭带。这是四种并列的姊妹艺术，各有特色，但本源相同，即半圆拱腹。不是同样的脸面，但本质相差又不太远。——雨果原注（这两句原文为拉丁文）

② 尖塔这部分是木质结构，于1823年被天火烧毁。——雨果原注

遵循同一法则，永世在地面上发展，并始终分成两个殿堂，交叉而为十字形，拱顶为半圆形的部分便是唱诗堂；殿内列队游行、小礼拜堂的排列，以及走动的场所，总设在大殿的两厢，但隔着廊柱与主殿相通。在这个大前提下，小礼拜堂、门拱、钟楼和尖塔的数量，随着时代、民族、艺术的畅想而千变万化。崇拜仪式的功用一旦得以保障，建筑艺术就可以任意发挥。无论雕塑、彩绘玻璃、花棂圆窗、藤蔓纹饰、齿状花边、斗拱，还是浮雕、建筑艺术都会发挥奇思异想，按照自认为合适的对数加以排列组合。因此，这些建筑内里井然有序，整齐划一，外观却变化多端。树干总是一成不变，枝叶却纷繁而姿态万千。

总结说明

这句话是对建筑艺术发展规律的精彩总结，基督教教堂的内部骨架相同，布局逻辑相同，外观形式多样。

二　巴黎鸟瞰

前一章我们力图为读者所描述的，正是巴黎圣母院这座出色的教堂的原貌，简明扼要地指出她在十五世纪大部分瑰美之所在，也正是今天她所缺憾的。不过，我们漏掉了她的美的主要方面，即登上钟楼所发现的巴黎全景。

承上启下

这段话起到承上启下的过度作用，总结了上文描述圣母院的原貌，引出了下文将介绍巴黎城的全景。

我们顺着钟楼墙壁间垂直的螺旋楼梯，在黑暗中长时间摸索，盘旋而上，终于豁然开朗，登上两座中的一座楼顶平台，只见阳光灿烂，天风流荡，四面八方的美景尽收眼底。我们的读者如有幸参观过一座完整的、清一色哥特风格的城市全貌，就能想象出这样一种“自身繁衍续延”的奇观。

三百五十年前的巴黎，十五世纪的巴黎，已经是一个大都市了。对其后来的扩展，我们巴黎人往往有一种错觉。其实从路易十一世以来，巴黎的范围扩大不过三分之一，而且在美方面的损失，远远超过在宏伟方面的收获。

写出了巴黎城的原貌。

众所周知，巴黎的发祥地，乃是这船形的老城古岛。这岛周围的河滩就是最早的城垣，塞纳河则是最早的护城沟堑。巴黎城这种河洲状态，持续了好几世纪；南北各有一座桥，两个桥头既是门户，又是堡垒：大堡在右岸，小堡在左岸。后来，到了第一王朝[①]几代国王统治时期，岛城就显得太狭窄，再也没有回旋余地，巴黎便跨过塞纳河，北出大堡，南越小堡，蔓延到河两岸的田野上，始筑城墙和塔楼。这道古老的城墙，直到十八世纪还有一些遗迹，如今只剩下回忆了，零星还有一两处传统称呼。例如博岱门，又称博岱耶门，古称博戈达门。房舍的洪流，不断从市中心涌出，逐渐向四外扩散、漫溢、蚕食、冲击，最后夷平了这道城垣。为了扼制这股洪流，菲利浦·奥古斯都建造了一道新堤坝，即筑起高大而坚固的城楼，将巴黎团团围住。后来一个多世纪，巴黎房舍就在这盆地里拥挤、堆积，如同水库中的水位那样上涨，越来越深邃，往上层层相叠，楼上加楼，好比受压的汁液往高处喷射，都争先恐后地伸头探脑，要超过左邻右舍，好多呼吸点空气。街道越陷越深，越挤越窄，空场全部占满，都已消失了。房舍终于跳出菲利浦·奥古斯都的围墙，在平原上撒欢儿，就像逃出牢房，四处乱跑一样，纷纷在田野上建造花园，舒舒服服地安顿下来。从一三六七年起，市区就向城乡大肆扩张，尤其在右岸，查理五世只好新筑一道围墙。然而，像巴黎这样的大都市，总在不断膨胀，也只有这类城市才能发展成为国都。这类城市犹如巨型漏斗，汇聚一个国家的地理、政治、道德、智慧的所有川流，汇聚了一个民族的所有流向；这类城市也可以比作文明之井，又好似沟渠，世世代代以来，商业、工业、才智和居民、一个民族的全副精力、整个生命和灵魂，都一滴一滴地过滤，在这里沉积。就是查理五

比喻

这里运用了比喻的修辞手法，形象地写出了巴黎房舍被建得越来越高。

叙述

作者叙述了巴黎从老城古岛发展成大都市的过程，范围不断扩大，文明逐渐沉淀。

① 指墨洛温王朝（5—7 世纪）。

世[1]的围墙，也落到菲利浦·奥古斯都城垣的同样下场。早在十五世纪末叶，巴黎就跨出、超越了这道围墙，城乡越跑越远。到了十六世纪，围墙好像眼看着后撤，越来越退入老城里去，因为城外新城越扩越大了。话头到此打住，简言之，早在叛教者尤里安[2]时代，巴黎的城垣就在大堡小堡那里萌芽，逐渐筑成三道，而到了十五世纪，巴黎就把三道围墙全部冲破了。这座城市威力无比，先后胀破了四道围墙，就像儿童一天天长大，撑破去年的衣裳。在路易十一时代，在房舍的汪洋大海中，还多处冒出旧城垣倾颓的箭楼，赫然可见，犹如洪水泛滥中露出的山尖，又像老巴黎淹没在新城中仅余的群岛。

将巴黎冲破围墙比喻成儿童撑破衣裳，生动形象地写出了巴黎城发展的迅速。

可惜，此后巴黎又在我们眼前发生变化，但这次仅仅多跨越一道围墙：那是路易十五兴建的，用污泥和垃圾筑造而成，简直破烂不堪，确也同那位国王相匹配，值得诗人这样歌唱：

围墙围住巴黎使巴黎委屈怨艾。

在十五世纪，巴黎仍旧分为三座城，泾渭分明，相对独立，即老城、大学城和新城，各有各的面貌、特性、风俗习惯，各有各的特长和历史。老城最古老，身形最小，是另外两个的母亲，夹在中间，就好像一个干巴老太婆夹在两个漂亮的大姑娘之间。大学城坐落在塞纳河左岸，从小塔楼到奈斯勒塔楼[3]，这两点分别相当于酒市场和铸币厂。大学城的围墙深入尤里安建造的公共浴池的田野，把圣日内维埃芙山也圈进去了。这道弧形城垣的最高点是教皇门，大致相当于今天的先贤祠地址。在巴黎三大块中，新城最大，坐落在右岸。它的堤

景物描写

巴黎分为三座城，分别是老城、大学城和新城。大学城在塞纳河的左岸，新城在塞纳河的右岸，而老城位于这两座城市的中间。

① 查理五世（1338—1380），法国国王，他在位时进行了美化巴黎的工程。

② 尤里安（331—363），罗马皇帝，主张宗教信仰自由，故冠以叛教者。

③ 奈斯勒塔楼建于 13 世纪。

岸沿塞纳河而下，有好几处折断或中断，从毕利城楼到树林城楼，即如今从丰谷仓地点到大小土伊勒里的地点。塞纳河切断首都城垣的四个点，左岸是小塔和奈斯勒塔，右岸是毕利城楼和树林城楼，恰好称为“巴黎四城楼”。新城比大学城深入田野还要远，城垣（查理五世城墙）的北端在圣德尼门和圣马丁门，这两处原址未变。

如上所述，巴黎三大区域各自为城，但每城又过分专一而不完备，因此离不开另外两座。这样，三副面貌各不相同：老城多教堂，新城多宫殿，大学城多学院。这里姑且不谈旧巴黎的次要特征，也不谈道路管辖治理层出不穷的花样，只是总的看看各区域司法权的混乱：岛城归属主教，右岸归属府尹，左岸归属大学校长。京兆尹则统管巴黎，他是国王所派，而不是市府官员。老城有圣母院，新城有卢浮宫和市政厅，大学城则有索邦神学院[①]。新城有菜市场，老城有主宫医院，大学城则有神学生草坪。学生在左岸犯了法，在神学生草坪上作了案，要送到老城司法宫去受审，再押到右岸的鹰山上去执刑。除非大学校长认为大学势盛而国王势弱，直接出面干预，因为，在校园受刑绞死，毕竟是大学生的特权。

景物描写

作者介绍了巴黎三大区域的特点，让我们清楚地了解了当时巴黎城的样貌。

叙述

作者介绍了巴黎三大区域司法权的特点。

（顺便指出，还有一些特权更为实惠，但是，大部分特权都是通过造反和暴动从国王手中夺来的。这是自古以来的通例。民众只有争夺，国王才肯撒手。一份古代的契据上关于效忠一款，就是这样直言不讳地写道：“市民对国王的效忠，虽几经革命而中断，但还是给市民带来许多特权[②]。”）

在十五世纪，巴黎城垣内的塞纳河，共有五个小岛：卢维埃岛，当时上面长些杂树，现在已蔚然成林；牛岛和圣母院岛，

---

① 索邦神学院是巴黎大学的前身。

② 原文为拉丁文。

两处均为主教采邑，当时荒无人烟，只有一间舟子破屋，到了十七世纪，两岛合而为一，大兴土木，现今称为圣路易岛；最后是城岛及其尖端的牛渡沙洲，后来沙洲平毁，压在新桥堤墩下了[1]。老城当时有五座桥，右岸三座：圣母院和钱币兑换所桥为石桥，磨坊桥为木桥；左岸两座：石头小桥和圣米歇尔大桥，桥上均有房屋。大学城有六座门，都是菲利浦·奥古斯都时代建造的，从小塔算起，计有圣维克托门、波岱勒门、教皇门、圣雅各门、圣米歇尔门、圣日耳曼门。新城也有六座门，是在查理五世时代建造的，从毕利城楼算起，计有圣安托万门、圣殿门、圣马尔丹门、圣德尼门、蒙马特尔门、圣奥诺雷门。这些城门既坚固又美观，美观却无损其坚固。有一条城壕，又宽又深，冬汛时节水流很急，拍击着城垣墙脚，环绕全巴黎，水源便是塞纳河。夜晚城门关闭，城东城西两端再拉起铁链锁住河面，巴黎就可以安稳睡觉了。

鸟瞰巴黎三镇，只见老城、大学城和新城街巷错综杂乱，布局奇特，就像无法理清的毛线。不过应当承认，头一眼望去，这三大块还是构成一个整体，能立刻看出，有两条几乎笔直的平行长街，与塞纳河垂直，绵延不断，从南到北纵贯三城，将三者连接起来，融合在一起，而街上人流往来不断，从一城涌入另一城，显示出三联一体的特点。头一条长街从圣雅各门到圣马尔丹门，在大学城一段名为圣雅各街，到了老城叫作犹太街，进入新城则称为圣马尔丹街，而且两度跨过塞纳河，即小石桥和圣母院桥。第二条长街在左岸叫作竖琴街，进入岛城则称桶厂街，到了右岸便是圣德尼街，从大学城的圣米歇尔门一直延展到新城的圣德尼门，中途跨过两条河汊，南有圣米歇尔桥，北有货币兑换所桥。不过，尽管名称不同，但是从头到

景物描写

这里，作者介绍了三座城错综复杂的街道。

景物描写

两条贯穿南北的长街将三座城连在了一起，其他错杂的分支街道都与这两条长街相连。

① 现在只剩下城岛（圣母院所在地）和圣路易岛。

尾还是这两条街道。这是两条母体街、总干线，是巴黎的两大动脉；而三城区的所有其他脉管都与之相接，血液循环流淌。

这两条纵贯全巴黎的长街，是整个都城所共有的主要街道。除此之外，新城和大学城各有一条大街，横贯东西，与塞纳河平行，垂直切过那两条“大动脉”。这样，在新城，从圣安托万门可以直达圣奥诺雷门；在大学城，从圣维克托门则可以直达圣日耳曼门。这两条大街同纵向的两条长街相交叉，构成经纬，而巴黎错综复杂的街道如同网线，从四面八方编织过来，紧紧结在经纬线上。然而，如果仔细分辨这千头万绪的网络，还是能看出大学城和新城各有一条宽阔的大街，犹如两束鲜花，从各座桥向各个城门纷纷开放。

比喻

这里运用了比喻的修辞手法，将新城和大学城的大街比喻成两束开放的鲜花。

这一几何图形的线条，如今还依稀宛在。

那么，回到一四八二年，在圣母院钟楼上俯瞰全城，又是一幅怎样的图景呢？下面我们就试图描述一番。

游客气喘吁吁地登上去，放眼一望，只见密密麻麻的屋顶、烟囱、街道、桥梁、广场、尖塔、钟楼，不禁眼花缭乱。万物纷至沓来，一齐映入眼帘，有石砌山墙、陡峭的房顶、墙角悬挂的角楼、十一世纪的石头金字塔、十五世纪的石板方碑、主堡的光秃秃的圆塔、缀有装饰图案的教堂方塔钟楼，有大的也有小的，有厚重的也有纤巧的。目光久久地探询这座迷宫，从最普通的民舍到卢浮王宫，卢浮宫自不必说，排列着塔式的廊柱，就是普通的民居，门面也有彩绘雕刻、木头骨架显露出来，大门低矮，而二层楼却悬空突出。总之，每一座建筑无不有其独特之处，无不有其立足的理由，无不巧夺天工，无不绰约多姿，无不源于艺术。建筑物虽然纷繁盘错，但是目光稍微

名师解读

作者以游客的视角描写从圣母院钟楼上鸟瞰巴黎的景象，让读者有身临其境之感，吸引读者继续阅读。

稳定下来，就能分辨出几个主要建筑群。

首先是老城，或者沿用索瓦尔的说法，叫作“城岛”。他的著作芜驳杂乱，但时有妙句：“城岛之状像只大船，漂流至塞纳河中游，深陷泥沙中而搁浅。”上文交代过，在十五世纪，这条大船以五座桥梁为缆绳，系泊于两岸之间。这种船状城岛，自然引起纹章学家的兴趣，据发汶[①]和帕斯齐埃[②]说：巴黎古老的徽章是条船，恰恰源于城岛之状，而非表示诺曼人[③]的围城。对于行家来说，徽章就是一种数学，就是一种语言。中世纪后半期的全部历史，都记述在纹章中。同样，前半期的历史，则记述在罗曼教堂的象征上。这是继神权象形文字之后出现的封建体象形文字。

名师解读

作者在介绍老城的过程中，融入了历史背景的元素，把这座城市经历过的事情娓娓道来，赋予了这座城市更深厚的历史和文化底蕴。

呈现在眼前的老城，正是船头朝东，船尾朝西。观赏者面向船首，就能看见古老房顶不可胜数，而圣小教堂后殿的铅皮圆顶高悬其上，俨然如驮着一座宝塔的大象。这座尖塔钟楼看上去非同凡响，造型最为大胆，雕镂最为精美，做工最为细腻，圆锥体周遭的透刻最为繁多，透过空隙可望见天空，真是天下独一无二。圣母院门前就近有三条街道，汇入古老房舍林立的美丽的广场。广场南侧矗立着老医院，只见那布满皱纹的门脸凄苦不堪，屋顶也仿佛长了许多脓疮和瘤子。再环视左右东西各方向，就会发现老城虽然特别狭小，却矗立着二十一座教堂的钟楼，建造年代不同，形体各异，大小不一，既有阶梯圣德尼教堂的罗曼式钟楼，低矮而蛀迹斑斑，亦称“海神监牢”[④]，也有牛倌圣彼得教堂和圣朗德里教堂的尖针状钟楼。圣母院两侧和后边：北面有哥特式走廊的修道院，南面是罗曼式主教府第，东

名师解读

作者向我们介绍了老城的主要建筑——教堂的钟楼，以观赏者视角的描写方法让我们如同身临其境地了解到老城的布局。

① 安德烈·发汶，17世纪巴黎历史学家，著有《荣誉和骑士的舞台》(1620)。

② 艾蒂安·帕斯齐埃(1529—1615)，法学家，历史学家，著有《法兰西及其国书研究》。

③ 诺曼人即今法国西北部的诺曼底人，他们于9世纪从北欧渡海南下，侵入诺曼底，建立公国，并屡次入侵内地，围攻巴黎。

④ 原文为拉丁文。

面则是荒滩的尖岬。在这密密麻麻的房舍中，根据府第天窗上僧帽状透突的高高石罩，还可以分辨出于维纳·德·于尔森公馆，那是查理六世朝时巴黎城提供给他的府第。目光再往远移一点，便能望见沼地市场那些房顶涂沥青的简陋棚屋；随着目光延伸，能看见老圣日耳曼教堂新建的唱诗室，一四五八年已扩建到弗贝韦斯街口；还可以看见行人熙熙攘攘的十字街头，某个街角竖立的一根耻辱柱、菲利浦·奥古斯都时代的一段出色的铺石马路：那条路很有气派，正中划出供行车驰马的跑道，后来十六世纪翻修，却变成极糟的所谓“同盟路”的碎石马路。还有一个荒凉的后院，那楼梯上半透明的小角楼是十五世纪时建的，而今在布尔多奈人一条街还能见到。最后，在圣小教堂右侧偏西方向，则是司法宫坐落在河边的塔楼群。御花园位于老城西端，园中高大的树木遮住牛渡沙洲。从圣母院钟楼上俯瞰，城岛两侧的河面几乎看不见；塞纳河已经消失在桥梁下面，而桥梁则消失在房屋下面了。

目光扫向这些桥梁，只见房顶发绿，显然这里水汽太重，房顶很快长了青苔；目光越过桥梁，移向左岸的大学城，首先望见的是又粗又矮的一束塔楼，那便是门廊大口吞掉一端小石桥的小堡；如果从东往西，从小堡向奈斯勒塔眺望，又可以看见房舍连成的长带，一座座画栋雕梁，镶着彩绘玻璃，屋上架屋，垂悬于铺石街道之上，而临街民房排列起来，斗折蛇行，一望无边，但常被街口切断，或者被一座大公馆给挤开一点：这种石建的府第气派很大，有庭院和花园，有主楼和厢房，昂然来到一群拥挤狭小的民宅之间，犹如领主大老爷来到一堆平民百姓中。河滨有五六处这样规模的公馆：从洛林公馆数起，它和圣贝尔纳修道院共用一道大院墙，同小塔毗邻；西端一直到奈斯勒府第，它的主楼坐落在巴黎城，一年中有三个月，黑色的三角形屋顶蚀去通红夕阳的一角。

比喻

这里运用了比喻的修辞手法，生动形象地写出了大公馆在一群民宅中显得格外气派。

不过，塞纳河左岸不如右岸商业繁华。左岸学生比工匠多，吵闹得更凶。其实，从圣米歇尔桥到奈斯勒塔楼这一段，才称得上码头堤岸。河岸其余部分，不是光秃秃的河滩，如圣贝尔纳修道院以外的地方，就是拥挤的民居，如两座桥之间房基浸在水中的那一片。河岸沿线还像今天这样，洗衣的妇女又是叫喊，又是说笑，又是唱歌，用劲捶打衣服床单，从早晨闹腾到夜晚。这也是巴黎一景，可供观赏。

景物描写

作者对塞纳河左岸的人进行描写，展现了巴黎城市风光。

大学城看上去是个整体，从头到尾，既整齐又紧密。那无数的房顶密密麻麻，棱角分明，但又相似贴近，几乎都是由同样的几何图形构成的，居高俯瞰，则呈现一片同样质地的结晶体。街道所形成的细谷虽然任意伸展，切割这片密集的房舍，但是一块块比例并未过分失调而显得零乱。四十二所院校分布均匀，各地都有一所。这些美观的建筑物房顶式样多变，风趣盎然，和下面民宅房顶是同一建筑艺术的产物，归根结底是同一种几何图形，仅仅有平方或立方的倍数差异而已。因而，这些房顶既多姿多彩，又保持总体的一致，既补充完备，又不改变总体的风貌。几何就是一种和谐。左岸还有几处华丽的公馆，不时从民居如画的顶楼上突兀峭立，成为富丽堂皇的点缀，计有奈维尔公馆、罗马公馆、兰斯公馆，可惜已经不复存在，所幸还有克吕尼公馆存续至今，可稍慰建筑艺术家的心，讵料几年前塔楼又被拆毁，真是天大的蠢事。在克吕尼附近，有一座罗马式宫殿，圆顶拱廊十分悦目，那便是尤里安皇帝所建的公共浴室。还有不少寺院，其美观和宏伟，不亚于那几座公馆，而且美观中又多了几分虔诚，宏伟中又平添几分肃穆。首先引人注目的，一是有三座钟楼的圣贝尔纳修道院；一是圣日内维埃芙修道院，但今天只残存方形塔楼，毁掉部分令人不胜叹惋；一是索邦，既是学校，又是修道院，但是建筑仅仅留下令人十分赞美的教堂中殿；一是圣马太教派四边形的秀美的修道院；一是毗

景物描写

大学城四十二所院校和民宅的房顶由同一建筑艺术塑造，形式多样，但总体是一致、和谐的。

阅读笔记

叙述

作者介绍了大学城的修道院。

邻的圣伯诺瓦修道院，就在本书出版第七版和第八版之间，人们在这所修道院内草草造起一个剧场；一是结绳教派修道院，那三面高大的山墙并列相连；一是奥古斯都教派修道院，那挺秀的尖塔的透刻花边，在巴黎左岸从西面数起，是继奈斯勒塔之后位居第二。实际上，各院校是联结神修院和尘世的中间环节，隔开府第和寺院，在这片建筑群里处于正中，显得既肃穆又文雅，雕塑不如公馆那么飘逸，建筑风格又不像修院那么素淡。这些建筑的哥特艺术，在富丽和简约之间的分寸掌握得恰到好处，只可惜如今几乎荡然无存了。在大学城中，教堂很多，一座座都很壮观，体现历史各个时期的建筑风格，从尤里安朝代的半圆拱腹数起，直到圣塞维兰时期的尖拱式样。它们高踞于其他建筑之上，仿佛在这庞大的和谐体中，又增添了一种和谐；它们突破各种各样壁墙的侧影，展现那多刺的利箭、透空的钟楼、纤细的长针，不过，这种线条也无非是屋顶房脊锐角的绝妙夸张。

叙述

作者对院校中的哥特式样的消失表达了惋惜之情。

景物描写

从圣母院眺望大学城，景象美不胜收，错综复杂的街道、葡萄串似的房屋和马路上来来往往的行人组成了这个热闹喧哗的巴黎城。我们能够从作者的描述中感受到他对巴黎城的热爱之情。

大学城坐落在丘陵地带。东南方那突起的巨大圆丘，便是圣日内维埃芙山。从圣母院上眺望这里，美不胜收：许多弯弯曲曲的狭窄街道（现在称拉丁区）、犹如葡萄串似的房舍，从山顶向四面八方散开，混乱无序，几乎从陡坡俯冲下去，一直冲到河岸，姿态各异，有的仿佛要跌倒，有的又好像掉头往上爬，似乎彼此都在相互制约、相互扶靠。无数的黑点汇成长流，在马路上交错而过，往来不断，要搅乱眼前的整个景物，那便是居高远眺所见到的行人。

景物描写

作者带着我们鸟瞰巴黎大学城，除了建筑物外，还可以看到院墙、圆塔和城门。

总之，无数的房顶箭塔和高低起伏的建筑物，把大学城的轮廓折叠、扭曲并切割得奇形怪状。在这些高低起伏的建筑物空隙当中，还能依稀望见几段长满青苔的大院墙，望见一座敦实厚重的圆塔，以及堡垒似的带雉堞的城门，那便是菲利浦·奥古斯都城垣。城外便是绿葱葱的牧场；再过去就是向远方伸延的大道，沿途还零星有些房舍，但越远越稀少。不过，近郊乡镇有几个还相当大。首先是始自小塔的圣维克托镇，它在比埃夫尔河上有一座单孔桥，它的修道院中还能看到胖子路易[①]的墓志铭，它那教堂建于十一世纪，八角顶的周遭竖立四座小钟楼（埃唐普也有同样一座教堂，至今尚未拆毁）。其次是圣马索镇，当时它已经有三座教堂和一所修道院。再数下来就是圣雅各镇，它左临戈勃兰[②]家的磨坊及其四堵白墙，十字街头挺立着雕刻精美的十字架；高台阶圣雅各教堂，当初是哥特式的，尖顶十分挺秀悦目；还有圣马格洛瓦教堂，中殿很美观，建于十四世纪，拿破仑曾用来装草料；还有田园圣母院，里面装饰许多拜占庭式的镶嵌图案。目光一直往西转移，先抛下田野里孤零零的夏特娄修道院，那是和司法宫同时代的绚丽多姿的建筑物，院内有分隔成小块块的花园；再抛下时有鬼怪出没的伏维尔修道院废墟，便望见牧场圣日耳曼修道院的三个罗曼式尖顶。其时，圣日耳曼已发展成为大市镇，有近二十条街道。圣绪尔皮斯修道院的尖顶钟楼标出市镇的一角，旁边就是圣日耳曼集市的四面围墙，如今那里面仍为市场；接下去是神甫耻辱柱，那是一座美丽的小圆塔，塔上有一顶很好看的圆锥形铅皮盖。瓦厂还有一段路，炉街通到公用面包炉，磨坊则坐落在土丘上；还有麻风病院，那是一座名声不好的孤零零小房。不过，还是牧场圣日耳曼修道院本身，格外引人注目。毫无疑问，这座修道院气象宏大，既像教堂，又像领主的府第，巴黎的主教们能在此住宿一夜都深感幸运；它的斋堂造得气派非凡，十分美观，又有花棂彩绘圆窗，简直不亚于大教堂；还有典雅的圣母小教堂、规模庞大的寝室、几座宽敞的花园，还有铁闸门、吊桥，以及伸入周

景物描写

作者介绍了圣维克托镇、圣马索镇和圣雅各镇这三个近郊乡镇的建筑。

景物描写

这里作者介绍了圣日耳曼镇。

---

① 胖子路易，即路易六世（1081—1137），法国国王，1108—1137年间在位。

② 戈勃兰，著名的染坊主家族，后又开设壁毯厂等。

景物描写

作者介绍了宏大壮美的圣日耳曼修道院。

景物描写

作者首先围绕新城东边的四府展开介绍。

景物描写

这里介绍了位于四府后面的圣波耳宫。

围绿野的垛子围墙。只见那一座座庭院里，武士的盔甲和教士的饰金斗篷交相辉映，而这一切远远望去，围绕着哥特式东圆堂之上半圆拱腹的三座高高尖塔，构成了宏伟壮丽的景观。

饱览大学城全貌之后，目光再移向右岸，移向新城，那又完全是另一番景象。新城实际上比大学城大得多，但是格调却不那么统一。一望就能看出，新城分成几个大块，彼此泾渭分明。首先东边那一片，如今称为沼泽区，那是卡穆洛惹纳①把恺撒诱入泥塘的地方，只见那里府第宫舍连成一片，直抵河边，其中四座几乎连成一体，即儒伊府、桑斯府、巴尔博府和王后宫，那挺秀的角楼突起的青石板房顶，倒映在塞纳河中。四府占满了诺南迪埃街和则勒司定会修道院之间的地盘，而在修道院的尖顶衬托下，四府的山墙和围墙雉堞的线条显得愈加优美。几座水边的发绿的破房，虽然位于四府前面，但是遮不住四座豪华大厦门脸那美丽的壁角、那方形石框的宽大窗户、那饰满塑像的尖拱门廊、那轮廓始终分明的高墙尖脊，以及显示哥特建筑艺术随时能重新组合的各种奇思妙想。四府后面则是神奇的圣波耳宫的围墙，它向四面八方伸延，范围广阔，形态多变，时而像一个堡垒那样，墙垣有垛子，有断裂处，并围以树篱，时而像查尔特勒修道院那样，院墙为高树所遮蔽。这座行宫极大，法兰西国王能显得极有排场，同时接待二十二位相当于王储和勃艮第公爵品位的王公及其扈从仆役，更不用说接待大领主以及来巴黎观光的皇帝；至于狮子，在王宫里也都有专用的别馆。这里要说明，为王公准备的每套房子不下十一间，从礼仪厅直到祈祷室，一应俱全；这还不算一条条游廊、一间间浴室、一间间蒸汽浴室，以及每套房子的“备用之

① 卡穆洛惹纳，高卢人的一个首领。在公元前52年高卢人反对罗马统治的大起义中，他把恺撒一支军队诱入沼泽。

所”；而且国王的每位贵宾都有专用花园。此外，还有大大小小的膳食房、酒窖、配餐室、宫中的公共食堂；还有几个家禽饲养场，附设从烤房到配酒房等二十二个作坊；还有无数种游戏场，如木槌球、手网球、投环球，等等；还有飞禽大棚、养鱼池、动物园、马厩、牛羊圈；还有图书馆、兵器馆和铁工场。当年的王宫，如卢浮宫、圣波耳宫，气派之大，堪称城中之城。

细节描写

作者运用了多处细节描写，刻画出圣波耳宫的气派。

从我们伫立的钟楼上远眺，圣波耳宫虽然半掩蔽在四府大厦的后面，但是看起来仍然十分壮观，令人赞叹不已。查理五世用镶有彩绘玻璃的几条小圆柱长廊，将三座公馆同王宫巧妙地合为一体，尽管如此，还是能分辨出那三座附属建筑：其一是小缪色公馆，那楼顶边缘镶有雅致的花边栏杆；其二是圣摩尔神甫公馆，那建筑的气势犹如一座堡垒，有一座高大的塔楼，备有箭孔、枪眼，墙垣中间还有铁棱堡，神甫的纹章雕刻在萨克逊式宽大的城门上，正当吊桥的两个槽口之间；其三是埃唐普伯爵府，那主楼顶层已经坍毁，看上去变圆了，参差不齐好似鸡冠。此外，还能望见三五成堆的老橡树，零散分布几处，好像硕大无朋的菜花；还有那清澈的水池上天鹅的嬉戏、只望见边角的许多如画的庭院，以及那矮拱粗柱并安装铁闸门、终年传出吼声的狮子馆。穿过这一切，便能望见圣母礼赞堂那剥落成鳞状的尖顶，左侧那配有四座玲珑剔透的小塔的巴黎府尹公馆。正中最里端才是圣波耳宫：从查理五世起，这座宫舍就重叠增建门脸，陆续添加各种装饰，二百多年来全凭建筑师的一时兴致，屋上架屋，头上安头，弄得五方杂处，不伦不类，如小教堂增建东圆室，游廊旁边竖起了山墙，还到处安装随风转动的风信鸡，并排建了两座高塔，圆锥形塔顶盖底部雉堞起伏，酷似两顶卷檐儿的尖帽子。

景物描写

这里介绍了圣波耳宫的附属建筑：小缪色公馆、圣摩尔神甫公馆和埃唐普伯爵府。

景物描写

上文中描述了圣波耳宫的气派、壮观，这里的介绍可以帮助我们了解到，查理五世统治以后圣波耳宫逐渐改变了面貌，失去了和谐的美感。

这座宫苑呈梯状向远方伸延，我们的目光也拾级而上，跨过新城屋顶中间标示圣安托万街的一条深谷，便到达昂古莱姆

景物描写

这里介绍的是昂古莱姆公爵府。

借景抒情

通过作者细致的描绘，我们能够感受到他对这片塔林的喜爱之情。

公爵府。我们仍然只谈主要部分。这所庞大的建筑历时几个朝代才完成，有些部分还崭新洁白，同整体难以融合，犹如蓝色外衣上缝了红补丁。这座现代风格的宫殿，殿顶又尖又高，十分奇特，边角安装一条条镂花的天沟雨槽，顶盖又覆以铅皮，而铅皮上缠绕着奇异的藤蔓花案，闪闪发光，正是镀金的黄铜镶嵌；主体建筑的几座粗塔状如大酒桶，由于年久失修，中间膨胀而颓坍，从上到下出现道道裂缝，好似袒露的大肚皮，而在这古老宫殿晦暗残败的景象中，焕发异彩的镶嵌殿顶却卓然独立，挺秀超拔。后面则是尖塔林立的小塔宫，只见尖塔、小钟楼、烟囱、风信标、螺形塔、盘旋塔、仿佛用冲头打了洞而透空的顶塔，以及亭台楼阁、当时称为纺锤塔的细长塔，一片林立，高矮不同，形神各异，真是千姿百态，显得无比神奇、无比空灵，可以说世间绝无仅有，纵然到香堡城，到西班牙的阿兰布拉城，也见不着这种景观。这一片塔林，宛若一个巨型的石头棋盘。

小塔宫左侧，耸立着一簇黑乎乎的巨大炮楼，彼此嵌合，仿佛被环带沟堑勒得太紧；主堡上的枪眼数量远远超过窗口，吊桥常年吊起，大铁门永远关闭，那就是巴士底城堡[①]。一只只黑喙从城垛之间探出来，远远望去仿佛檐槽，其实那是一口口大炮。

在这庞然大物的脚下就是圣安托万门，夹在两座炮台之间，处于石弹的威胁之下。

过了小塔宫，直到查理五世城垣，眼前展现柔软光滑的地毯，那是色彩绚丽的一片片绿茵、一片片花木、一片片庄稼、一片片王家禁苑。那中间有林木路径迷错失踪的地带，一看便知那是路易十一世赐予库瓦蒂埃的著名迷宫花园；迷宫之上矗

---

① 巴士底原是拱护圣波耳宫的要塞，后来改为囚禁要犯的地方，再称巴士底狱堡。

立着观象台，仿佛一根孤零零的大圆柱顶着一间小屋，库瓦蒂埃博士就在那间观象室里，观测可怕的星相。

如今那里是王宫广场。

如上所述，宫殿区占满了查理五世城垣与东边塞纳河的整个夹角地带，我们只介绍了最突出的几处建筑，想给读者一个大概印象。新城中心是一大片居民区；而老城右岸的三座桥梁，实际上就是通向这里的：有了桥梁，总是先建民宅后起王宫的。这片民宅十分拥挤，好似蜂房的一个个小蜂窝，自有其美的一面。一国京城连成一片的屋顶，宛如汪洋大海的波浪，蔚为壮观！看那街道纵横交错，于整体中呈现出千姿百态。菜市场好似一颗明星，射出千道华光。圣德尼和圣马尔丹两条长街，分出许多枝枝杈杈，就像并排生长的两棵大树，连理枝丫交织起来。有几条弯弯曲曲的线路，蜿蜒通过居民区，那便是石膏厂街、玻璃厂街、纺织厂街，等等。也有一些美丽的建筑，从房舍墙壁所汇成的石海里冲出来。首先是大堡，屹立在货币兑换所桥的桥头，而靠下一点，塞纳河水在水磨桥的水轮下，浪花滚滚，赫然可见。大堡已经不是叛教者尤里安统治时期那种罗马风格了，而建成一座十三世纪封建时代的炮楼，所用的石头异常坚硬，拿尖镐刨三小时，也啃不下拳头大的一块来。其次屠宰场圣雅各教堂华美的方形钟楼，那精雕细刻的边角都长满了青苔，十五世纪尚未完工，就已经令人赞叹不已。尤其那四只怪兽，今天仍然蹲在房顶四角，当时却还没有；那样子真像斯芬克斯，仿佛看着新巴黎，要猜出旧巴黎的谜。直到一五二六年，雕塑家罗耳才把怪兽安放上去，一番心血只挣二十法郎。再如大柱楼，正对着河滩广场，那情景上文已向读者略微介绍过。还有圣热维教堂，可惜被后来添设的“式样高雅”的大门给糟蹋了；圣梅里教堂，那古老的尖拱还近乎呈半圆状；圣约翰教堂，那美

作者非常擅长运用比喻将所要描写的事物生动形象地刻画出来，这里把拥挤的民宅比喻成一个个小蜂窝，把连成一片的屋顶比喻成大海的波浪，把菜市场比喻成明星，把长街比喻成枝杈繁多的大树，寥寥几笔，便在读者面前展开了一幅真实、饱满的巴黎新城的局部立体画卷。

阅读笔记

景物描写

作者介绍了新城中心的一些建筑物，例如坚固的大堡、华美的钟楼、大柱楼和圣热维教堂等。

轮美奂的尖顶也是有口皆碑。还有二十来座建筑物不甘于埋没，冲出幽暗、狭窄而深邃的街道那一片混沌，展现奇绝的身姿。除此之外，还应算上那些挺立在十字街头、比绞刑架数量还多的石雕十字架，以及越过重重屋顶远远望见围墙的无辜婴儿墓、从科索纳里街的两个烟囱之间望得见顶端的菜市场耻辱柱、终日黑压压一片行人的十字街头上特拉瓦十字教堂的“梯子”、小麦市场那环形大棚，在民宅的掩蔽中还能分辨出菲利浦·奥古斯都古城垣的残段：为青藤吞没的城楼、倾覆的城门、不辨形状的残垣断壁；当然还有河滨大街，那数以千计的店铺和鲜血淋漓的剥皮场、从草料港到主教港船舶往来如梭的塞纳河。看到这一切，对于巴黎新城不等边四边形中心区在一四八二年的情景，就会有个模糊的印象。

新城内还有鳞次栉比的小教堂和修道院。

除了宫殿区和居民区，新城面貌还有第三种类型，那就是由寺院连成的长带，从东到西几乎围住整个新城。这条长带位于护卫巴黎的城墙里侧，可以说是由修道院和小教堂构成的第二道城垣。例如，紧挨着小塔林园的圣卡特琳教堂及其宽阔的田园，它坐落在圣安托万街和圣殿老街之间，背靠着的就是巴黎城墙。在圣殿老街和新街之间有圣殿教堂[①]，那孤零零而又阴森森的一束高耸的塔楼，围着一道有雉堞的大院墙。在圣殿新街和圣马尔丹街之间，则是圣马尔丹教堂，四周有花园，设防森严，其建筑出类拔萃，那环带似的塔楼群、三重法冠似的钟楼，只稍逊于牧场圣日耳曼教堂。三圣教堂的围墙从圣马尔丹街延至圣德尼街。最后，在圣德尼街和蒙多戈伊街之间，还有一所修女院。那旁边正是奇迹宫廷朽烂的屋顶和破败的院墙：那是由寺院构成的虔诚链条上掺杂的唯一世俗的环节。

解释说明

三圣教堂指的是上文中提到的圣卡特琳教堂、圣殿教堂和圣马尔丹教堂。

---

① 圣殿老街因圣殿教堂命名。圣殿骑士会创建于1128年，是天主教的一个军事组织，在十字军东征中起重要作用。

右岸民居密集的房顶中间，还有第四个区域自行标出，位于古城墙西角和城岛下游的河边，那便是簇拥在卢浮宫脚下新的一环宫殿和公馆。菲利浦·奥古斯都的老卢浮宫，远远望去，就好像镶嵌在阿朗松府和小波旁宫哥特式尖顶上。这条塔身巨龙，堪称巴黎城的守护大神，那二十四颗脑袋日夜翘立守望，怪异的身躯鳞光闪闪，显然那是有金属般流光溢彩的铅皮和石板。以这一造型标示新城西端的界线。

比喻

卢浮宫是新城西边的标志性建筑物，这里运用了比喻的修辞手法，刻画出卢浮宫的庞大。

综上所述，十五世纪巴黎新城的情景是：古罗马人所谓的“岛”，即那一大片民宅，左右各有一大群宫殿，西边以卢浮宫为首，东边以小塔宫为冠，北面那一条长带，则是寺院和田园。俯瞰整个新城，只见一片混杂交融、难以计数的建筑，屋顶或铺瓦，或盖青石板，层层叠叠，相割交切，构成许多特异怪诞的序列：首先高耸突出的是右岸四十四座教堂的钟楼，一座座刺花文身，密纹精雕细镂；还有无数条纵横交错的街道，一端截止到方塔楼城垣（大学城垣上则为圆塔），另一端通到塞纳河畔，而塞纳河又被桥梁切断，河面上行驶着货船。

名师解读

作者为我们简明地介绍了十五世纪巴黎新城的建筑群和街道，呈现出巴黎新城的风貌。

城墙外围，紧靠着城门有几个城关小镇，但比较分散，数量也不如大学城那边多。巴士底城堡背后有二十来间简陋的民房；环绕着有奇特雕刻装饰的福班十字架教堂，以及建有拱扶壁的田园圣安托万教堂；还有波潘库尔镇，那周围全是麦田；库尔提伊，那是开设不少家小酒店的快活的村庄；圣洛朗镇，镇上教堂的钟楼远远望去，仿佛加入圣马尔丹门尖塔之列；圣德尼镇，拥有大片围起来的圣德尔田园；蒙马特尔城门外有一圈白墙，里面是河运谷仓，谷仓背后则是石灰岩的蒙马特尔山，当年山上教堂和磨坊的数量大致相当，后来只剩磨坊，因为现今社会只有肉体需要食粮。最后，在卢浮宫的远处，可以看见在牧场中展现的已有相当规模的圣奥诺雷镇、郁郁葱葱的小布列塔尼园林，以及猪崽市场，市场中

讽刺

这里作者的叙述具有讽刺意味。

心支着骇人的大锅，是用来处死伪币制造犯的。你已经注意到，在库尔提伊和圣洛朗之间的荒凉平原上，有一个小土丘，丘顶好像有个什么建筑物，远远望去，仿佛倾颓的一排柱廊，立在裸露的地基上。那既不是巴特农神庙，也不是奥林匹斯山朱庇特神殿，而是鹰山。

我们历数这么多建筑物，不管多么力求简洁扼要，但是在我们构筑过程中，如果还没有从读者头脑里消除对老巴黎的通常印象，那么现在，我们就再用几句话概括一下。中心是城岛，形状酷似一只乌龟，带着覆瓦鳞片的几座桥梁，犹如从灰色屋顶龟壳里探出来的足爪。左岸大学城是个不等边四边形，结结实实地结为板块，既密集又拥塞，而且长满了皮刺。右岸那广阔的半圆形是新城，城中掺杂多得多的花园和高大建筑。总共三大块：老城、大学城和新城。街道无数，纵横交错。塞纳河流经全城，按照杜勃勒耳神甫的说法，就是“塞纳河乳母”。河中一块块沙洲、一道道桥梁、一只只船舶，显得十分拥挤繁忙。巴黎四周是一望无际的平原，补缀着上千种庄稼的一块块田地，镶嵌着一座座秀丽的村庄。左岸有伊西、旺夫尔、蒙特鲁日、兼有圆塔和方塔的冉提伊，等等；右岸另有二十来座村庄，从孔弗朗直到主教城。从巴黎向四周远眺，天际绣了一圈丘峦的花边，好似一个大盆的边缘。总之，如果远眺，东方是万森城堡及其七座四角塔，南方是比塞特及其小尖塔，西方是圣克卢及其主堡，北方则是圣德尼及其尖顶。这就是一四八二年栖止在圣母院钟楼顶端的乌鸦所见的巴黎。

景物描写

作者概括了巴黎城内的面貌。

景物描写

这里作者概述了从巴黎城远眺四周所能看到的建筑。

然而，就是这样一座城市，伏尔泰却说："在路易十四世之前，只有四座美丽的建筑。"即索邦神学院的大教堂、圣恩谷教堂、现代风格的卢浮宫，我已忘记第四个是什么，也许是卢森堡宫吧。所幸的是，尽管如此，伏尔泰还是创作出了《老实人》，仍然成为世世代代人类中，最善于发出魔鬼般笑声的人。这也恰好证明，一个人即使是旷世奇才，对不懂的一门艺术还是一窍不通。莫里哀说拉斐尔和米开朗琪罗是"他们时代的米尼亚尔[①]"，不是以为非常抬举他们吗？

言归正传，还是回到十五世纪的巴黎。

当年的巴黎，不仅是一座美丽的城市，而且风格统一，是中世纪历史和建筑艺术的产物，是一部用石头撰写的编年史。这座城仅由两层构成：罗曼层和哥特层；须知罗马层早已绝迹，只有在尤里安时代的公共浴室那里，它才穿透厚厚的中世纪外壳冒了出来。至于凯尔特层[②]，即使到处挖井也难再找出样品了。

五十年后，文艺复兴运动一起，巴黎那种十分严谨，但又多彩多姿的统一性中，就掺进光彩夺目的豪华装饰，即文艺复兴的奇思异想和种种体系，开始出现罗马式半圆拱腹、希腊式圆柱、哥特式低矮圆拱，开始出现感情细腻而富于理想的雕塑、藤蔓花纹和莨菪叶饰的特殊情趣，以及富于异教情调的路德时代的建筑艺术。这样一来，巴黎也许更美了，但是在感观上就没有那么和谐了。可惜，这种辉煌的时期持续不久。文艺复兴并非不偏不倚，它绝不满足于建设，还要破坏，它的确需

阅读笔记

名师解读

从这段叙述中我们可以看出，作者对历史、建筑艺术等方面的知识十分了解，这样丰富的知识储备为他的小说创作奠定了坚实的基础。

名师解读

我们可以从字里行间感受到作者对巴黎城哥特式建筑消亡的惋惜。

① 米尼亚尔（1610—1695），法国古典巴罗克画家，以宫廷肖像闻名。起初他模仿拉斐尔的作品。这里雨果讽刺莫里哀本末倒置。

② 凯尔特人最早居住在现在德国的西南部。公元前3世纪之前，他们就侵入高卢、西班牙、巴尔干等地，非常强盛。公元前3世纪至前1世纪，日耳曼人和罗马人逐渐摧毁他们的统治。

阅读笔记

要发展的地盘。因此，哥特式巴黎只是在一瞬间完整齐备。屠宰场圣雅各教堂刚刚落成，就开始拆毁老卢浮宫了。

此后，这座大都市日益改观。罗曼式巴黎磨灭，哥特式巴黎取而代之；哥特式巴黎也同样磨灭了，可是谁又能说得准，是什么巴黎取而代之呢？

在土伊勒里宫[①]中，有卡特琳·德·梅迪契的巴黎；在市政厅，则有亨利二世的巴黎，这两座建筑至今仍然超凡入圣；在王宫广场有亨利四世的巴黎：那是三色的楼房，门脸由砖砌成，墙角为石头结构，屋顶则铺着青石瓦；在圣恩谷教堂见到的是路易十三的巴黎：一种矮墩墩的建筑式样，穹隆好似带提手的篮子，圆柱莫名其妙地鼓起肚子，圆顶又莫名其妙地驼着背；荣军院则是路易十四的巴黎：那建筑宏伟华丽，金光闪闪，却又冷冰冰的；路易十五的巴黎在圣绪尔皮斯修道院：有涡旋、飘带系结、云霞、细纹、菊莴苣叶饰，全是石刻的装饰图案；路易十六的巴黎在先贤祠：那是罗马圣彼得大教堂的拙劣翻版，整个建筑很笨拙，再紧凑也难以补救线条的缺点；共和的巴黎在医学院：格调贫乏，模仿罗马古竞技场和希腊的巴特农神庙，如同共和三年宪法模仿米诺斯法典，建筑艺术上称为“获月[②]风格”；拿破仑的巴黎在旺多姆广场：显得很有气派，那根高耸的铜柱，是熔大炮铸成的；波旁王朝复辟的巴黎则在交易所广场：那一排洁白的廊柱支撑着平滑的中楣，总体上看方方正正，耗资两千多万。

名师解读

中世纪的巴黎有很多罗曼式和哥特式建筑，但在中世纪之后，在君主的主持下，城市的建筑风貌发生了巨大的改变。看到那些最富有艺术价值的建筑逐渐消失，作者对此表达了自己的担忧。

---

①土伊勒里宫不只是16世纪的艺术珍品，也是19世纪历史的一页。这座宫殿不再属于国王，而是人民的了。就让它保持现在这种模样吧。我们的革命两次在它的额头打上烙印。它那两重门脸，有一重挨了8月10日的炮弹，另一重则挨了7月29日的炮弹。这座宫殿是神圣的。——1831年4月7日于巴黎（第五版雨果原注）

译注：两次炮击，一次是1792年8月10日，另一次是1830年7月29日。

②获月，或穑月，法兰西共和历法第10月，相当于公历6月19日至20日到7月19日至20日。

精简点评

这一卷，作者主要围绕巴黎圣母院和巴黎城的全景展开叙述。在作者笔下，巴黎城市的发展就是一部壮丽的史诗，它的发展和壮大离不开历史、文化和艺术的积淀。但辉煌是暂时的，中世纪之后，这座古城就失去了原有的风貌，作者对此表达了自己的惋惜之情。

佳词美句

毗邻　俯瞰　远眺　泾渭分明　纷至沓来

巴黎房舍就在这盆地里拥挤、堆积，如同水库中的水位那样上涨，越来越深邃，往上层层相叠，楼上加楼，好比受压的汁液往高处喷射，都争先恐后地伸头探脑，要超过左邻右舍，好多呼吸点空气。

阅读思考

1. 通过作者的描述，你觉得中世纪的巴黎城是怎样的？
2. 你认为作者描写巴黎全貌的意图是什么？

第四卷

一 善 人

这里运用了插叙，交代出卡西莫多的身世。

对话描写

这里加入了围观者的对话，其实是想表明他们对这个婴儿的态度——显然不是很友好，因为他长得太怪异了，人们都表现出了嫌弃的神情。这样的描写更能突出卡西莫多长相的怪异，为后面的故事情节做了铺垫。

在这个故事发生的十六年前，那是卡西莫多星期日[①]晴朗的早晨，圣母院弥撒结束后，发现前庭左首的木榻上放了一个小生灵。按当时的习俗，弃婴置放在木榻上，就是求人收养，谁愿意都可以抱走。木榻前有一个铜盘，是投放施舍的。

公元一四六七年，卡西莫多日的早晨，躺在木榻上的那个活物，显然引起人们的极大好奇；一时观者如堵，但大部分是妇女，而且几乎都是老太婆。

其中四位老妪站在最前列，腰弯得也最低，瞧着这张木榻，从那连风帽的斗篷能看出，她们是哪个修女会的。

“这算什么弃婴，简直就是个讨厌的怪物。”

“您还没有看出来，这小怪物少说有四岁了。”

“这个小怪物”，的确不是新生儿。这是一小堆肉，装在麻布袋里，鼓鼓囊囊，拼命地蠕动，布袋上印着当时的巴黎主教纪尧姆·夏提埃先生姓名的缩写。布袋口露出一个畸形的脑袋，只见一头蓬乱的棕发、一只眼睛、一张嘴巴和牙齿。那只眼睛在流泪，那张嘴巴在啼叫，那牙齿仿佛想咬人。整个一堆在麻袋里挣扎，人越聚越多，使围观的人不胜惊讶。

“要照我的想法，”约翰娜·德·拉塔尔姆高声说，“不能

---

① 卡西莫多星期日，即复活节后的第一个星期日。卡西莫多是这天弥撒人祭祷的开头两个词。

让这个小巫师躺在木板上，最好把他扔到一堆柴火上。”

“扔进熊熊燃烧的柴堆里！”另一位老妪说道。

有个年轻教士来了好一会儿，他默默拨开人群，端详着那个“小巫师”，伸出手去护住；正是千钧一发的时候，因为所有修女都在热心地描绘“柴堆的熊熊火焰”。

“我收养这孩子。”教士说道。

他用教袍一兜，将孩子带走了。众人一阵惊愕之后，一个嬷嬷说：“这个年轻神学生克洛德·弗罗洛先生是个巫师。”

二　克洛德·弗罗洛

提起克洛德·弗罗洛，确非寻常之辈。

他出身中等家庭，为上等市民或者小贵族。他的家庭从帕克莱兄弟继承了蒂尔夏普采邑。那片采邑原属巴黎主教管辖，为了其中的二十一栋房子，在十三世纪打了许多场官司。现在，克洛德·弗罗洛作为采邑的主人，位于一百四十一位领主之列，享有巴黎及其城乡的年贡。鉴于此，他的姓名长期载于存放在田园圣马尔丹教堂的档案中，排在属于弗朗索瓦·勒雷的唐卡维尔公馆和图尔学院之间。

克洛德·弗罗洛早在幼年，就由父母决定献身神职。他是从拉丁文学习认字看书的，并养成了低头垂目、轻声说话的习惯。他在童稚之年，就被父亲送进大学城托尔希学院，过着隐修学习的生活，在经书和希腊文辞典中长大成人。

这孩子生性忧郁，总是一本正经，不苟言笑，学习十分勤奋，领悟得很快。在课间游戏时，他从不吵吵嚷嚷，也不同福瓦尔街那些酒徒胡混。

阅读笔记

人物介绍

从这里的介绍可以看出，弗罗洛是一个学习勤奋、领悟能力很强、为人正直的人。

人物介绍

少年时期的弗罗洛在神学上已有很高的造诣。

他经常出入约翰·德·博韦街的大小学堂。山谷圣彼得教堂的神甫，每次到圣旺德日西尔学校开始宣讲教会法典时，首先注意到总靠着一根柱子站着的一名学生，那就是克洛德·弗罗洛，只见他携带了羊角墨水瓶，用嘴咬着鹅毛管笔，垫着磨损的膝头记录，冬天还要往手指上呵气。每星期一早晨，歇夫·圣德尼学校一开门，神学博士米勒·狄利埃先生看见头一个气喘吁吁跑来听讲的，就是克洛德·弗罗洛。因此，虽然这个年轻的神学生才十六岁，但他在神秘神学方面比得上教堂的神甫，在经文神学方面比得上宗教评议会的神甫，在经院神学方面比得上索邦神学院的博士。

修完神学课程，他又急忙攻读法典。

他吃透了法典之后，又潜修医学和各种自由学科[①]，攻读了草药学、膏药学，成了热症、扭伤、骨折和疔疮方面的专家。雅克·德·埃斯尔如若在世，一定会接受他为内科医生；同样，理查德·艾兰也会接受他为外科医生。在自由学科方面，他先后获得了学士、硕士和博士学位。他还攻读语言，学会了拉丁文、希腊文和希伯来文。他如饥似渴，不断获取和积累知识的财宝。到了十八岁，他修完了四个学院[②]的全部课程。这个青年似乎认为，人生的唯一目的就是求知。

大约在这个时期，即一四六六年盛夏时节，流行了一场大瘟疫，仅在巴黎子爵采邑，就有四万多人被夺走了性命，据约翰·德·特洛伊说，其中就有“国王的星象师阿努尔，一个聪明而有趣的好人”。大学城里盛传，瘟疫在蒂尔夏普街尤为猖獗，而克洛德的双亲所住的采邑，恰恰就在那条街上。年轻的神学生惶惶不安，赶紧跑回家去，一进门才知道，父母已于头

---

① 自由学科包括语法、伦理、修辞、算术、几何、音乐、天文。

② 当时指神学、法学、医学和自由学科四所学院。

天晚上双双病故，只抛下一个小弟弟，在摇篮的襁褓中呱呱啼哭。克洛德一家人，只留下这个小弟弟了。年轻人抱起孩子，离开家门，边走边考虑。从前，他完全生活在学问中，此后，他开始在现实中生活了。

这场灾祸，是克洛德生来所面临的第一次危机。他成了孤儿，但又是长兄，十九岁就当了家长，便从学校的梦幻中猛醒，回到尘世中来。于是，他大发悲悯之心，对这个孩子、自己的弟弟极尽挚爱和献身精神，他这样一个只爱书本的人，忽然有了常人的亲情，这真是美妙的奇事。

人物介绍

童年时期，弗罗洛就表现出了勤奋好学的品质，他不仅刻苦，而且认真。由于一场瘟疫，他失去父母，变成了孤儿，只有尚在襁褓中的弟弟这一个亲人，突然的变故和对弟弟的悲悯，唤醒了弗罗洛埋于内心的爱。

从此，克洛德感到肩负重担，开始极为严肃地对待生活了。他决心对上帝负责，全身心献给这孩子的前途，决心一辈子不要女人，不要孩子，只保证弟弟的幸福和前程。从此，他更加专心致力于教职的使命。由于他品德高尚，博学多才，采邑又直接附属于巴黎主教，教会的大门自然为他敞开。年仅二十岁，他就得到教廷的嘉惠殊恩，当上了神甫，成为圣母院中最年少的教士，主持人称“懒汉圣坛”的最晚的弥撒。

同时，他越发潜心研读，即使偶尔放下心爱的书本，也只是出去个把钟头，跑到磨坊去看一看。这样苦学苦修，在他这种年龄是难能可贵的，因此，他很快就博得修院上下的敬重和钦佩。他博学的声望也从修院传到百姓中间，赢得“巫师”的绰号，这一小小的改篡，在当时也是常有的事。

懒汉圣坛就在唱诗室通向中堂的右侧门旁边，离圣母像不远。卡西莫多日那天，克洛德到懒汉圣坛做完弥撒，回去时看见弃婴木榻围了一堆人，听到几个老太婆叽叽喳喳的议论，这唤起了他的注意。

就这样，他走近那个遭人痛恨威胁的不幸的小东西。可怜的孩子身体畸形丑陋，遭到遗弃，这情景惨不忍睹，克洛德不禁联想到自己的弟弟，头脑里突然产生一种幻觉：万一自己

阅读笔记

心理描写

深爱弟弟的弗罗洛看到了被遗弃的卡西莫多，心生悲悯，收养了他，可见弗罗洛是一个内心善良的人。

死了，他亲爱的小约翰也会被置放在弃婴木榻上，落到这种悲惨的境地。于是，他百感交集，悲悯之心油然而生，就把孩子抱走了。

他把孩子从麻布口袋里抱出来一看，的确畸形、丑陋不堪。可怜的小魔鬼左眼上长了个瘤子，脑袋缩到脖颈里，脊椎骨弯曲，前胸隆起来，双腿也打弯，不过，看样子生命力倒很旺盛，虽然听不懂他咿咿呀呀讲的是什么语言，但那啼叫声却很有力量，表明体格十分健壮。

克洛德给养子洗礼，取名为“卡西莫多”，也许他想以此纪念收养孩子的日子，也许他想以名副实，表明这个可怜的小东西天生的形体残缺不全。确实如此，卡西莫多——独眼，驼背，又是罗圈腿，只能说“三分像人[①]”。

叙述

卡西莫多一直在教堂中生活，教堂就是他的全世界，宗教控制着他的思想。在这种封闭的环境中，他的自我意识被逐渐削弱，性格也变得孤僻。这里作者在暗示中世纪时期宗教对人的思想的黑暗统治。

三　怪兽群有怪牧人

时光流逝，到了一四八二年，卡西莫多已经长大成人，多亏义父克洛德·弗罗洛的保举，在圣母院当敲钟人已有数年；而克洛德·弗罗洛也多亏恩公路易·德·博蒙的保举，当上了若萨的主教代理。

就这样，卡西莫多成了圣母院的敲钟人。

日子一长，在敲钟人和主教堂之间，便结下了难以描摹的不解之缘。这个可怜而不幸的人，身份不明、形体又丑陋，从小就被这双重不可逾越的魔圈困住，他习惯于生活在收养他的宗教壁垒中，对外部世界一无所见。随着他的发育成长，圣母

① 卡西莫多在拉丁文中意为“好像”“差不多”。

院相继是他的蛋壳、巢穴、家园、祖国，乃至宇宙。

在这个生灵和这个建筑物之间，的确存在一种先天而神秘的和谐。在他还幼小的时候，就在穹隆的黑暗中歪歪斜斜，一蹿一跳，拖着步子走路，虽为人面却有兽躯，真像一个天生的爬行动物，生活在潮湿阴暗的石板地上。

后来，他下意识地抓住钟楼的绳索，吊在上面，摇动起大钟，他的义父克洛德听了，就觉得那是孩子开始说话了。

他始终顺应大教堂，就这样渐渐发育成长，在教堂里生活、睡觉，几乎从不出去，每时每刻都接受周围神秘的影响，可以说镶嵌在里面，成为不可分割的组成部分，结果酷似教堂了。请允许我们这样描绘：他那躯体的一个个棱角，恰好吻合建筑物的一个个凹角；看来，他在里面不仅仅是一个住客，而且是天生的肌体。甚至可以说，他以教堂为体形，如同蜗牛以其壳为形状一样。教堂就是他的寓所、洞穴和躯壳。他本人和古教堂关系极为笃深，本能上就息息相通，具有深厚的磁性亲缘，深厚的物质亲缘，因而他黏附于教堂，在一定程度上就像乌龟紧紧贴着甲壳。凹凸不平的大教堂，就是他的甲壳。

作者运用了比喻的修辞手法，形象地表明圣母院是卡西莫多那畸形身躯的依托。

无须提醒读者，我们描述一个人和一座建筑物这种奇特、对称、直接，近乎同质的结合，不得不用借喻之法，自然不要死抠字面的意思；同样也无须赘述，在如此漫长而亲密的相处中，他对整个教堂又该是多么熟悉。这座教堂，就是卡西莫多特有的寓所，无深处不钻，无高处不登，哪儿他都去过。有多少回，他仅仅抓着浮雕，就从教堂正面攀缘上去好几层。两座钟楼犹如孪生的巨人，那样高峻，那样凶险，那样骇人，可是人们常常看见他像只壁虎，爬在陡立的钟楼墙壁上，既不眩晕，也不害怕，毫不惊惧而发抖；看着在他的手下，钟楼那么温柔，那么容易攀登，真好像被他驯服了。在这巍峨的大教堂悬崖峭壁间，他终日蹿跳，攀登并嬉耍，在一定程度上变成了

猿猴或羚羊，如同意大利南部海滨的孩子，还不会走路就能游泳，幼年就跟大海嬉戏。

不仅他的身体，就连他的灵魂，也是按照大教堂的模子塑造成形的。在这样扭结盘陀的皮囊里，在这样野性的生命中，这颗灵魂长了何等迂曲的褶纹，成为何等奇异的形状，究竟处于什么状态，这里很难描述清楚。卡西莫多生来就是独眼，驼背，跛足。克洛德·弗罗洛也以极大的耐心，费了九牛二虎之力，才教会他说话。然而，这个可怜的弃婴也是在劫难逃，当了圣母院的敲钟人，十四岁上又得了一种残疾：耳朵鼓膜被钟声震破，从此变为聋子，这一下就无以复加了。造化本来为他敞开的通向外界的唯一大门，却訇然永远关闭了。

名师解读

这里描述得十分精彩。卡西莫多几乎和教堂融为一体，这导致他和外界没有什么联系，因为敲钟，他丧失了听觉，让他和外界的联系又少了一层，仿佛掉进了深渊，生活也失去了光彩。这样的描述可以准确地反映出卡西莫多命运的悲惨和黑暗，为他日后的经历做铺垫。

这个门户一关闭，就截断了透进卡西莫多心灵的明亮快乐的唯一光线。从此，他的灵魂就堕入黑夜的深渊。这个苦命人的忧郁，也同他的畸形一样，发展到了极致——不可治愈了。再说，他耳朵一聋，在一定程度上也随之变成哑巴。因为，他一发现自己聋了，就不想惹人耻笑，决意沉默不语，只有在独自一人的时候，才偶然打破沉默。他的舌头，克洛德·弗罗洛费尽苦心才给解开，他又情愿结扎起来了。因此，即使迫不得已要开口说话，他的舌头也变得僵硬，不听使唤了。

现在，我们如能透过这层坚硬的厚壳，尽量深入卡西莫多的灵魂，如能探测这畸形肌体的幽深之处，如果我们有办法借助火炬，从背后观察这些不透明的器官，勘察这个混浊不清的生灵的黑暗宇内，探明那密室暗道、死角异域，以强光突然照亮他那紧锁在洞穴里的灵魂，那么一定会发现，那不幸的灵魂处于多么可怜的姿态，发育不良而佝偻枯萎，就像威尼斯铅矿里的囚徒，腰折成两段，老死在状如石匣子的低矮狭小的矿坑里。

抽象描写

作者详细地刻画着卡西莫多的不幸，让读者情不自禁地同情这个可怜人。

人物描写

作者用深奥的语言写出了卡西莫多命运的悲惨。由于身体的缺陷，卡西莫多的灵魂似乎也被禁锢住了，他好像变得迟钝了，性格上也有些粗野和凶狠。

解释说明

卡西莫多因丑陋的外貌，受尽了周围人的恶意对待，导致他不愿意与外人相处。

肉体畸形，精神也必定萎缩。卡西莫多几乎感觉不到以他形象长成的灵魂，在体内还能盲目地活动。外界事物的映像，要经过大大的折射，才能达到他的思想。他的头脑是一种奇特的介质，意念通过便完全扭曲变形。对外界的反应，经过这种折射，势必散乱无序、面目全非了。

由此产生了视觉上的种种幻象、判断上的种种悖谬；思想也时而疯狂，时而痴愚，产生了种种游移偏执。

这个肌体天生残疾，第一个后果是扰乱了他投向物体的目光。他几乎收不到视觉的直接反应。外界距他似乎远得多。

他这种不幸的第二个结果，就是使他变得凶狠了。

他的确凶狠，这是因为他粗野，他粗野又是因为他丑陋。他这种天性，也同我们的天性一样，自有一套逻辑。

他的体力异常发达，这也是他凶狠的一个原因。霍布斯说：“健壮的孩子天生凶狠①。”

不过，也得说句公道话，卡西莫多也许并非天生凶狠。他刚踏入人世，恐怕就会感觉出，后来又看到自己受人奚落、厌弃和排斥。他所听到的人话，无非是嘲笑和诅咒。及至长大，他发现周围对他只有仇恨，于是接过这种仇恨情绪，同时也学会了人所共有的狠毒。他拾起了别人用来伤害他的武器。

总而言之，他要把脸转向人是非常勉强的。有他的大教堂就足够了。教堂里布满了大理石雕像，尽是国王、圣徒、主教，至少他们不会冲他发笑，只是向他投去平静而和善的目光。其他雕像虽为妖魔鬼怪，但是对他卡西莫多绝无仇恨，他们之间何其相似，是不会仇视的，倒是要嘲笑其他所有人。圣徒是他的朋友，为他祈福；魔鬼也是他的朋友，终日庇护他。因此，他时常久久地向雕像倾诉衷肠，有时一连几个钟头蹲在

① 原文为拉丁文，引自英国哲学家霍布斯（1588—1679）《论公民》的序言。

一尊雕像前，单独交谈，一有人来就急忙跳走，就像情人正唱小夜曲时被人撞见一样。

对卡西莫多来说，大教堂不仅是一个社会，而且是全宇宙，是整个大自然。有鲜花始终盛开的彩绘玻璃，他不向往别的花园；有萨克逊式柱顶上石刻的落满鸟雀的茂盛树丛，他不追求别的树荫；有那两座矗立的钟楼，他不梦想别的山峰；同样，他也不渴望别的海洋，钟楼脚下的巴黎，浪涛就日夜鸣响。

名师解读

教堂是卡西莫多的整个世界，生活在教堂中就足以让他感到满足、开心，他不会去向往教堂外的生活。

在这慈母般的建筑物中，他首先喜爱的还是钟。那一口口钟唤醒他的灵魂，让灵魂在洞穴里凄惨收拢的双翼展开，有时也使他欢快起来。他喜爱钟，时常抚摸钟，对钟说话，他也懂得钟的语言。从中轴尖塔的那一组钟，直到门廊上面的那口大钟，他无不满怀着柔情。中轴尖塔和两座主钟楼，在他眼里就是三个大鸟笼，由他喂养的鸟儿只为他歌唱。然而，把他耳朵震聋的也正是这些钟。

这些钟声是他唯一还能听得见的。从这个角度说，他最喜爱那口大钟。在这个家庭里，节庆日子在他周围欢蹦乱跳、吵吵闹闹的姑娘中，名叫玛丽的大钟，则是他的掌上明珠。它独自在南钟楼里，旁边有一口个头小点儿的钟，关在小点儿的笼子里，那是它妹妹雅克琳，是以约翰·德·蒙塔居的妻子姓名命名的。约翰·德·蒙塔居虽然捐赠了这口钟，后来还是没有逃脱厄运，被押上鹰山，落得个身首异处。北钟楼里还有六口钟，中轴尖塔则挂着六口钟，以及从圣周四晚饭后到复活节的头天早晨才敲响的一口木钟。卡西莫多在后宫豢养的，总共有十五口爱钟，大玛丽则最受宠幸。

名师解读

卡西莫多在巴黎圣母院中最喜欢的还是钟，它们不会嘲笑他，只有在它们身边，卡西莫多才会觉得安心。在每天相处的过程中，这些钟已经成为了他的朋友。

钟乐齐鸣的日子，卡西莫多那种高兴劲儿，是无法形容的。主教代理一放他走，对他说一声："去吧！"他就急速登上钟楼的旋梯，上楼比别人下楼还快。他气喘吁吁地跑进大

动作和神态描写

面对大钟，卡西莫多展现出自己柔情的一面。

钟凌空的房间，满怀爱心，默默地端详片刻，然后轻柔地对大钟说话，用手爱抚，如同爱抚即将远行的一匹骏马。对大玛丽要付出的辛劳，他感到心疼。爱抚一阵之后，他就吆喝在钟楼下面一层的助手可以开始了。助手们吊在绳索上，绞盘开始轧轧作响，那巨型金属圆盅缓缓摇动起来。卡西莫多注视着，心怦怦直跳。钟锤刚一撞上青铜的钟壁，就震动了他登在上面的木架。卡西莫多同大钟一起颤动。哈！他喊道，同时发出一阵狂笑。只见大钟摇摆的速度加快，幅度越来越大，卡西莫多的独眼也越睁越圆，射出火一样的光芒。终于，钟乐齐鸣，整个钟楼都颤抖了：木架、铅顶、石壁，从桩基直到顶层的梅花装饰，都一齐吼叫起来。卡西莫多激动万分，满口喷着白沫，他跑来跑去，从头到脚跟着钟楼一起颤抖。这时，大钟大发雷霆，左摇右摆，青铜大口忽而冲向钟楼这边侧壁，忽而冲向那边侧壁，咆哮声传出一二十公里。卡西莫多对着这张大口，随着大钟来回摆动，忽而蹲下，忽而立起，吸着这令人震悚的气息，时而望望脚下二百多尺熙熙攘攘的广场，时而看看每秒钟都冲他耳朵吼叫的巨大铜舌。这是他能听见的唯一话语，是打破他这寂静世界的唯一声响。他无比欢畅，如同鸟儿沐浴着阳光。突然，他受到大钟狂热的感染，眼神变得异乎寻常，等着大钟摆过来，就像蜘蛛等待苍蝇，猛地纵身扑上去，抓住青铜巨怪的耳朵，身子悬空吊在沉渊之上，投进大钟的疯摇狂摆之中，他紧紧夹住双膝，用脚跟驱策，以全身的冲击和重量，促使大钟倍加疯狂地震荡。这时，钟楼都摇晃起来了，卡西莫多则大喊大叫，牙齿咬得咯吱乱响，棕红头发倒竖起来，胸脯呼哧呼哧像风箱一样，独眼也喷出火焰，而巨钟在他身下喘息着嘶鸣；在这种时刻，圣母院的大钟不复存在，卡西莫多也不复存在了，全部化为一场梦幻、一阵旋风、一阵狂风暴雨；这是以声响为坐骑的眩晕，是

场景描写

这里写出了卡西莫多驾驭大钟时激动人心的场景。这样的写法富有浪漫主义色彩，能够调动起读者所有的感官，给读者带来梦幻般的阅读体验。

腾云驾雾的精灵，是半人半钟的怪物，是骑着鹰翼马身的青铜怪物狂奔的可怕的阿斯托夫①。

有这样一个奇异的人物存在，不知为什么整座教堂就生机盎然。他身上似乎逸出——至少按照百姓夸大的迷信说法——一种神秘气息，使圣母院的所有石头都活跃起来，使古老教堂的五脏六腑都突突悸动。只要知道他在那里，人们就会有幻觉，列廊和门道里上千尊雕像变活了，纷纷动起来。的确如此，大教堂就像一只动物，对他百依百顺，只等他一声令下，就发出洪亮的吼声。大教堂无时无处不附着卡西莫多，犹如无所不在的家神。可以说是他给了这宏伟的建筑以活气。他的确无处不在，化成无数的卡西莫多，遍布于这座教堂的各个角落。有时，钟楼顶端出现一个怪样侏儒，人们望见都非常惊骇，只见他攀登，蛇行，四足并用匍匐移动，要从外壁下到深渊，从一个棱角跃到另一个棱角，要钻进一尊女妖雕像的腹部搜寻：那就是在掏乌鸦巢的卡西莫多。有时，在大教堂一个幽暗的角落里，人们会撞见一个活怪物，就像神色忧郁、蹲在那里的狮首羊身龙尾喷火兽：那就是沉思中的卡西莫多。有时在钟楼下面，又会瞧见一颗大脑袋和畸形的四肢，拽着一根绳索拼命摇晃：那就是敲晚祷钟或三经钟的卡西莫多。深夜，时常能看见钟楼顶和半圆殿周围锯齿侧影的纤细栏杆上，有一个丑陋的形体在游荡：还是圣母院的那个驼子。于是，住在附近的女人都说，整个大教堂都显得那么怪异，显得那么神奇而可怖，到处都有睁大的眼睛、张开的嘴巴；经常听见这怪诞教堂周围有吼叫声，那是伸长脖子、张着大口日夜守护的石犬、石蟒和石龙。如果是在圣诞节夜晚，大钟声嘶力竭，似乎召唤信徒们来做热

这里写出了不同状态下的卡西莫多。这里的动作描写和神态描写都十分生动，我们似乎看到了卡西莫多在圣母院敲钟的日常。

①阿斯托夫是英国传说中的王子，他从仙女那里得到一支号角，能发出让人受不了的可怕声音。

卡西莫多是圣母院的灵魂，圣母院因卡西莫多而更有生气。的确，圣母院哺育了他，他的身心已经和圣母院融为一体了。

烈的午夜弥撒，而教堂阴沉的门脸神态也很怪，真让人以为那花棂圆窗凝视着人群，走进去的人群是被大拱门吞噬了。这种种印象，都是因卡西莫多而产生的。如果在埃及，人们会奉他为这座庙宇的尊神；然而中世纪，人们却认为他是这里的鬼怪；其实，他是这座大教堂的灵魂。

因此，凡是知道有卡西莫多存在过的人，都觉得圣母院如今荒凉了，毫无生意，死气沉沉。他们感到什么东西消逝了。这个巨大的躯体已经中空，只剩下骨架子，灵魂离开了，只能见到灵魂空出的地方，仅此而已。就好像一具骷髅头骨，还有眼睛窟窿，却没有目光了。

四　狗和主人

卡西莫多嘲弄和仇恨别人，但是有一个人例外，他爱如大教堂，甚至犹有过之，那就是克洛德·弗罗洛。

说来很简单。正是克洛德·弗罗洛把他捡来收养，给他吃喝，把他养大。小时候，有狗和孩子追赶吼叫，卡西莫多便总是躲藏在克洛德·弗罗洛的胯下。正是克洛德·弗罗洛教他说话、识字和写字。最后，也是克洛德·弗罗洛让他当了敲钟人。把大钟许配给卡西莫多，就等于把朱丽叶许配给罗密欧。

因此，卡西莫多觉得义父恩重如山，他深挚而又无限地感激义父。尽管义父神色往往阴沉而严峻，说话通常简短、生硬而又专横，但是他的感激之情却一如既往，从未稍减。对于这位主教代理，卡西莫多既是最忠顺的奴隶、最听话的仆人，也是最警觉的猛犬。可怜的敲钟人耳朵震聋之后，他和义父之间就形成一套只有他俩才懂的神秘手势语言。这样，卡西莫多还保持通话的，也只有主教代理这一个人了。在这世上，他只同两样东西有关系：一是圣母院，一是克洛德·弗罗洛。

主教代理对敲钟人具有支配力量，而敲钟人对主教代理也怀有依恋之情。只要克洛德打一个手势，只要卡西莫多想讨义父喜欢，他就会从钟楼顶上跳下去。卡西莫多的体力发达到了极点，却盲目地听从另一个人支配，这真是一件奇事。毫无疑问，这意味着儿子对父亲的忠孝，也意味着一颗灵魂受另一颗灵魂的迷惑。一个可怜而蠢笨的肌体，面对一种高深莫测、超群绝伦的智慧，只能俯首帖耳，垂目乞怜。总而言之，最主要的还是感恩戴德。感激之情达到极限，简直无可比拟了。这样一种品德，跟常人中最完美的事例，也不能同日而语。可以这样说，卡西莫多爱主教代理，远远超过任何一条狗、任何一匹马、任何一头大象爱其主人的程度。

人物介绍

耳聋后的卡西莫多只能与义父弗罗洛交流，这巩固了弗罗洛对卡西莫多的支配力量。

解释说明

卡西莫多因为长相，一直受到众人的嘲笑，但是弗罗洛收养了他，还给了他工作，他自然对弗罗洛心怀感激。卡西莫多的忠心丝毫不逊色于动物对主人的忠心，所以才会有卡西莫多劫持爱斯梅拉达事件的发生。

五　克洛德·弗罗洛续篇

一四八二年，卡西莫多年近二十岁，克洛德·弗罗洛则三十六岁左右：一个长大了，另一个已具老态。

克洛德·弗罗洛不再是托尔希学院那个单纯的学生、小弟弟的深情保护者，也不再是精通许多事情又不懂许多事情的爱幻想的年轻哲人。现在，他是一个严肃冷峭、面孔铁板的教士，世人灵魂的掌管者，又是若萨的主教代理先生、主教的副手，担任蒙莱里和夏多福两地的首席神甫，管辖一百七十四位乡村本堂神甫。他是一个威严而阴郁的人物，整个面孔只能看

中年的弗罗洛变得严肃阴沉，令人恐惧。

伏笔

为什么他总是眉头紧锁？为什么他的眼睛中会有燃烧的火苗？为什么人们看到他就会露出惊吓的神情？这里作者的叙述是在为后文对弗罗洛这个人物展开描写及故事情节的发展埋下伏笔。

见光秃秃的大额头，一副沉思的样子，每回他抱着双臂，脑袋低低垂在胸前，神态庄严地从唱诗堂高高的尖拱下缓步走过，那些身穿白长袍和礼服的唱诗童子、圣奥古斯丁教堂的教友、圣母院的神职人员，都会不寒而栗。

如果说他渐趋老态，学问中出现了深渊，那么深渊也在他的心灵里形成了。至少，我们要是审视他的面孔，看见他那灵魂透过阴云才闪现出来，就有理由相信这一点。他那宽阔的额头谢了顶，脑袋总是低垂着，胸膛时时发出叹息，这究竟是何缘故呢？他两道眉毛紧锁在一起，就像要斗架的两头公牛，是什么隐秘的念头，又使他嘴唇泛起苦笑呢？他残留的头发为什么已经花白？他那目光有时非常明亮，犹如火炉眼，那又是什么火在内心燃烧呢？

这种心潮汹涌激荡的种种征象，在这篇故事开场的时候，尤其达到十分强烈的程度。不止一次，圣诗班童子看见他一个人在教堂里，目光异常明亮，就吓得赶紧跑掉。不止一次，在唱诗堂做法事时，旁边的神甫听见他在“全声部”[①]素歌中，插进了无法理解的话语。还有，在河滩为教士们洗衣服的妇女，也不止一次惊骇地发现，主教代理的白法衣上有指爪的掐痕。

然而，他的行止倍加谨严，更加堪称表率了。既由于身份，也由于性格，他一向不近女色，现在似乎更加憎恶女人了。只要听见丝绸衣裙窸窸窣窣的声音，他就急忙拉下风帽，遮住眼睛。他洁身自好到了不近情理的程度。

此外，人们还注意到，一段时间以来，他越发憎恶埃及和茨冈女人了。他曾请求主教颁布一项法令，禁止吉卜赛女人到圣母院前庭广场敲手鼓跳舞。

---

① 原文为拉丁文。

精简点评

这一卷重点围绕卡西莫多和弗罗洛的关系，以及弗罗洛的转变展开。可以看出，弗罗洛早年对卡西莫多是比较关心的，他给卡西莫多提供衣食，教给卡西莫多知识，还“把大钟许配给卡西莫多”，让卡西莫多拥有了自己的人生价值，卡西莫多也对义父弗罗洛心怀感激，对他唯命是从。随着时间的推移，过去那个学识渊博、单纯善良的弗罗洛渐渐消失了，取而代之的是一个严肃阴郁、令人生畏的中年教士，不仅表面如此，从种种迹象来看，在他的内心深处，这种转变也是负向的。

佳词美句

警觉　高深莫测　超群绝伦　俯首帖耳

垂目乞怜　不寒而栗　汹涌激荡　窸窸窣窣

对于这位主教代理，卡西莫多既是最忠顺的奴隶、最听话的仆人，也是最警觉的猛犬。

这意味着儿子对父亲的忠孝，也意味着一颗灵魂受另一颗灵魂的迷惑。一个可怜而蠢笨的肌体，面对一种高深莫测、超群绝伦的智慧，只能俯首帖耳，垂目乞怜。

阅读思考

1. 你如何评价卡西莫多对弗罗洛的唯命是从呢？
2. 从作者的介绍中，你能感受到弗罗洛哪些新显露出的个性？

第五卷

一　公正看看古代法官

阅读笔记

公元一四八二年，贵族罗伯尔·戴图维尔官运亨通，这位骑士是贝讷领主、马尔什地区伊夫里和圣安德里两地男爵、国王的参事和侍从官，实授巴黎府尹之职。众所周知，这是个美差，与其说是显位要职，不如说是私有领地。

罗伯尔·戴图维尔大人作为巴黎府尹和巴黎子爵，不仅掌握本职的审判权，而且还削尖了脑袋，积极插手朝廷的重大案件的审理。凡是稍微高贵一点的头，无不先经过他的手，然后才落入刽子手的掌中。

一四八年一月七日——节日的第二天，所有人都感到烦闷，而这位司法宫大人尤其如此，因为他要负责清除巴黎每次过节所造成的垃圾：这里的“垃圾”一词，具有本义和引申意义。再说，他还要去大堡出庭问案。我们早已注意到一个现象，法官通常设法在心绪不佳的日子开庭，以便以国王、法律和正义的名义，找个冤大头发泄自己的恶气。

伏笔

这里作者揭露了中世纪司法的不公正，为后文情节的发展埋下伏笔。

不过，没等他到场就开庭了。他的分管民事、刑事和私事的副手们，根据惯例替他干起来；从上午八点起，几十名男女市民就来到小堡的昂巴公判庭，被驱赶到一道结实的橡木栅栏和墙壁之间的阴暗角落里，饶有兴趣地旁听府尹大人的副手、小堡公判庭庭长弗洛里昂·巴勃迪安先生审案，看他颠三倒四、胡判乱判民事和刑事案件，不啻观看一场丰富多彩、妙趣

讽刺意味展现得淋漓尽致。

横生的演出。

审判厅低矮狭小，圆形的拱顶。上首摆一张雕有百合花的大桌案，正中一张雕花橡木太师椅现在空着，乃是府尹大人的座席；左侧一张凳子，坐着弗洛里昂庭长。录事坐在下首，正记录供词。对面是听众。门前和桌案前站着府尹衙门的许多警卫，身穿缀有白十字的紫色粗呢短军服。市民厅的两名警卫身穿半红半蓝的万圣节礼服，守着桌案后面一道关闭的低矮小门。厚厚的墙壁只开了一扇尖拱小窗，射进一月份的惨淡光线，映现两张丑陋的面孔：一个是拱顶正中悬吊的石刻的狰狞魔鬼，一个是厅堂上首坐在百合雕花桌案侧面的法官。

请想象一下大堡庭长弗洛里昂·巴勃迪安那副尊容吧：他坐在府尹公案的侧首，双肘支在两摞案卷之间，一只脚踏着棕色粗呢长袍的下摆，红赤赤、恶狠狠的脸缩进白色羔皮的领子里，两道眉毛就像从皮领上脱落下来的，一对眼睛总是眨动，腮帮子威严地坠下两块肥肉，到下颏则贴在一起。

外貌描写

这里作者对弗洛里昂的外貌描写十分生动传神，通过描写腮帮子下面的肥肉，人物的形象也逐渐鲜明了起来，一个中世纪官僚的形象跃然纸上。

且说庭长大人失聪了。对于一位庭长，这当然是微疵。别看耳朵不灵，弗洛里昂大人照样判案，总能恰如其分地做出终审判决，不得上诉。的确，当审判官的，只要摆出听案的样子就够了，这是公正判案的唯一主要条件，而庭长大人完全称职，因为他的注意力绝不会受到任何声音的干扰。

卡西莫多被五花大绑，全身手脚捆了个结结实实。一队警士把他团团围住，由巡防骑士亲自押解；那骑士的军

这是对卡西莫多神态的描写，通过他的神色，我们可以感觉到他的愤怒和无助。

反讽

作者以反讽的手法揭露法官罔顾公正、装腔作势、任意妄为的丑态。

装上，前胸绣着法兰西纹章，后背绣着巴黎城徽。再看卡西莫多，除了他那畸形的躯体之外，全身没有一点可以解释何以对他这样剑拔弩张。他脸色阴沉，一声不吭，也一动不动，那只独眼只是偶尔瞧瞧全身捆缚的绳索，隐含着愤怒的神色。

卡西莫多环视了一下周围，不过眼睛暗淡无光，妇女们都不觉得他可怕，指指点点，拿他当个乐子。

这工夫，弗洛里昂庭长大人正仔细翻阅录事呈上的控告卡西莫多的案件，半晌阅毕，似乎又思考了片刻。他每次问案，总要先采取这样的谨慎步骤，弄清被告的姓名、身份和罪状，做到心中有数，预料被告会如何狡辩，自己再如何反驳，不管审讯多么迂回曲折，他总能应付得了，不大显出自己失聪。对他来说，案卷就是给瞎子领路的狗。纵然他这种残疾有所表现，说话前言不搭后语，或者提出令人费解的问题，让一些人觉得挺深奥，让另一些人觉得很愚蠢，无论哪种情况都无伤大雅，因为一位法官无论被人看作愚蠢还是深奥，都无所谓，就怕让人知道是个聋子。因此，他千方百计地掩饰，不让任何人看出自己重听，而且通常装得还很像，就连他本人都产生了错觉。这种自欺欺人的事，实在比人们想象的要容易。凡是驼背，走路总好昂首阔步；凡是结巴，总好高谈阔论；凡是聋子，总好窃窃私语。至于弗洛里昂大人，他认为自己的耳朵，大不了有点不听使唤而已。这是关于他的耳朵，他向公众舆论做出的唯一让步，还得逢他审视良心、开诚相见的时刻。

且说他吃透了卡西莫多的案情之后，就把脑袋向后一仰，眯缝起眼睛，以便增添几分威严和公正廉明，殊不知这样一来，他既聋又瞎了。若是缺乏这两个条件，他就算不上十全十美的法官了。他就是摆出这等威仪开始问供："姓名？"

然而这时，却出现一种超出"法律规定"的情况，就是一个聋子审问一个聋子。

卡西莫多无从知晓问他什么话，也就没有回答，独眼一直盯着法官。法官是个聋子，也无从知晓被告同样是个聋子，还以为他像一般被告那样回答了问题，就继续有板有眼、愚蠢而机械地问供：“好。年龄？”

这个问题，卡西莫多照样不回答。法官倒觉得回答满意，又接着问道：“那么，职业呢？”

被告仍旧一言不发。这时，旁听的人都面面相觑，开始低声议论。

“好啦，”庭长泰然自若，以为被告答复了第三句问话，就接着说道，“你被告到本庭，罪状如下：第一，深夜扰乱治安；第二，行为不端，对一名浪荡女子欲行无礼，‘侮辱一名娼妓①’；第三，图谋不轨，抗拒国王陛下的禁军巡警。这些罪状，你必须从实招来——录事，被告刚才交代的，都记录在案了吗？”

这句话问得太不凑巧，从录事到听众，全场哄堂大笑，大家笑得前仰后合，无法遏制，而且感染了所有人，连两个聋子都觉察到了。卡西莫多回过身去，鄙夷地耸了耸驼背；弗洛里昂大人跟他一样惊讶，但是推测全场哄笑，是被告回答时出口不逊引起的，而又见他那么一耸肩，就更觉得此事一目了然，于是怒斥道：“混账，胆敢如此回答，就该处以绞刑！你明白是在同什么人说话吗？”

他这样申斥，非但不能阻止全场哄笑，反而更让大家觉得离奇古怪、莫名其妙，一个个笑得更凶了，就连市民厅的警卫们也都忍俊不禁，而他们本来是清一色的黑桃J痴呆的形象。唯独卡西莫多仍然保持着严肃的表情，原因很简单：他

讽刺

一场幽默剧即将上演，聋子审问聋子，颇具讽刺意味。

阅读笔记

① 原文为拉丁文。

名师解读

聋子审问聋子给这场法庭审判带来了笑料，雨果善于写这样富有戏剧化的场景，我们在妙趣横生的故事情节背后需要重新思考公平与正义。

根本不明白周围发生了什么事情。法官越来越恼怒，认为有必要以同样严厉的口气继续发威审问，以此降伏被告，震一震听众，迫使他们恢复敬畏的态度。

“你这么强词夺理，胆敢藐视本庭长，看来是个阴险刁悍的家伙。本官掌管巴黎治安警察，负责调查各种犯罪案件、不轨行为，督导各行各业，查禁欺行霸市的垄断，保养市内街道，制止倒卖家禽和野味，监督称量木柴和其他木料，清除街道上的污泥和空气中的传染病菌，总而言之，为了公共福利事业不辞辛劳，既无供奉，也不指望任何额外的报偿！你知道不知道，本官名叫弗洛里昂·巴勃迪安，是府尹大人的助理，还兼任警察督监、调查官、督导官和检验官，在府尹衙门、司法管区、财产抵押署和初审法庭等，都享有同样的权力……”

名师解读

这是一场令人啼笑皆非的审判，但是这场在当时的民众看起来很搞笑的审判背后，是对中世纪世风的思考。通过这样的情节设置，作者想揭示的真理也渐渐显露出来。

聋子对聋子说话，是没有理由住口的。如果不是低矮的后门猛然打开，让进府尹大人，天晓得弗洛里昂先生在雄辩的大海中荡舟，奋力划桨，到什么时候才肯上岸。

看到府尹大人进来，弗洛里昂先生半转过身去，把刚才轰击卡西莫多的如雷咆哮，又突然移向府尹大人，说道：“卑职请大人裁决，严惩公然藐视本庭的这名被告！”

说罢，他气喘吁吁地坐下，连连擦汗，只见豆大的汗珠从额头上滚下来，像泪水一般打湿了摊在他面前的羊皮纸。罗伯尔·戴图维尔皱起眉头，十分严厉地指了指卡西莫多，以示警告；聋子这才注意，多少明白一点儿。

府尹向被告厉声问道：“混账东西，你干了什么坏事，被押到这里来啦？”

可怜的家伙以为府尹问他姓名，便一反往常，打破沉默，以嘶哑的喉音答道：“卡西莫多。”

答非所问，又引起哄堂大笑。罗伯尔大人气得满脸涨红，怒道："浑蛋，你连我也敢嘲笑吗？"

"圣母院的敲钟人。"卡西莫多答道，他还以为法官要他说明职业。

"敲钟的！"府尹重复道，上文说过，他心情不好，听到这样奇怪的回答，更是火上浇油。"敲钟的！我要让人拉你去游街，用鞭子在你脊背上打钟！听见了吗，浑蛋？"

"您想知道我的年龄吧，"卡西莫多说道，"到了圣马尔丹节，我想就该满二十岁了。"

这也太放肆了，府尹已忍无可忍。

"哼！可恶的东西，你敢藐视本堂！执刑警士，把这个家伙拉到河滩耻辱柱上，给我狠狠地打，再绑在轮盘上转一小时。上帝的脑袋，叫他尝尝我的厉害！我命令，派四名宣过誓的号手，到巴黎子爵采邑的七领地，晓谕本判决。"

录事立即书写判决书。

"上帝的肚子！瞧他判得真棒！"学子磨坊约翰·弗罗洛在角落嚷道。

府尹转过头来，炯炯发光的眼睛再次盯住卡西莫多，说道："我想，这家伙说了'上帝的肚子'！录事，再加收骂人罚款巴黎币十二德尼埃，其中半数拨给圣厄斯塔什教堂。我特别信仰圣厄斯塔什。"

几分钟的工夫，判决书就写好了，判词简单明了。府尹衙门和巴黎子爵府的行文，还没有经过蒂博·巴叶大法官和讼师罗杰·巴尔姆的润色加工，还没有被十六世纪初这两位法学大师所培植的诡辩和程序的大树所遮掩，因而从头至尾都明明白白，易懂易行，循此方向可直达目的地：每一条小径都不弯曲，也没有荆丛，一眼就能望见尽头是车轮、绞架还是耻辱柱。至少明白会走向何处。

录事把判决书呈上，府尹盖上大印。然后，府尹大人出去

名师解读

这场审判在简短的、答非所问的对话中结束了，被告因藐视公堂被判决，而且被告是一个聋子，这样的审判说出来让人觉得可笑，但它就出现在雨果的笔下。无论这种事是否真实地发生过，最起码类似的事情的确会出现在当时的社会中，雨果通过这种夸张的描写将讽刺意味表达得淋漓尽致。

巡视各个审判厅，要把他的心情当天就带到巴黎的所有监狱。约翰·弗罗洛和罗班·普斯潘嘿嘿窃笑。卡西莫多看着眼前发生的一切，表情又奇怪又无动于衷。

就在弗洛里昂·巴勃迪安庭长看了判决书，正要签发时，录事觉得那倒霉鬼被判得冤枉，就想争取为他减刑，便尽量凑近弗洛里昂的耳朵，指着卡西莫多说道："那人是个聋子。"

录事倒希望弗洛里昂庭长能够同病相怜，在心里萌生对犯人的同情。然而，我们已经看到，弗洛里昂大人根本不愿意让人知道自己失聪，再说，他的耳朵也实在太聋，一个字也没有听见。不过，他还要摆出听到的样子，回答说："嗯，嗯！这就不同了。这情况我还不知道。既然如此，耻辱柱示众就再加一小时。"

他修改之后，就签发了判决书。

二　老鼠洞

请读者允许我们回到河滩广场，昨天为了随甘果瓦跟踪爱斯梅拉达，我们离开了那里。

现在是上午十点钟，一片节日后的景象。铺石马路上尽是垃圾，有缎带彩条、破布片、折断的羽饰、灯火的蜡烛油、公共食摊的残渣。许多市民在街上信步——按今天的说法就是"闲逛"，用脚翻翻烟花的余烬，在大柱厅前愣一会儿神，回想昨天漂亮的帷幔，而今天虽然只看到挂帷幔的钉子，也算品品未尽的余兴了。苹果酒和麦酒贩子滚着酒桶，从一群群人中间穿过去。一些忙碌的人则匆匆过往。开铺子的站在店门口聊天，跟人打招呼。人人都在谈论昨天的节日，谈论外国使团、科坡诺勒、丑大王。大家争先恐后，看谁说得最逗人，笑得最开心。这工夫，来了四名骑警，分立在耻辱柱的四边，吸引广场上很大一部分闲人围观：那些人待在那里无事可干，正闷得发慌，巴不得惩罚什么人添点热闹。

广场各个角落演出的这出喧闹的话剧，读者观赏之后，如果掉转目光，看看堤岸西侧那座半哥特式、半罗曼式的古老楼房罗朗塔，就会发现楼房正面一角有一大部精装本祈祷书，放在遮雨的披檐下，隔着一道栅栏，只能伸进手去翻阅，但是偷不走。祈祷书旁边有一扇狭小的尖拱窗户，正对着广场，窗洞安了两道交叉的铁杠，里边是一间斗室。斗室无门，窗洞是唯一通口，可以透进一点空气和阳光，这是在古老楼房底层的厚厚墙壁上开凿出来的。因为邻近巴黎最拥挤、最喧闹的广场，周围人来人往，沸反盈天，这间斗室就尤其显得幽深冷寂。

对比

上一段写河滩广场的热闹非凡，本段却转而介绍一间寂静冷清的斗室。一动一静形成了鲜明的对比，让我们身临其境般感受到斗室的低沉压抑，为下文描写斗室的由来营造了良好的气氛。

这间斗室，大约三百年前在巴黎就出名了。当年，罗朗德夫人为了悼念在十字军远征中阵亡的父亲，在自家古老的罗朗塔楼厚壁中开出一室，她关在里面，决心幽居一辈子，门也给砌死了，无论寒冬盛夏，窗洞始终敞着。整个府第送给了穷人和上帝，她只留下这么一间陋室。这位悲痛的大家闺秀，当真关在提前造的坟墓里，一直等了二十年才死去，她日夜为父亲的亡灵祈祷，平时就睡在炭堆上，连一块可做枕头的石头都没有，身穿黑色麻布口袋，仅靠过路人怜悯放在窗台上的面包和水为生。就这样，她施舍了家产之后，又接受别人的施舍了。临终时，即将移入另一座坟墓之际，她就把这座坟墓永远留给痛苦的妇女：母亲、寡妇或孤女，她们也要活活埋葬在巨大的痛苦中，或者严苛的苦修里，也有许多苦楚要为别人或自己祈祷。当时的穷苦人用眼泪和祝福，为她举行了隆重的葬礼；但是他们非常遗憾，这样一位虔诚的女人，只因没有后台而未能被列为圣徒。他们当中有些人颇为蔑视教会，曾经期望这事到

解释说明

第二卷中提到的“麻袋婆”就住在这间斗室里，至于她来到这里的原因，会在下节中揭晓。

天堂去办比到罗马更容易，就干脆为亡灵向上帝祈祷，不再理睬教皇了。大多数人也只好把罗朗德死后的名声奉为神圣，把她遗留下来的破衣烂衫当作圣物。巴黎城为了悼念她，特意设了这部公用祈祷书，固定放在小屋的窗洞旁边，让行人随时停下脚步，哪怕只是祈祷一下，如果在祈祷中想起施舍则更好，继承罗朗德的洞穴隐修的那些可怜女人，就不至于完全被人遗忘而饿死了。

民众向来对待事物都是直截了当，很擅长用经典的话来描述一件事物，而这种描述又很恰如其分。像罗朗塔这种地方，老百姓便将它们称作“老鼠洞”，也许这样的说法不甚高雅，但绝对形象。

三　玉米饼的故事

就在我们注视老鼠洞的工夫，三个女人正好沿着河边从大堡走向河滩广场。

前两位的步伐是巴黎妇女所特有的，可以让外省妇女见识见识巴黎的风度。另一位外省女子手拉着一个胖小子，胖小子手拿着一张大饼。

这工夫，这三位太太（“夫人”当时只能用于称呼贵妇人）都在同时说话。

“咱们快点走吧，玛伊埃特太太，”三人中最年轻，也是最胖的一个，对外省女人说，“我真担心赶不上了。我们在大堡那里不是听说，要即刻把他押到耻辱柱去吗？”

“哎！乌达德·缪斯尼埃太太，您着什么急呀？”另一位巴黎女人接过话头，“他要绑在耻辱柱上待两个钟头呢。咱们

对话描写

故事情节就从这三个女人的闲聊中展开，通过对话的方式，故事的线索渐渐清晰。从对话中我们可以得知，她们打算去看被绑在耻辱柱上的卡西莫多。

赶得上。”

这时，玛伊埃特突然叫道：“瞧啊，那边桥头聚了一堆人，正围着什么东西瞧呢。”

“真的，”热尔维丝说道，“我听见鼓声了，想必是爱斯梅拉达那小姑娘跟小山羊耍把戏呢。快点儿，玛伊埃特！拉着孩子，加快脚步。您到巴黎来看新奇的事儿，昨天看见了佛兰德人，今天应当看看那个埃及姑娘。”

“埃及女郎！”玛伊埃特一听，猛然掉头要往回走，并紧紧搂住她儿子的胳膊。“上帝保佑！她要拐我的孩子！快走啊，厄斯塔什！”

她沿着堤岸开始朝河滩广场跑去，把那座桥远远抛在后面。这时，她拖着的孩子猛地跌倒，她这才停下脚步喘气。乌达德和热尔维丝从后面追上来。

“那个埃及女郎拐您的孩子！”热尔维丝说道，“您也真能胡思乱想。”

玛伊埃特摇了摇头，好像在想什么。

“这事儿也怪了，”乌达德指出，“对于埃及女人，麻袋女也有同样的念头。”

“麻袋女是什么？”玛伊埃特问道。

“哦！就是古杜勒修女。”乌达德答道。

“古杜勒修女又是谁呀？”玛伊埃特又问道。

“您还说是兰斯人，连这个都不知道！”乌达德回答，“那是老鼠洞的隐修女呀。”

“什么！”玛伊埃特惊问道，“就是我们要给她送玉米饼的那个可怜女人？”

乌达德点点头，说道：“正是。等一会儿到河滩广场，您从小窗口就会看见她了。对那些打手鼓、给人算命的流浪的埃及人，她跟您有同样的看法。不知道怎么回事儿，她特别憎恨

看到这里，有人也许会产生疑问：为什么麻袋女和玛伊埃特一样害怕埃及女人呢？那位隐修女究竟发生了什么要去老鼠洞忏悔呢？作者在这里投下了一个又一个谜团，激发了读者的阅读兴趣，也让文章更具神秘色彩。不过答案会在接下来三个女人的对话中逐渐揭晓。

阅读笔记

茨冈人和埃及人。可是您呢，玛伊埃特，一看见他们，干吗就这样没命地逃跑？”

“噢！”玛伊埃特双手搂住儿子的圆脑袋，回答说，“我可不愿意遭到帕盖特·香花歌乐女那样的不幸。”

“哦！这里面肯定有一段故事，您讲给我们听听吧，我的好玛伊埃特。”热尔维丝抓住她的手臂央求道。

“讲讲行啊，”玛伊埃特答道，“不过，你们还是巴黎人呢，连这个都不知道！我这就讲给你们听，但是也没有必要停下来。帕盖特·香花歌乐女十八岁的时候，是个很美的姑娘，那时我也一样，说起来那是十八年前的事儿了。一四六一年路易十一加冕，愿上帝保佑当今的王上，那年，帕盖特美极了，也快活极了，走到哪儿，人家都叫她香花歌乐女——可怜的姑娘！——她的牙齿很美，又特别爱笑，总要露给人家看。然而，爱笑的姑娘，到后来只有哭的份儿；美丽的牙齿能毁了美丽的眼睛。香花歌乐女就是这样。她和母亲艰难度日；自从父亲死后，母女俩的生活就一落千丈。做针线活儿，每周挣不到六德尼埃，还不值两枚鹰币。那是个礼拜天，她到教堂去，胸前挂了个金十字架——刚满十四岁！竟有这种事儿！——头一个情人是年轻的科蒙特伊子爵，建有钟楼的府第距兰斯三公里，接着是国王骑卫侍从亨利·德·特里昂库老爷，接下来就差劲了。

“帕盖特生下一个女孩。不幸的女人！简直把她乐疯了。她早就盼望有个孩子。她母亲是个善良的女人，对女儿的事向来睁只眼闭只眼，不幸也去世了。帕盖特在世上，再也无人可爱，再也无人爱她了。她失身五年来，从前的香花歌乐女，现在成了可怜的玩意儿！在世上举目无亲，生活中孤苦伶仃，走在街上给人指脊梁骨，遭人唾骂，挨警官的棍棒，还受破衣烂衫的儿童的欺侮。

讽刺

意想不到的事情发生了，这里暗含讽刺之意。

讽刺

遭人嘲笑、唾骂和殴打，帕盖特·香花歌乐女承受着无尽的痛苦，作者借这个人物表达对贫苦人民的同情，也暗讽了世风日下和社会制度的混乱。

“她自己奶孩子，把她床上唯一的被子拆了做成襁褓，她自己不觉得饿，也不觉得冷了。她又变美了，老婊子变成了年轻的妈妈，于是又风流起来，又有人来光顾，香花歌乐女自身的货色又找到买主，用得来的肮脏钱给孩子买衣物：童便帽、围嘴儿、花边衬衣、绸缎小帽，就是没有考虑再给自己买一床被子 —— 厄斯塔什先生，我跟您说过，别吃这张饼 —— 孩子的教名叫阿涅丝，也算本名，因为，香花歌乐女早就没有家姓了 —— 毫无疑问，小阿涅丝身上的缎带和绣花，比太子采邑上的一位公主的打扮还要华丽！别的不说，就是她那双绣花小鞋，恐怕连国王路易十一也没有那样的。是做母亲的亲手缝制、亲手刺绣做成的，她就像给圣母做衣裙那样，使出了全副功夫，精工细作，加了各种各样的装饰。一双粉红色绣花鞋，真是世界上最俏丽的。只有我这大拇指长，要不是看着孩子脱下鞋露出小脚丫儿，真难相信她能穿进去。没说的，那双脚丫儿特别小，特别好看，粉红粉红的，比粉红的缎鞋还鲜艳！

“她刚四个月时我见过，真是小爱神的化身！那眼睛比小嘴还大，油黑的头发非常纤细，已经打卷，可爱极了。等长到十六岁，她肯定会成为棕色皮肤的美人儿！母亲爱她日甚一日，简直到了发狂的程度：又是爱抚，又是亲吻，又是搔痒，给她梳洗，把她打扮成怪样子，恨不得一口把她吞下去！帕盖特真是乐昏了头，为此感谢上帝。尤其孩子那双美丽的粉红色小脚丫儿，令她无限惊奇，给她增添无穷乐趣！她的嘴唇总是贴在上面，也总是奇怪脚丫儿为什么那么小。一会儿给穿鞋，一会儿又给脱下来，赞美赏玩没个够，觉得一天过得很快，还扶孩子在床上学迈步，看着又心疼，真是当成圣婴的小脚，恨不得跪一辈子给孩子穿鞋脱鞋。

“有一天，兰斯来了一帮骑马的人，样子非常古怪。他

作者着笔对小阿涅丝精美的服饰和绣花鞋进行描写，侧面反映了帕盖特·香花歌乐女对她的深爱。

作者在这一段和上一段中多次提到了那双粉红色的绣花鞋，可见这双鞋是一个线索，作者在这里已经埋下了伏线，故事情节会在后面变得明朗起来。

们都是乞丐、流浪汉，由他们的公爵、伯爵率领，在全国到处游荡。他们皮肤黝黑，头发卷曲，戴着银耳环。女的比男的模样还要丑，脸色还要黑，也从来不罩点什么，身上穿着破烂不堪的短外衣，肩头系着粗麻布旧披肩，头发扎成马尾状。那些孩子在她们胯下打滚，都能把猴子吓跑了。他们以阿尔及尔国王和德意志皇帝的名义，到兰斯来给人算命。你们完全明白，单凭这一点，就不能让他们进城。这样，他们一伙人情愿在勃雷姆城门附近安营扎寨，在一座有磨坊的山丘上，挨着废弃的石灰矿坑搭起帐篷。兰斯城里人都争相去找他们。他们给人看手相，就能说出将来如何交上好命，甚至能预言犹大将来能当上教皇。不过，也有可怕的流言，说他们拐小孩，扒钱包，还吃人肉。明智的人告诫糊涂人：'千万别去那儿。'可是，他们自己却偷偷跑去。大家都像中了魔似的。的确，那些埃及人说的事情，连红衣主教听了也要吃惊。母亲还带孩子去，让埃及女人看手相，听说手相上用异教文和土耳其文写的各种奇迹，她们就特别得意。这个孩子将来能当皇帝，那个能当教皇，还有一个能当三军统帅。可怜的香花歌乐女也好奇得要命，想知道小阿涅丝有没有那么一天，当上亚美尼亚女皇或者什么的。她把女儿抱到埃及人那里，埃及女人见了赞不绝口，又是爱抚，又是用黑嘴唇亲孩子，看了小手更是惊叹不已。唉！母亲有多么高兴啊！她们尤其赞美那小脚好看，小鞋也好看。孩子还不满一岁，已经能咿呀学语了，她长得胖乎

阅读笔记

乎、圆滚滚的，总朝母亲憨笑，各种戏耍的动作和娇态，就像小天使一般可爱。她一看见埃及女人，就吓得哇哇大哭。然而，母亲听了给阿涅丝算出的富贵命，就连连吻女儿，满心高兴地回家。小阿涅丝要长成个美人儿，有高尚的节操，能当上王后。香花歌乐女回到磨难街的阁楼，心想抱回去一个小王后，心中万分自豪。她母女俩一向同睡一张床，次日，她趁女儿在床上睡觉，就轻轻掩上房门，跑到晒衣场街的一个女邻居家，说说将来有那么一天，她女儿小阿涅丝用餐时，会有英国国王和埃塞俄比亚大公伺候，还讲了许多出人意料的情况。回家上楼时，没有听到孩子的叫声，她心想：好嘛！孩子还睡着呢。她出去时房门掩上了，现在却大敞四开，可怜的母亲，她慌忙进屋，跑到床前……孩子不见了，床上是空的，孩子的东西全都不翼而飞，只剩下一只美丽的小鞋。她冲出房间，跑到楼下，脑袋使劲往墙上撞，连声呼叫：'我的孩子呀！我的孩子在哪儿？是谁抱走了我的孩子？'—— 街上没有人影，她住的小楼也孤零零的，没人能向她提供一点情况。她像疯了一般，样子很可怕，东奔西窜满城转了一整天，查看了大街小巷，挨家挨户都嗅一嗅，真像一只野兽丢了崽子似的。她披头散发，流干泪的眼睛直冒火，样子真吓人，逢人就拦住，喊道：'我那女儿！我那女儿！我那美丽的小女儿！谁把女儿还给我，我就给谁当牛做马，给他的狗当奴婢，让他剜我的心吃也行。'—— 她碰见圣雷米的本堂神甫，对她说：'神甫先生，要我用手指头耕地都成，可是得把孩子还给我！'—— 听了真揪心，乌达德。有个铁石心肠的人，就是讼师逢斯·拉卡勃尔先生，我看见连他都流泪了 —— 噢！可怜的母亲！—— 天黑了她才回家。在她出门寻找的时候，有个女街坊看到一个情况：有两个埃及女人抱着个包裹，偷偷上楼去，关上房门之后又

想象

这是来自一个母亲的幻想，她多么希望自己的孩子能够健康成长，阿涅丝是那么可爱，帕盖特希望自己的孩子将来能够找到一个如意郎君，不要再受和自己一样的苦。可越是这么幻想，现实就越是残酷得可怕。

阅读笔记

心理描写

听到房间里小孩的哭声，香花歌乐女开心极了，在这里，作者写出了她想要见到孩子的迫切心情，更能凸显出她对女儿的爱。

下来，急忙溜掉了；她们走后，就听见帕盖特的房间有小孩的哭声。香花歌乐女转悲为喜，咯咯笑起来，她就像长了翅膀一样飞上楼去，又像炮弹似的轰开房门，冲了进去……说起来真骇人听闻，乌达德！她看到的不是她那可爱的小阿涅丝，不是那细皮嫩肉、红润鲜艳的孩子，仁慈上帝的恩赐，而是一个小怪物，一个独眼瘸腿、身体畸形的丑八怪，号叫着在石板地上乱爬。她恐怖得捂上眼睛，说道：'噢！怎么，巫婆把我女儿变成了这个可怕的畜生？'人们急忙把那小怪物抱开，免得她受刺激发了疯。那个畸形儿童有四五岁，不知是哪个埃及女人给魔鬼生的，也不知道说的是不是人话，只发出些无法听懂的字音——香花歌乐女扑向那只小鞋，她的全部所爱只剩下这一样东西了。好久好久她匍匐在那里，一声不吭，也没有气息，就跟死人一样。猛然，她浑身颤抖，发狂似的亲吻这件圣物，同时放声痛哭，一颗心仿佛破碎了。跟您说，我们也都哭了。她边哭边说：'噢！我的小女儿啊！我的美丽的小女儿啊！你在哪儿呀？'这哭诉真能撕肝裂胆。现在想起来我都要流泪。喏，我们的孩子，是我们身上掉的肉——我可怜的厄斯塔什！你呀，长得多好看！你们不知道他有多乖！昨天他还对我说：'长大了我要当骑卫。'嗯，我的厄斯塔什！你若是丢了，我可怎么好！——香花歌乐女猛然站起身，冲了出去，在兰斯城中乱跑乱叫：'到埃及人营地去！到埃及人营地去！警官啊，烧死那些巫婆！'——可是，埃及人已经走了，天又黑了，不可能去追赶他们——第二天，在离兰斯八公里远葛村和蒂洛瓦村之间的灌木丛中，发现了篝火的灰烬、帕盖特女儿的几条缎带、几点血迹和几个羊粪蛋儿。刚刚过去的正是星期六夜晚，再也无可怀疑，埃及人在灌木丛中举行了群魔舞会，他们按照伊斯兰教徒的规矩，同魔鬼一起把孩子吃掉了。香花歌乐女听说这些可怕的情况，却没有哭泣，嘴唇动了动像要说话，可是又说不出来。第二天她的头发就花白了，第三天人也消失得无影无踪。”

“那只小鞋呢？”热尔维丝问道。

“跟母亲一起消失了。”玛伊埃特答道。

“可怜的小鞋！”乌达德叹道。

胖女人乌达德好动感情，只顾着跟玛伊埃特一起哀叹。然而，热尔维丝更为好奇，遇事总要刨根问底。

“那个怪物呢？”她突然问玛伊埃特。

“什么怪物？”玛伊埃特反问道。

“就是巫婆换走香花歌乐女的女儿，丢在她家的那个埃及小怪物呀！你们怎么处置他啦，但愿也把他淹死。”

“没有。”玛伊埃特回答。

“怎么！那就是烧死啦？真的，这样更好，巫婆的崽子！”

“既没有淹死，也没有烧死，热尔维丝。红衣大主教先生对那个埃及儿童发生了兴趣，为他驱了邪，祝了福，并仔细地把他身上的魔鬼赶走，然后把他送往巴黎，放到了圣母院的弃婴木榻上。”

这三位良家妇女边走边谈，来到了河滩广场。她们只顾谈论这件事，从罗朗塔楼的公用经书前边经过也没有停步，下意识地一直朝耻辱柱走去。耻辱柱周围人越聚越多，那里的景象吸引了所有人的目光，也很可能会使她们完全忘却老鼠洞，以及她们原本打算去那儿要做的事情；可是，玛伊埃特拉着的六岁的胖儿子，突然提醒了她们此行的目的。

“妈妈，”厄斯塔什说，就好像他本能地感到已经走过了老鼠洞，“现在我可以吃饼了吧？”

“哎呀！真的，”她叫起来，“咱们把那位隐修女给忘啦！

名师解读

帕盖特听说孩子被吃掉之后没有哭泣，但是一夜之间头发全部变白，短短几句就将她失去孩子之后的悲痛心情展现得淋漓尽致。

名师解读

读到这里，我们可以知道，香花歌乐女的女儿被换成了卡西莫多。

阅读笔记

我要给她送饼去，告诉我老鼠洞在哪儿。”

“这就去吧，”乌达德说道，“这可是行善的事儿。”

三个女人调头往里走。乌达德独自走到窗口，往里一窥视，脸上立刻露出内心的悲悯，他示意玛伊埃特过去瞧瞧。

两个女人敛声屏息，一动不动，隔着窗栏往老鼠洞里观瞧，所见的景象的确非常凄惨。

斗室非常狭小，宽度还大于长度的尺寸，屋顶呈尖拱状，从里面看，颇似主教巨大法冠的里侧。在光秃秃的石板地的一角，坐着，确切地说是蹲着一个女人，她的下巴搭在膝盖上，手臂紧紧地抱在胸前，整个人缩成一团，全身裹着皱巴巴的棕色麻布袋，长长的头发从额前披散下来，顺着小腿一直垂到脚面，头一眼望去，就像斗室黑墙衬托出的一个怪影、一个黑乎乎的三角形，被窗洞透进的天光截成两种色调：半身晦暗，半身明亮。这正是人们梦中所见，也是戈雅在那件杰作上所表现的半明半暗的幽灵，惨白可怖，一动不动，蹲在坟头上，或者靠着地牢的铁窗。分不清是女人还是男人，是个活物，还是一个难以确定的形体。这一形象，是虚实交织、明暗相映的一个幻影。由于垂到地面的长发遮住，看不清那形销骨立的侧身；那件麻布长袍，也难以遮护在坚硬冰凉的石板地上抽动的赤脚；从那丧服里露出的这一点点人的形体，看着叫人不寒而栗。

名师解读

为了表现出那个女人落魄的惨状，作者没有直接写她的内心感受，而是借用对环境的刻画及女人外貌的描述，狭窄昏暗的空间、冰凉的石板、麻袋一样的衣服……都能很好地折射出那个女人外境的凄惨。

这个形象仿佛牢牢固定在石板上，纹丝不动，既无意念，也无气息。时值一月，室里没有炉火，像地牢一般昏暗，斜斜的窗洞只能吹进冷风，从来照不进阳光，而她只穿着薄薄的麻布长袍，卧在花岗石板上，好像没有痛苦，甚至没有感觉，随地牢而化作石头，随冬季而化作冰块。头一眼望去，以为是个幽灵，第二眼望去，则觉得是尊石像。

不过，她那发青的嘴唇不时地微微张开呼吸一下，而且微微颤动，但又那么僵死而机械，不啻随风飘落的枯叶。

同样，她那暗淡的眼睛射出一道目光，一道难以描摹的目光，一道既深邃阴森，又沉滞宁静的目光，死死盯住从窗外看不见的一个角落。这道目光将这颗受着煎熬的灵魂的万般哀痛忧思，全维系在一件神秘莫测的物品上。

因住处而称为“隐修女”，因衣着又叫作“麻袋女”的，就是这样一个生灵。

热尔维丝也已来到玛伊埃特和乌达德身边，三个女人从窗洞往里窥视，她们的头挡住能透进地牢的微弱的光线，也没有引起那可怜女人的注意。乌达德低声说道：“别打扰她，她凝神专注，正在祈祷呢。”

玛伊埃特注视着这个憔悴枯槁、披头散发的女人，心中越来越焦虑悲怜，眼睛不禁漾出泪水，她喃喃说道：“真若是她，那也太奇特啦！”

她把头探进铁窗的栏杆里，这才望见那不幸女人始终凝视的那个角落。

她再把头缩回来的时候，已是泪流满面了。

“你们怎么称呼这个女人？”她问乌达德。

乌达德答道：“我们叫她古杜勒修女。”

“要让我说，”玛伊埃特说道，“我就叫她帕盖特·香花歌乐女。”

说着，她把一根指头放到嘴唇上，示意要目瞪口呆的乌达德把头探进窗洞里，亲眼瞧瞧。

乌达德探进头去一看，只见隐修女阴沉凝视的那个角落里，有一只缀着各种各样金箔银片的粉红缎子小鞋。

接着，热尔维丝也探进头去张望。这三个女人注视着那不幸的母亲，都不禁流下眼泪。

然而，无论她们的目光还是眼泪，都没能分散隐修女的

神态描写

暗淡的眼神中透露出痛苦，灵魂在忍受着忧思的煎熬，前面交错的线索其实已经暗示出这个女人到底是谁了。

名师解读

因为玛伊埃特也是母亲，更能够理解帕盖特失去孩子的痛苦，才会在看到老鼠洞中帕盖特的悲惨模样后，感同身受地落泪。

名师解读

故事情节发展到这里，所有的谜底都已经揭开，局面也明朗了起来。前面埋下伏笔的粉红色绣花鞋如今出现在了隐修女的身边。作者虽然没有直接说明，但是这样的写法更有画面感，更能凸显出悲伤的意境。

注意力。她双手合拢，嘴唇木然不动，眼睛专注凝视，而在了解小鞋来历的人看来，这一情景真令人心痛欲裂。

四　一滴泪报一滴水

讽刺

民众将刑罚当成好戏，可见类似这种场景已司空见惯，作者在暗讽当时世风日下。

上午九点，四名警士就守护在耻辱柱的四角，人们见此情景，知道准有一场好戏看，不是绞死什么人，至少也是抽鞭子、割耳朵，或者类似的刑罚，因此，他们纷纷跑来，很快就聚拢了一大片人。四名警士见他们挤得太厉害，就不得不用马鞭和马屁股，拿当时的话来说，几次“弹压”群众。

这群人看惯了在公共场合行刑，也都耐心等待，并不显得特别急躁。他们待着无聊，就观赏耻辱柱。其实，这种刑台构造很简单：一座石砌的方形平台，是空心的，高十尺许；有一条很陡的石阶通到台上，当时叫作“梯子”；台上平行安着一个橡木板大轮盘。犯人跪在轮盘上，双手反绑在木轴上；而木轴则连着下面暗装的绞盘，由绞盘带动，大轮盘始终呈水平面旋转，这样就能让广场各个角落的人看到罪犯的面孔。这就是所谓的犯人“旋转示众”。

犯人拴在一辆车的后边，终于拖来了。他被押上平台，用绳索绑在大转盘上，广场各个角落都看得见了，这时嘘声、欢笑和喝彩声冲天而起。大家认出来，那正是卡西莫多。

对比

从前一天的万人拥护到后一天被绑在耻辱柱上，卡西莫多在短短的一天之内经历了命运的巨大转变。

的确是他。变化也实在奇特。就在这同一座广场上，昨天他还被拥戴为丑大王，接受万民欢呼致敬，身边簇拥着埃及公爵、金钱王和伽利略皇帝，而今天却被绑在耻辱柱上。有一点肯定无疑，这群人里没有一颗脑袋，甚至昨日为王、今为阶下囚的卡西莫多本人，也没有明确地想到把这两种境况联系起来。这个场面只缺甘果瓦和他的哲学。

不久，国王陛下宣过誓的传谕官米歇尔·努瓦雷，喝令全场肃静，高声宣读判决书。然后，他率领身穿号衣的部下退到囚车后面。

卡西莫多神态木然，连眉头也不皱一下。他根本不可能反抗，因为，按照当年判罪的用语，他被“五花大绑，捆得结结实实”，这就意味着，皮索和铁链恐怕吃进肉里去。而且，坐牢和罚苦役的传统尚未丧失，手铐脚镣恰恰在我们这样文明、温和而人道的民族中间保存下来（且不说地牢和绞刑架）。

卡西莫多任由别人又拉又推，又拽又抬，绑上加绑，他却不动声色，从那面容上只能隐约看出有野人或白痴的那种惊愕。大家知道他是个聋子，现在真可以说他还是个瞎子。

拖到转盘上，按他跪下他就跪在那儿；外衣衬衣都给扒掉，连腰带也给解下，他都逆来顺受。又用皮索加环扣，按新方式捆绑，他也任人摆布，仅仅不时地呼呼喘息，就像一头小牛犊的脑袋垂在屠夫的大车沿上摇来摇去。

行刑吏跺了跺脚，转盘终于开始旋转。卡西莫多全身绑缚，也随之摇晃起来，那畸形的脸上突然显现出惊愕的神情，惹得围观的人笑得更加厉害。

卡西莫多的驼背随着转盘送到彼埃拉先生的眼前，他就举起右臂，那细长的鞭绳像盘曲的毒蛇，在空中发出咝咝叫声，又狠命地落到不幸人的肩上。

卡西莫多浑身一跳，这才猛醒，他开始明白了，于是身子在绳索里扭动，脸上惊骇痛苦，肌肉猛烈抽搐，面孔都变形了。然而，他却不发出一声哀叹，只是头朝后仰，左右晃动躲闪，犹如肋条给牛虻蜇疼的一头公牛。

又一下皮鞭抽下来，接着第三下、第四下，一下一下抽个不断。轮盘不停地旋转，鞭子也像雨点似的落下来。不大工夫

反讽

这里是在反讽当时法律制度的野蛮。

名师解读

这里的描写生动形象，写出了卡西莫多被绑在耻辱柱上的悲惨场景。神态描写、动作描写和比喻的修辞手法让情节更具画面感，同时也更能凸显出卡西莫多所遭受的痛苦之深。

就出血了，只见驼子黝黑的肩膀上出现一道道细流，而细长的皮鞭在空中盘旋嘶叫，将血星儿抛到人群中间。

卡西莫多又恢复了木然的状态，至少表面上如此。起初，他暗暗运力，企图挣断绳索；只见他那独眼发亮，肌肉鼓起来，四肢也收拢，而绳索铁链则绷紧了。他使出了九牛二虎之力，进行异乎寻常而绝望的挣扎，讵料府尹衙门的绳索非同小可，极有韧劲，只是轧轧响了一阵而已。卡西莫多挣扎无效，便颓然作罢，惊愕的神态又转为凄苦难言、深深沮丧的表情。他那只独眼又闭上，脑袋耷拉到胸前，如同死了一样。

这里对卡西莫多神态变化的描写，直接反映出他的痛苦和绝望。

此后他再也不动弹了，任凭怎么抽打也一动不动。鲜血不住地流淌，鞭笞越来越疯狂，执刑吏也越打越恼火，越打越起劲，而那可怕的皮鞭胜过毒蛇，犹如魔爪，越来越锐利，嘶叫声也越来越响亮；尽管如此，卡西莫多仍然一动不动。

鞭笞完毕。然而，卡西莫多并未就此了事，他还得在刑台上跪一小时。

侧面描写

群众的暴力也加深着卡西莫多的痛苦。

各种花样的辱骂如倾盆大雨，嘘声、诅咒和嘲笑声四起，不时还投来石块。

这工夫，一名教士骑着骡子从人群走过来，可怜的犯人远远望见骡子和教士，脸上的乌云开朗了一会儿，神情也温和下来，转怒为喜，原来抽搐变形的面孔泛起一丝微笑。这笑容非常奇异，充满难以描摹的温和、善良和深情，而且随着教士越走越近，也变得越来越明显清晰，越来越焕发神采。仿佛受苦受难的人恭迎一位救星。然而，骑骡子的教士走近了耻辱柱，认出受刑者是什么人，他就把头一低，突然掉头往回走，双脚催动骡子疾驰，就好像要摆脱令他难堪的要求，不愿意接受一个处于受刑姿态的可怜家伙的致敬，也不愿意让那家伙认出来。

那个教士正是主教代理堂·克洛德·弗罗洛。

卡西莫多的额头上，乌云重又密聚，而且更加阴暗了。那丝微笑一时还在云层隐现，但已变为气馁、极度悲伤的苦笑。

时间慢慢过去，他受刑至少有一个半小时了，受尽了伤痛和嘲笑的折磨，差点儿被人用石块砸死。

在倍加绝望之下，他突然再次挣扎，要挣断绳索，连身下的轮盘木架都为之震颤，他还打破了一直固执保持的沉默，叫了一声："喝水！"这嘶哑愤怒的吼声压过嘘声，但是不像人的呐喊，更像动物的咆哮，引起了群众的一阵哄笑。

过了几分钟，卡西莫多绝望的目光扫视人群，声音更加凄惨地又喊道："喝水！"

全场又一阵哄笑。

"喝水！"卡西莫多喘息着，第三次喊道。

这时，他看见人群闪开一条路，一位穿戴奇特的少女走过来，她手中拿着巴斯克小鼓，身边跟随一只金角山羊。

卡西莫多的独眼忽然一亮：那正是昨夜他企图劫持的吉卜赛姑娘，而他模模糊糊感到此刻受刑，就是为了那一暴力行为；其实大谬不然，他受惩罚，仅仅因为他不幸是个聋子，又不幸由一个聋子法官审判。他毫不怀疑姑娘也是来报仇的，也像别人一样要打他。

果然，姑娘快步登上阶梯。卡西莫多又气又恼，一时透不过气来，恨不能震坍这刑台，恨不能眼中射出雷电，不待埃及女郎登上平台就把她殛为齑粉。

姑娘走到徒然挣扎要逃避她的罪犯前，一言不发，从腰带上解下一个水壶，轻轻地送到那不幸者焦渴的唇边。

于是，他那始终干滞而焦炙的独眼里，只见一大滴泪珠滚动，并顺着因痛苦绝望而久久抽搐的畸形脸庞，缓缓地流下来。也许这是这个苦命人流下的第一滴眼泪。

这时，他忘记了喝水。埃及姑娘不耐烦地撇了撇小嘴，又

神态描写

义父的离去让刚燃起获救希望的卡西莫多彻底心灰意冷了。作者通过神态描写将卡西莫多心理活动的变化展现得淋漓尽致。

对比

面对卡西莫多的求助，这里群众的反应与后文爱斯梅拉达喂水给他的举动形成鲜明对比，反衬出爱斯梅拉达的善良。

心理描写

卡西莫多遭受过太多的敌意，加上自己暴力在先，所以很自然地认为爱斯梅拉达是来报仇的。

粲然一笑，将水壶按在卡西莫多那龇出利齿的嘴唇上。他开始大口地喝水，显然渴到了极点。

不幸的人喝完水，又伸出乌黑的嘴唇，无疑想吻刚刚解救他的这只美丽小手。然而，姑娘也许早就怀着戒心，还记着昨夜的暴力行为，她慌忙抽回手，就像小孩怕被动物咬着似的。

于是，可怜的聋子凝视着姑娘，眼神充满责备和难以言传的感伤。

这样一个美丽鲜艳、纯洁可爱，同时又十分娇弱的姑娘，就这样跑来救助集苦难、畸形和恶毒于一身的怪物，这一场面发生在什么地方都非常感人，而发生在示众刑台上，就尤为壮丽了。

场景描写

作者的叙述很具有戏剧性，而且富有画面感，读到这里我们的内心也会被这种感人的场景所打动。

围观的民众也深为感动，纷纷鼓起掌来，高声欢呼："好哇！好哇！"

这时，隐修女从老鼠洞的窗口探出头来，冲爱斯梅拉达大声诅咒："你这埃及女贼！你该千刀万剐！"

爱斯梅拉达脸色苍白、踉踉跄跄地走下平台。而放卡西莫多的时刻到了，他被解了下来，于是人群也就散开了。

精简点评

故事情节从老鼠洞转到了河滩广场，而主人公就是被绑在耻辱柱上的卡西莫多。围观的群众对类似的场景很麻木，他们甚至期待着接下来要发生的事情。皮鞭重重地抽打着卡西莫多，群众辱骂、嘲笑他，还不时朝他扔着石头，承受着痛苦的卡西莫多觉得口渴，只有善良的爱斯梅拉达给他递了水。最后一节可以称得上是《巴黎圣母院》里最为经典的场景，卡西莫多曾绑架了爱斯梅拉达，但是她不计前嫌地为卡西莫多送水，这一幕不仅感动了卡西莫多，也感动了围观群众。

佳词美句

焕发　不动声色　逆来顺受　粲然一笑

鲜血不住地流淌，鞭笞越来越疯狂，执刑吏也越打越恼火，越打越起劲，而那可怕的皮鞭胜过毒蛇，犹如魔爪，越来越锐利，嘶叫声也越来越响亮；尽管如此，卡西莫多仍然一动不动。

卡西莫多的额头上，乌云重又密聚，而且更加阴暗了。那丝微笑一时还在云层隐现，但已变为气馁、极度悲伤的苦笑。

于是，他那始终干滞而焦炙的独眼里，只见一大滴泪珠滚动，并顺着因痛苦绝望而久久抽搐的畸形脸庞，缓缓地流下来。也许这是这个苦命人流下的第一滴眼泪。

这样一个美丽鲜艳、纯洁可爱，同时又十分娇弱的姑娘，就这样跑来救助集苦难、畸形和恶毒于一身的怪物，这一场面发生在什么地方都非常感人，而发生在示众刑台上，就尤为壮丽了。

阅读思考

1. 本卷最后一节“一滴泪报一滴水”中，卡西莫多的情绪变化是怎样的？

2. 爱斯梅拉达的温暖举动使得卡西莫多感动落泪，围观民众也纷纷叫好，对此你有什么感受？

第六卷

一　山羊泄密的危险

这里用大量笔墨描写贵族小姐们的衣着和外貌，作者表面上是在称赞她们的雍容和美丽，却通过“游手好闲”一词流露出了对她们的鄙夷。“游手好闲”一词还揭露了贵族的寄生虫本质，他们不创造财富，却坐拥财富，可想而知这些财富都是剥削广大劳动人民得来的。

转眼过去了几星期，到了三月上旬。

有一座哥特式的富家宅第，坐落在广场和前庭街的交道口，正对着落日染红的宏伟的主教堂。在门廊上方的石阳台上，几个美丽的姑娘正说说笑笑，表现出娇媚风骚的种种情态。只见长长的轻纱，从她们镶满珍珠的尖帽顶一直垂到脚踵；绣花衬衣做工十分精美，遮住双肩，却按照风流的时尚，半露出处女的美妙身姿；小外套本来就非常讲究，令人赞叹，裙子则更为华丽珍贵；她们浑身上下尽是天鹅绒和绫罗绸缎，而那一双双手又白又嫩，表明她们一向游手好闲，凡此种种，不难看出她们是大家闺秀，是巨额财产的继承人。她们正是百合花·德·功德月桂小姐及其女伴：狄安娜·德·克里斯特伊、阿姆洛特·德·蒙米歇尔、鸽子·德·加伊封丹和小姑娘德·香舍佛里埃，全是名门闺秀，此刻聚在孀居的德·功德月桂夫人府上，为的是四月博热大人偕夫人要来挑选女傧相，好派往庇卡底那里，从佛兰德人手中迎来菊花公主玛格丽特。方圆百余公里的贵绅之家，无不要为自己的女儿争取这份荣耀，不少人家亲自把女儿带来，或者派人送到巴黎。这几个女孩子，是她们父母托付给可敬而又可靠的阿洛伊丝·德·功德月桂夫人照看的。这位夫人是羽林军弓箭队一位将领的遗孀，她带着独生女儿离开社交界，隐居在圣母院广场街上自家宅第里。

几位姑娘所在的阳台通一间客厅，客厅四面镶着浅褐色佛兰德皮革壁纸，上面印有金黄色的旋涡叶饰图案。屋顶平行的一道道横梁上，雕刻着许多怪异的形象，彩绘加描金，望上去十分悦目。柜橱镂花刻纹，多处镶嵌的珐琅闪耀着光泽。华美的餐具柜上，摆着一个陶瓷的野猪头，柜中的两格表明女主人是方旗骑士[①]的妻子或孀妇。客厅里端是一座高大的壁炉，从上到下饰有纹章。壁炉旁摆一把红色天鹅绒的华丽太师椅，上面坐着德·功德月桂夫人，从面容和衣着打扮上，都能看出她有五旬上下。一位青年侍立在她身边，神态颇为傲慢，那样子虽然有点轻狂，但仍不失一个英俊青年，能令所有女人一见倾心，而会相面的严肃男人见了就要耸肩摇头。他身穿羽林军骑卫队的军装，非常华丽。

几位小姐，有的在屋里，坐在带金角的乌得勒支[②]丝绒方垫上，有的在阳台，坐在有花卉人物雕刻的橡木凳子上。她们一同绣一大幅帷幔，各人拉一个角放在膝上，还有一大块拖曳在铺于地板的席子上。

她们喁喁交谈，不时窃笑：大凡姑娘圈子里有一个男青年，她们总是如此。一个青年在场，就足以激发所有女性的虚荣心；可是这个青年，虽然身在一群竞相吸引他注意的佳丽中间，却似乎驰心旁骛，在用他那鹿皮手套揩拭皮带的环扣。

老夫人不时低声对他说两句话，他则尽量恭敬地回答，但是那种礼貌显得笨拙而勉强。阿洛伊丝夫人低声和队长讲话，同时笑容可掬，打着会意的小手势，朝女儿百合花瞥上两眼，从而不难看出，他们一定谈到已定的婚约，也就是这个青年和

作者对客厅的环境进行描述，每一处都彰显出这座宅第的华贵和主人家的富有。

这里作者在暗示弗比斯是一个“金玉其外，败絮其中”的人。

阅读笔记

① 中世纪封建领主的一个等级，有权举方旗召集附庸参战。

② 乌得勒支，荷兰城市，以纺织业著称。

从这里我们可以看出，弗比斯根本不爱百合花，对于成亲这件事也漠不关心。

作者直接揭露出弗比斯低俗的灵魂，之前弗比斯英雄救美的形象瞬间崩塌。

讽刺

作者将弗比斯的窘态描写得生动有趣，极力讽刺了弗比斯的虚伪、徒有其表。

百合花即将成亲之事。然而，从这青年军官冷淡而尴尬的表情上，同样不难看出，至少他这方面已无爱情可言了。他的整个神态表明心里为难而厌倦，而我们今天卫戍部队的少尉们若有这种念头，准会大言不惭地骂出来：“真是活受罪！”

这工夫，七岁的小姑娘贝朗热珥·德·香舍佛里埃，从阳台的梅花格栏杆朝广场张望，忽然叫起来：“哈！瞧呀，百合花教母，那个美丽的姑娘敲着手鼓在跳舞，围了一大圈老百姓！”

果真，巴斯克手鼓响亮的声音传过来。

“是个波希米亚的吉卜赛姑娘吧。”百合花懒懒地扭头望望广场，说道。

“瞧一瞧！瞧一瞧！”几位活泼的女伴嚷道，纷纷跑到阳台边上；百合花也跟了过去，但是脚步缓慢，心里还在琢磨未婚夫为何如此冷淡。这个未婚夫倒是松了一口气，庆幸出了点热闹，打断了一场尴尬的谈话，他又回到客厅的另一端，像下了岗的士兵那样喜形于色。按说，陪伴美丽的百合花这样的岗位，本应是一件美差，从前他也是这样认为；然而，年轻军官渐渐心生厌腻，想想婚期迫近，他的态度也就日趋冷淡了。况且，他这个人没有常性。还有一点要挑明说吗？他的趣味相当低下。他出身的门第虽然十分高贵，但是金玉其外，败絮其中，他染上了兵痞的恶习。他最爱出入小酒馆，其后果不言自明。只有讲讲粗话，以军人的方式吊吊膀子，寻花问柳，情场得意，干这类不费劲的事情，他才如鱼得水。诚然，他也受过家庭教育，学到一点举止礼仪，可是，他年纪轻轻就过上军旅生活，跑遍全国各地，他身上一层贵绅的光泽，早已被骑卫的军装磨损，日渐消退了。尽管他身上还多少剩点人情世故，隔三岔五还来看看百合花，可是他每次来访，都感到双重的难堪：一则，他到处拈花惹草，浪掷了情爱，留给未婚妻的感情就所剩无几了；二则，他那张嘴讲惯了脏话，一来到这群庄重、规范而又文雅的美貌女子中间，他就提心吊胆，给自己的口套上嚼子，生怕冒出脏话来。想一想，万一说走了嘴，那场面该有多精彩！

不仅如此，在衣着、容貌和仪表方面，他还自视甚高。这类事情，谁愿怎么想就怎么想。我在此仅仅叙述故事。

且说他倚着壁炉的雕刻框架，默默地伫立半晌，不知心中想什么还是什么也没想，这时，百合花却突然回头问他话。归根结底，可怜的姑娘跟他赌气，毕竟情非所愿。

“表哥，您不是对我们说过，两个月前您巡夜，从十来个强盗手中救出一个吉卜赛小姑娘吗？”

“我想是吧，表妹。”军官答道。

“那么，”百合花又说，“也许就是在广场上跳舞的那个吉卜赛姑娘。您过来看看，是不是还认得，弗比斯表哥。”

语言描写

我们可以从百合花的语言中感受到，她对弗比斯有着喜爱之情。

青年军官看出，姑娘特意呼他的名字，邀请他过来，这种雅意中隐含着言归于好的愿望。弗比斯·德·夏多佩队长（从这一章开始读者所见的正是他），这才缓步走到阳台。

“喏，”百合花说着，温存地将手搭在他的胳膊上，“您瞧瞧，那群人圈子里跳舞的那个小家伙儿，是不是那个吉卜赛姑娘？”

弗比斯望了望，答道：“是她，看那只山羊，我就知道是她。”

“嘿！那只小山羊真好看！”阿姆洛特合掌称赞。

“它的角是真金的吗？”贝朗热珥问道。

阿洛伊丝夫人没有离座，也插言道：“那个姑娘，是不是去年从吉巴尔门进城的吉卜赛那一伙的？”

“母亲大人，”百合花柔声说道，“那

座城门，如今改称地狱门了。”

德·功德月桂小姐知道母亲这种老说法，青年军官会觉得刺耳。果然，他开始讪笑，口中念道：“吉巴尔门！吉巴尔门！那是给国王查理六世通行的！”

“教母，”贝朗热珥高声说，她总是东张西望，又突然抬头朝圣母院钟楼顶望去，“那顶上有个穿黑衣裳的人，他是谁呀？”

几位姑娘都举目望去。在北钟楼顶，的确有一个人倚着栏杆，面对着河滩广场。那是一名教士。他的服装，以及双手托住的脸，都能看得清清楚楚。他在那里纹丝不动，好似一尊雕像，眼睛俯视，死死盯住广场。

那一动不动的姿态，就像一只鹞鹰盯着刚发现的一窝麻雀。

“那是若萨的主教代理先生。”百合花说道。

“您眼睛真尖，这么远都能认出来！”加伊封丹小姐说道。

“瞧他那样子，死盯着跳舞的姑娘！”狄安娜·德·克里斯特伊也说道。

伏笔

这是继上一次河滩广场的凝视之后，主教代理克洛德·弗罗洛又一次对爱斯梅拉达的凝视。为什么他要一直盯着她看呢？难道他又有什么企图吗？这样写不仅激发了读者的兴趣，也为后面的叙事埋下了伏笔。

“那埃及姑娘可得当心呀！”百合花说，“他不喜欢埃及。”

“他那样望着小姑娘，真不像话，”阿姆洛特·德·蒙米歇尔补充说，“人家的舞跳得多好啊！”

“弗比斯表哥，”百合花忽然说道，“您既然认识那个吉卜赛小姑娘，那就叫她上来吧，好让我们开开心。”

“好啊，好啊！”几位姑娘都拍手嚷道。

“真有点胡闹，”弗比斯说，“恐怕她早把我忘记了，而我连她的名字也不知道。不过，几位小姐既然有这种愿望，那就让我试试吧。”他说着，从阳台栏杆探身叫道：“小姑娘！”

跳舞的姑娘这时恰巧没有敲手鼓，她转过身朝发出叫声的地点望去，发现弗比斯，明亮的眼睛立刻看直了，舞蹈也戛然停止。

"小姑娘！"队长又喊了一声，同时摆动一根手指叫她过来。

那姑娘又望望他，脸唰地红了，面颊好像燃起一团火，她把手鼓往腋下一夹，穿过惊愕的观众，走向弗比斯叫她的那幢楼房的正门，只见她眼神恍惚，脚步缓慢而又踉踉跄跄，活像被一条蛇迷住的一只小鸟。

不大工夫，客厅的门帘掀起来，吉卜赛女郎出现在门口。她气喘吁吁，满脸羞红，愣在那里，不敢再迈进一步。

贝朗热珥拍起小手。可是，跳舞的姑娘停在门口，还是一动不动。这几位姑娘一看见她，心里都产生一种异样的感觉。本来，她们都不约而同、隐隐约约地渴望取悦于这位英俊的军官，他那光彩夺目的军装成为她们卖弄风情的焦点，自从他到场，她们之间就暗暗展开一场竞争，这在她们内心都不肯承认，但在她们的言谈举止中，还是无时无刻不爆发出来。不过，她们几个姿色大致相当，以相等的武器进行搏斗，因而每个人都有获胜的希望。不料，吉卜赛姑娘一来，却突然打破这种均势。她的确美得出奇，人世罕见，在客厅门口刚一出现，就满室生辉。在这间壅塞的客厅里，在这由帷幔和细木镶壁的幽暗场所，她显得更加美丽，更加光彩照人，远非她在广场上所能比拟。这就好比一支火炬，从阳光下猛然移到黑暗之处。几位贵族小姐都情不自禁地目眩神摇，每人都感到自己的美貌多少受到损伤。因此，恕我冒昧，她们的战线立时改变了，而且无须交换一句话，都能心领神会。女人凭直觉，比男人凭智慧能更快地互相理解、互相呼应。她们都感到来了一个敌手，因而联合起来。只需一滴葡萄酒，就能染红一杯水；若让一群美貌女子染上不快的情绪，只需闯来一个更美的女子——尤其只有一位男士在场的时候。

因此，吉卜赛女郎受到极大的冷遇。

名师解读

面颊像燃起的火，可以看出爱斯梅拉达内心的真实感受。当爱斯梅拉达看到弗比斯的时候，平静的内心犹如被投入了一颗石子，泛起层层涟漪。不过，"被一条蛇迷住的一只小鸟"也暗示了爱斯梅拉达最后的结局。

名师解读

因为弗比斯英俊的外表和军人身份，贵族小姐们都在卖力地吸引他的注意，暗中较量着，这寥寥几句叙述也将作者的讽刺之意显露了出来。

“漂亮的小丫头，”弗比斯走上前几步，夸张地说道，“不知道我有没有这份无上的荣幸，能被您认出来……”

姑娘抬头冲他粲然一笑，眼神里含着无限柔情，打断他的话：“哦，对！”

“她的记性真好。”百合花评论一句。

“嗯，提起这事儿，”弗比斯又说，“那天晚上，您逃得真快呀。怎么，我让您害怕吗？”

“哦，不！”吉卜赛女郎答道。

先是一声“哦，对”，又是一声“哦，不”，语气意味深长，不免挫伤了百合花。

名师解读

这些小姐身份高贵，却因自己的嫉妒心羞辱爱斯梅拉达，丑陋的内心暴露无遗。

在这些大家闺秀的眼中，一个街头的穷舞女又算得什么呢？她们似乎根本不考虑有她在场，当着她的面就对她评头品足，高声讲给她本人听，就好像谈论什么相当龌龊、相当下流而又相当漂亮的东西。

对于这些讥刺，吉卜赛姑娘并非满不在乎，她不时因受辱而羞红，眼睛里或面颊燃起怒火，嘴唇翕动，仿佛要讲出一句轻慢的话，或者撇撇小嘴，做出读者熟悉的藐视的神态。不过，她始终伫立不动，一声不吭，注视着弗比斯，眼含着隐忍、忧伤而温柔的神色，同时也饱含着幸福和深情，就好像她怕被赶走，只好竭力克制自己。而弗比斯站到了吉卜赛姑娘这边。

神态描写

这里的神态描写明显透露出爱斯梅拉达已经深深爱上了弗比斯，让人不禁为之心疼。

这时，小山羊吸引了众人的注意。狄安娜和鸽子都催促吉卜赛姑娘：“小姑娘，快点让你的山羊显显神通！”

“我不懂你们在说什么。”舞女答道。

“神通，就是魔法，说穿了，就是巫术啊。”

“不明白。”吉卜赛姑娘开始抚摸小山羊，重复叫道，“佳利！佳利！”

这时，百合花发现山羊脖子上挂着一个绣花皮荷包，便问吉卜赛姑娘：“这是什么？”

吉卜赛姑娘抬起大眼睛，庄重地回答："这是我的秘密。"

"我倒要了解你这是什么秘密。"百合花心中暗想。

这工夫，老夫人面带愠色，站立起来，说道："哼！吉卜赛小姑娘，既然你，还有你的山羊，都不能给我跳个舞，那么还待在这里干什么呢？"

吉卜赛姑娘没有应声，缓步朝门口走去；但是离门口越近，她的脚步越慢，仿佛被不可抗拒的磁石吸引住。她猛然回头，噙着泪水的眼睛望着弗比斯，停下了脚步。

"真正的上帝啊！"队长高声说道，"不能说走就走啊！回来吧，给我们跳个舞。顺便问一下，我的小美人儿，您叫什么名字？"

"爱斯梅拉达。"姑娘答道，眼睛还一直盯着他。

听到这么古怪的名字，几位小姐一阵狂笑。

"哎呀！"狄安娜说，"一位小姐，起这样可怕的名字！"

"这回你们该明白了吧，"阿姆洛特也说道，"她就是女巫。"

"亲爱的，"阿洛伊丝夫人提高嗓门，庄严地说道，"您父母给您起的这个名字，总归不是从洗礼圣水盘里钓上来的吧？"

这工夫，小贝朗热珥趁大家不注意，用一块小杏仁饼，把山羊引到客厅的角落去，两个人很快就成了好朋友。小姑娘好奇，把山羊脖子上挂的荷包解下来，再打开，将包里的东西全部倒在席子上。原来是一组字母，分别刻在黄杨木的一个个小木块上。木块刚刚抖搂出来，小姑娘就惊奇地看见山羊用金脚扒拉出几个，轻轻推着排列起来，也许这就是它的一种神通。不大工夫，几个字母就构成一个词，而山羊毫不犹豫，就好像它会写字似的；贝朗热珥佩服极了，合起小手，突然嚷道："百合花教母，快来看呀，山羊多能耐！"

百合花跑过去一看，浑身不寒而栗。字母在地板排列成

埋下伏笔

这个荷包究竟是什么？爱斯梅拉达的回答让人产生了好奇，这里作者埋下了一个伏笔。

神态描写

爱斯梅达拉再一次遇到了她深爱的弗比斯，不舍得这么快和他分开，所以才流下了泪水。

阅读笔记

这样一个词：弗比斯。

“这是山羊写的吗？”百合花问道，说话的声调都变了。

“是呀，教母。”贝朗热珥回答。

不容怀疑，小姑娘根本不会写字。

“这就是她的秘密！”百合花心想。

对比

自己暗恋弗比斯的秘密被对方知晓后，爱斯梅拉达非常害怕，而弗比斯却自鸣得意，这里形成了鲜明的对比。

听到孩子的喊声，母亲、几位小姐、吉卜赛姑娘、军官，所有人都跑了过去。

吉卜赛姑娘看见小山羊干了蠢事，她的脸一阵红一阵白，好像犯了罪一样，在军官面前发抖；而军官又得意又惊奇，笑呵呵地看着她。

“弗比斯！”几位小姐十分惊讶，小声议论，“这是队长的名字呀！”

“您的记忆力实在惊人！”百合花对吓呆了的吉卜赛姑娘说。接着，她放声大哭，两只美丽的手捂住脸，痛苦地抽泣着说：“噢！她是个女巫！”然而，内心深处有个更凄楚的声音对她说：“她是情敌！”

百合花当场晕倒在地。

“孩子呀！孩子呀！”母亲惊慌失措，拼命呼唤，“滚开，你这地狱冒出来的吉卜赛女人！”

动作描写

弗比斯抛下了晕倒的未婚妻，选择去追爱斯梅拉达，可见他对未婚妻毫无情义，而他对爱斯梅拉达又是怎样的想法呢？让人不禁好奇后续的故事。

眨眼工夫，爱斯梅拉达拾起闯了祸的字母，招呼佳利，从一扇门出去；与此同时，百合花则从另一扇门被人抬走。

弗比斯队长独自一人，在两扇门之间犹豫片刻，最后还是决定去追吉卜赛姑娘。

其实，克洛德·弗罗洛每天都会出现在钟楼那里。因而，他每天都能看见跳舞的吉卜赛姑娘，她已经驻扎在他的心上好久了。有一天，吉卜赛姑娘身边的一个怪打扮、与姑娘举止亲密的男人吸引了他的注意。他冲下去看，原来这男人是为了生活而放下矜持的甘果瓦。讲过二人之间的故事之后，甘果瓦又把爱斯梅拉达的秘密告诉给了弗罗洛："她脖子上的护身符，说是日后可以使她与父母重逢。"

同时，弗罗洛还得知了爱斯梅拉达与弗比斯的关系不同寻常。而自那天行刑一事之后，卡西莫多也开始注意爱斯梅拉达了。每天敲钟的时候，他都会深情地凝望广场上的吉卜赛姑娘。

阅读笔记

二　狂教士

以描写在酒馆门口窥视的人为开头，目的是设置悬念，让情节更曲折，能够引起读者的阅读兴趣。

夏娃苹果酒馆相当有名，坐落在大学城，位于小圆盾街和善会会长街交道口。

然而，有一个人却在吵闹的酒馆门前逗留，他走来走去，时时窥探，不肯离去，就像哨兵不肯离开岗亭一样。他裹着一件斗篷，连鼻子都遮住了，那是他在夏娃苹果酒馆附近的旧衣店刚买的，无疑是为了遮挡三月夜晚的风寒，也许还要遮掩自己的服装。他不时地停下脚步，站在有铅网的发乌的玻璃窗前倾听探看，跺着脚取暖。

酒馆的门终于打开了，这似乎正是他的期待。两位喝酒的顾客走出来，从门里射出的烛光，一时映红了他们快活的面孔。披斗篷的人便溜到街对面，躲进座门道里监视。

"犄角和天雷！"其中一位顾客嚷道，"要打七点钟了，到了我赴约的时间。"

他的那位同伴大着舌头，接话说："我不住在屁话街，住在屁话街的人很可恶；我住在面包街。如果您把我住的地方说反了，那您头上的角就比独角兽还要长。大家都知道，骑过一次大狗熊的人是天不怕地不怕的，可是瞧您把鼻子冲着糖的样

子，就像医院里的圣雅各塑像。”

“约翰，我的好朋友，您喝醉了。”那一位说道。

“随您怎么说，弗比斯，”约翰身子摇摇晃晃地回答，“柏拉图的侧影像只猎犬，这可是千真万确的。”

弗比斯队长走进拱廊圣安德烈街时，发觉有人跟踪，他偶尔回头望望，只见后边有一个黑影贴着墙根行走。他站住，那影子跟着站住；他继续朝前走，那影子也跟着走。遇到这事，他并不怎么担心。——“哼！管他呢！”他自言自语，“我身上一个子儿也没有。”

影子走到他跟前停住，伫立不动，赛似贝特朗红衣主教的雕像，不过，那两只眼睛却盯住弗比斯，放射出夜晚猫瞳孔所特有的朦胧的光。

这位队长素性勇敢，又有长剑在手，何惧一个小小的蟊贼。然而，这是一尊行走的雕像，是个化石人，他见了就不禁毛骨悚然。

那影子从斗篷里伸出手，一把抓住弗比斯的胳膊，如同鹰爪一般有力，同时也开口讲话：“弗比斯·德·夏多佩队长！”

“见什么鬼！您知道我的名字？”弗比斯惊道。

“不但知道您的名字，还知道今晚您有约会。”裹斗篷的人又说道，好似从坟墓里发出来的声音。

“是啊。”弗比斯惊愕地答道。

“七点钟。”

“还差一刻钟。”

“在法路代尔老婆子那里。”

“不错。”

“是圣米歇尔桥头那个坏女人？”

“照天主经上说，是圣米歇尔大天使。”

“淫徒！”幽灵咕哝道，“去会一个女人？”

场景描写

这里营造了恐怖的气氛。

比喻

这里将影子的手比作鹰有力的爪子，可以窥探到这个人的内心一定是充满愤怒的。

细节描写

听到"爱斯梅拉达"这个名字的时候，影子变得激动、疯狂，这一细节说明这个人对爱斯梅拉达这个名字非常敏感。通过推断，我们知道他是之前一直凝视着爱斯梅拉达的克洛德·弗罗洛。

神态描写

仅仅一句约会的提醒就让弗比斯的愤怒瞬间消失，可以看出他其实是一个没有立场的人。

"我承认。[①]"

"她的名字叫……"

"爱斯梅拉达。"弗比斯轻快地答道。渐渐地，他那无忧无虑的劲头又完全恢复了。

听到这个名字，那影子的利爪便疯狂地摇晃弗比斯的胳膊。

"弗比斯·德·夏多佩队长，你说谎！"

队长气得满脸涨红，他猛烈地往后一蹦，挣脱了抓住他胳膊的铁钳，傲慢地握住他的剑柄，而裹斗篷的人神色黯然，面对这种愤怒还是岿然不动：谁目睹此刻的情景，都会不寒而栗。这就像唐璜和石像的搏斗。

"基督和撒旦！"队长嚷道，"一个夏多佩家族的人的耳朵，很少听到这种话的攻击！你敢再讲一遍！"

"你说谎！"那影子冷冷地说道。

队长牙咬得咯咯直响。什么幽灵、鬼魂、迷信，此刻他统统置之度外，眼里只有一个人和给他的侮辱。

"哼！好极啦！"他怒不可遏，说话都结巴了。人愤怒时也像恐惧一样浑身颤抖，他拔出剑来，又结结巴巴地说："来呀！快动手！上啊！拿剑！拿剑！血染街道！"

然而，那影子还是纹丝不动，他见对手拉开架势，准备冲刺，就说道："弗比斯队长，您忘记约会了。"那激动的声调透出苦涩的味道。

弗比斯这种人，怒火就像奶油汤，只要一滴冷水点下去就能止沸。仅仅这么一句话，他就放下手中寒光闪闪的利剑。

"队长，"那人又说，"明天，后天，一个月，十年之后，再让我碰见，我就割断您的喉咙；不过现在，您还是先去赴约吧。"

---

① 原文为拉丁文。

“不错，”弗比斯说道，好像要给自己找个台阶下，“一次约会，两件妙事，既有剑又有姑娘，两样可以兼得，我何乐而不为呢！”

说着，他又把剑插入鞘中。

“去赴您的约会吧。”陌生人又说道。

“先生，”弗比斯颇为尴尬地回答，“承蒙厚意，不胜感谢。的确，明天搏斗也不晚，彼此把亚当老爹给我们的皮囊砍几道口子，戳上几个窟窿。感谢您容我再快活一刻钟。我原来倒想把您撂倒在血泊里，再及时赶去会我那美人，况且，定了约会，让女人稍微等一等，也显得挺有派头。不过，我觉得您这人挺够意思，把决斗推迟到明天，恐怕更稳妥一些。我还是先去赴约会。您也知道，定在七点。”说到这里，弗比斯搔搔耳朵，又说道：“糟糕！上帝的犄角！这事儿倒忘啦！我身上一个铜子儿也没有，拿什么付那破屋子钱。那老货要先付钱，是信不过我的。”

“拿去付房钱吧。”

弗比斯感到那陌生人冰凉的手往他手中塞一大枚钱币。他不由自主地接过钱，并握住那只手，高声说道：“真上帝啊！小老弟有您的！”

“有个条件，”那人说，“要向我证明是我错了，您讲的是真话。那就把我藏在角落，让我亲眼看看您说的那个女人。”

“嗯！”弗比斯回答，“我无所谓。我们要开的是圣玛特房间，旁边有个狗窝，您躲在里边随便看。”

“好，走吧。”那影子说道。

“为您效劳，”队长说道，“我不知道您是否就是魔鬼先生。不过今天晚上，咱俩还是做好朋友吧。明天，钱债和剑债，我全部还清。”

二人重又上路，走得很快。几分钟后听见哗哗的河水声，

埋下伏笔

这枚银币在后文中还会被提到，作者在这里埋下了伏笔。

细节描写

弗比斯没有钱交房费，当对方提出可以替他交房钱时，弗比斯竟然答应了对方要藏在房间“参观”的条件。从这个细节可以看出，弗比斯是一个没有廉耻心的人。

他们明白走上了圣米歇尔桥，当年桥上有不少小屋。

“我先把您带进去，”弗比斯对同来的人说，“然后我再去接我那美人儿，她会在小堡附近等我。”

那人也不应声。二人并肩走了一路，他一句话也未讲。

弗比斯走到一扇低矮的门前，用力撞击。门缝里透出灯光。

“谁呀？”一个没有牙齿的声音问道。

“上帝的身子！上帝的脑袋！上帝的肚子！”队长回答。

门立刻打开了，来客面前出现一个老太婆和一盏老油灯，两者都瑟瑟发抖。

三　临河窗户的用场

克洛德·弗罗洛（我们推想读者比弗比斯聪明，自会看出这次奇遇中的幽灵，无非就是主教代理），被队长反锁在小黑屋里，摸索了半晌。这种角落，往往是建筑设计中屋顶和山墙交会所留下的空间。弗比斯说得好，这个“狗窝”纵剖面呈三角形，既没有窗户也没有通气孔，屋顶倾斜下来，人进去直不起腰。克洛德只好蹲在灰尘里，把脚下厚厚的灰泥硬块踏碎。他的头滚烫，于是伸手摸索周围，从地上摸到一块碎玻璃，拾起来贴到脑门上，感觉到清凉才好受些。

主教代理晦暗的心灵，此刻在考虑什么呢？只有他本人和上帝知晓。

等了有一刻钟，他觉得自己老了一百年。忽然，他听见木楼梯板咯吱作响。有人上来了。通口盖板重又掀开，灯光也重又出现。他这扇虫蛀的门有一道很宽的缝子，他把脸贴

这里采用了夸张的写作手法，表达出弗罗洛等待时煎熬、痛苦的心情。自己喜欢的女人要和别的男人约会，这种事无论是谁都不会好受，这样写为了点明弗罗洛对爱斯梅拉达的感情。

上去，就能看见隔壁房间的全部情况。从洞口第一个钻出来的人是猫脸老太婆，她手里端着油灯；随后是捻着小胡子的弗比斯，而上来的第三个人，正是爱斯梅拉达那美丽曼妙的腰身。教士看着她从地下钻出来，犹如光艳照人的天仙。他浑身颤抖起来，眼前升起一片云雾，脉搏剧烈地跳动。他再也看不见、再也听不见什么了。

等他恢复神志的时候，屋里只剩下弗比斯和爱斯梅拉达两个人了。他俩并排坐在大木箱上，旁边放着油灯。主教代理借着灯光，觉得这两张青春面孔格外醒目，也看到摆在顶楼小屋另一端的简陋床铺。

床铺旁边有一扇窗户，玻璃早已像暴雨打烂的蜘蛛网；透过破损的铅丝窗网，能望见一角天空，以及卧在薄云鸭绒褥上的月亮。

那姑娘满面羞红，呼吸急促，不知所措。她那长长的睫毛低垂下来，把羞红的脸罩在朦胧之中。她不敢抬眼看那满面春风的军官，只是下意识地用手指在坐板上胡乱画着线条，眼睛则盯着手指，那显得笨拙的动作却十分可爱。别人看不见她的脚，那只小山羊趴在上面。

队长打扮得格外漂亮，衣领和袖口镶缀着一束束金穗：这是当时最时髦的穿戴了。

堂·克洛德的太阳穴血液沸腾，嗡嗡直响，勉强才能听见他们的谈话。

（情话缠绵，其实相当乏味，总是没完没了地重复“我爱您”。这个乐句如不配上“装饰音”，在不相干的人听来就平淡无奇了。不过，克洛德在此倾听，却不是毫不相干的人。）

“噢！”姑娘仍未抬眼，说道，“您不要瞧不起我，弗比斯大人。我觉出我这样干很不好。”

“瞧不起您，美丽的女孩！”军官回答，他摆出一副风流倜

动作和神态描写

这里作者写出了爱斯梅拉达见到弗比斯时的害羞模样，“不敢抬眼”“胡乱画着”等细节都刻画出了她对弗比斯心生爱慕的形象。

傥、善体下情的样子，“瞧不起您，上帝的脑袋！为什么呢？”

“就因为随您来了。”

“说到这一点嘛，我的美人儿，我们的看法可不一样。我不应当瞧不起您，而是应当恨您。”

姑娘惊慌地看看他，问道：“恨我！我干了什么事儿啦？”

“让我这么央求您。”

“唉！……”姑娘叹道，“这是因为我要违背一个许愿……我找不到自己的父母了……护身符要不灵验了……可是，这又有什么关系呢？现在我还需要父亲母亲吗？”

姑娘说着，凝视队长，她那对黑色大眼睛，闪着喜悦和柔情的泪光。

“鬼才明白您是什么意思呢！”弗比斯高声说道。

爱斯梅拉达沉默片刻，继而，她的眼里漾出一滴泪水，嘴唇发出一声叹息，这才说道：“嗯！大人，我爱您。”

姑娘周身散发着浓郁的纯洁的芬芳、贞烈的魅力，就连弗比斯在她身边也有所拘束。然而，这句话却给他壮了胆。“您爱我！”他狂喜地说，张开双臂就搂住吉卜赛姑娘的腰。他等的就是这个机会。

教士见他这样，用指尖拭了拭藏在胸前的匕首尖。

埋下伏笔

匕首在这里第一次被提到，它的出现为后文埋下伏笔。教士为什么要拿指尖触碰匕首尖呢？答案正在渐渐浮出水面。

“弗比斯，”吉卜赛姑娘轻轻拉开队长紧紧抓着她腰带的手，继续说道，“您心地善良，为人慷慨，相貌又英俊。您救了我的命，而我不过是流落到波希米亚的一个可怜的女孩。很早我就梦见一位军官搭救我。其实我梦见的是您，我的弗比斯，在认识您之前。我梦中的那位军官像您一样，穿一身漂亮的军服，佩带长剑，威风凛凛。您叫弗比斯，这个名字很美，我喜爱您的名字，喜爱您的长剑。把您的剑拔出来，让我瞧瞧，弗比斯。”

“真是个孩子！”队长说道，笑着拔出长剑。

吉卜赛姑娘瞧瞧剑柄、剑锋，又极为好奇地细看剑柄上的姓名图案，吻了吻剑，说道：“你是一位勇士的剑。我爱我的队长。”

弗比斯趁机吻了一下低垂的美丽脖颈。姑娘抬起头，脸唰地红了，宛如熟透的樱桃。教士在黑暗的角落咬牙切齿。

“弗比斯，”吉卜赛姑娘又说，“让我对您说，您走几步好吗？让我瞧瞧您魁梧的身材，听听您的马刺响。您多英俊啊！”

队长顺着她的意思，扬扬得意地站起来，微笑着说她：“您可真是个孩子！……哦，对了，您没有看见我检阅时穿的盔甲吧？”

“唉！没见过。”姑娘回答。

“那才叫漂亮呢！”

弗比斯回身又挨着她坐下，这回靠得更近了。

“听我说，亲爱的……”

吉卜赛姑娘用美丽的小手拍拍他的嘴，她这种孩子气显得十分娇憨可爱，十分快活喜人：“不，不，我不要听。您爱我吗？您要告诉我是不是爱我。”

“是不是爱你，我生命的天使！”队长半跪下，高声说道，“我的肉体、我的血液、我的灵魂，全部属于你。我爱你，除了你没爱过别人。”

这番话，他在类似场合不知重复了多少遍，已经背得滚瓜烂熟，这回一口气讲出来，半个字也不差。吉卜赛姑娘听到这样激情的表白，抬起洋溢着天使般幸福的目光，望着代替天空的肮脏天棚，喃喃说道：“噢！这一时刻真可以死啦！”

弗比斯却认为“这一时刻”是个好机会，又抢着吻了一下，使主教代理在角落里又如受酷刑。

“死！”多情的队长高声说，“您说的这是什么话呀，美丽的

名师解读

弗比斯轻轻的一吻让爱斯梅拉达心神荡漾，这里运用了比喻的修辞手法，将爱斯梅拉达透红的脸比喻成了熟透的樱桃，表现出了她的害羞。而教士的神情和她的神情形成了鲜明的对比，危险正在慢慢逼近。

名师解读

“我爱你”这句如此重要、不能轻易说出口的话，弗比斯却说得这么容易、娴熟，可见他对爱情并不重视。爱斯梅拉达勇敢地表达了自己的爱意，没想到对方竟然是情场高手，这为后面她的爱情悲剧做了铺垫。

人物描写

这里是作者在塑造人物时使用的一个小细节，从中我们可以看出弗比斯喜欢玩弄女人的卑鄙性格，他与爱斯梅拉达只是逢场作戏罢了。

天使？这种时候正应该活着，否则，朱庇特就只是个顽童啦！如此一件美事刚刚开始就死去！公牛角，开什么玩笑！……不能这样。……听我说，亲爱的西米拉珥……爱斯梅拉达……对不起，没办法，您这撒拉逊的名字太奇特了，我总是叫不出来，就像一片荆棘，突然把我挡住。”

“上帝呀，”可怜的姑娘说道，“我还以为这名字奇特就好听呢！既然您不喜欢，那我就叫戈通吧。”

“哎！不要为这点小事伤心嘛，亲爱的！这个名字没别的，慢慢习惯就好了。我一旦记在心里，随口就能叫出来。……听我说，我亲爱的西米拉珥，我崇拜您到了狂热的程度。我这么爱您，简直太神奇了。我知道有一个小姑娘会因此气得发疯……”

姑娘嫉妒了，打断他的话：“谁呀？”

“这同我们有什么关系？”弗比斯说，“您爱我吗？”

“嗯！……”姑娘咕哝一声。

“好哇！这就够了。您会看到，我也爱您。我若不能使您成为天下最幸福的人，那就让大魔鬼尼普图努斯一叉子将我叉死。我们找个地方，安一个美丽的小家。我还让您在窗口检阅我那些弓箭手，他们全骑马，根本不把米尼翁队长的人放在眼里。他们手执长矛和火枪。我还要带您去吕利谷仓，参加巴黎人的盛大集会。热闹极了。有八万人全副武装，三万人穿戴盔甲，白鞍白马，六十七面各行各业的旗帜；有大理院、审计院、修会会长金库、铸币间接税商会等的旗帜，总之，那是魔鬼的大队人马！我还带您到行宫去看狮子，那种猛兽，凡是女人都喜爱。”

有好一阵，姑娘沉浸在美好的梦想中，只闻他的声音，却没有听他话语的意思。

“嘿！您将会多么幸福啊！”队长继续说，并动手轻轻地解姑娘的腰带。

“您这是干什么？”姑娘急忙说道，这一“动手脚”，就把她从梦幻中拉出来了。

“没什么，”弗比斯答道，“我只想说，日后你跟我一起生活的时候，就应当把街头卖艺的这种荒唐打扮统统换掉。”

“我跟你一起生活的时候，我的弗比斯！”姑娘温柔地说道。

她又静下来，陷入沉思。

队长见她这样温柔，胆子大起来，干脆搂住她的腰，也不见她抗拒，于是，他就动手解可怜孩子的胸衣带子，弄出了声响，并用力扯下领巾。那边教士呼呼喘气，他看见吉卜赛姑娘美丽的肩膀从薄纱中袒露出来，微褐色，圆圆的，宛如天边雾霭中升起的月亮。

姑娘似乎毫无觉察，听任弗比斯摆布。色胆如天的队长眼里闪闪发光。

队长扯掉她的胸褡，她脖颈上吊着的神秘的护身符也就露出来。“这是什么？”他问道，同时借着这个引子，又靠近被他吓跑的美丽姑娘。

“别碰！”姑娘急忙答道，“这是我的保护神，能保佑我找到亲人，如果我没有给他们丢脸的话。噢！队长先生，放开我吧！我母亲！我那可怜的母亲！母亲啊！你在哪儿？快来救救我吧！求求您啦，弗比斯先生，把胸褡还给我吧！”

弗比斯往后退，冷淡地说道：“哼！小姐，我完全明白，您并不爱我！”

“说我不爱你！”可怜的孩子难过地高声说，与此同时，她拉队长并排坐下，搂住他的脖子，“说我不爱你，我的弗比斯！你

人物描写

弗比斯卑鄙无耻的内心在爱斯梅拉达面前已经显露无遗。

埋下伏笔

这个护身符里究竟装着什么？爱斯梅拉达一直呼唤着她的母亲，而前面提到的香花歌乐女失去了自己的女儿，两个人之间有没有什么联系呢？作者在这里埋下了伏笔，吸引了读者的阅读兴趣，让故事情节更加饱满。

爱斯梅拉达说的这番话其实有很深的意味。通过她的诉说，我们可以知道，她有着不幸的童年，一直饱受人们的侮辱和歧视，所以她非常希望自己爱的人能够爱上自己，她想要自由地恋爱，她所说的“空气”，我们可以理解成“自由”。

阅读笔记

真坏，说这种话，要撕裂我的心吗？嗯！好吧！把我拿去，全拿去吧！随你拿我怎么样都成！我是你的人了，护身符又算什么！我母亲又算什么！你既然爱我，就是我母亲！弗比斯，亲爱的弗比斯，你看见我了吗？是我呀，瞧瞧我！是你不嫌弃的小姑娘，她来了，来找你了。我的灵魂、我的生命、我的身子、我这个人，整个儿都属于你，我的队长。好吧，不结婚就不结婚，省得惹你心烦。其实，我呀，算什么呢？一个流浪街头的穷苦姑娘，而你呢，我的弗比斯，你是贵人绅士。想得真美，一个跳舞的姑娘，要嫁给一名军官！我真的发疯了。好吧，弗比斯，不结婚，我只做你的情妇，供你消遣，供你玩乐，是属于你的一个姑娘，只要你高兴就行，我生来就是这个命，受侮辱，受歧视，受人轻贱，可是，这又算什么！反正得到爱了。我将是最自豪、最快活的女子。等我老了或者丑了，弗比斯，等我不配再爱您了，老爷，您还允许我伺候您！别人的女人给您绣绶带；而我，是您的奴仆，要帮您穿戴。您让我给您擦马刺，刷军装，擦净马靴。对不对，我的弗比斯，您有这份儿怜悯心？不过眼下，您把我拿去吧！喏，弗比斯，这一切都属于你，只要爱我就行啦！我们埃及女人，只求这个，只要空气和爱情！”

爱斯梅拉达说着，伸出双臂搂住军官的脖子，她含泪粲然一笑，以恳求的目光，从上到下端详他。队长将嘴唇贴在这非洲姑娘的肩上。姑娘的目光望着天棚，身子朝后仰，接受着这一亲吻。

突然，她看见弗比斯头上出现一个脑袋：那张面孔灰白而抽搐，一副恶魔的眼神。在那张脸旁边举着一只手，握着一把匕首。那正是教士的脸和手。他已然破门而出，来到跟前。弗比斯看不见他。姑娘慑于那可怕的魔影，全身冻结而动弹不得，一句话也讲不出来，如同窝里的一只鸽子，一抬头正好看见瞪着圆眼凝视的老鹰。

她想喊也喊不出声来，只见匕首朝弗比斯刺下去，重又举起来时冒着血气。“该死！”队长叫了一声，便倒下了。

姑娘也昏了过去。就在她合上眼睛，迷离恍惚中，她仿佛觉得嘴唇被火烫了一下，那是比刽子手的烙铁还要灼热的一个吻。

她恢复知觉的时候，发现自己被巡夜的军警围住，队长满身血污被抬走，那教士不见了，而屋子另一端临河窗户大敞四开，他们拾起一件斗篷，以为是队长的，只听周围的人说：“她是个女巫，刺杀了队长。”

阅读笔记

精简点评

弗比斯和爱斯梅拉达的约会让弗罗洛嫉妒、疯狂，他的占有欲和愤怒被弗比斯的行为激发了出来，举起匕首刺杀了弗比斯。在此，故事情节达到了一个小高潮。

佳词美句

曼妙　岿然不动　风流倜傥　威风凛凛　滚瓜烂熟

床铺旁边有一扇窗户，玻璃早已像暴雨打烂的蜘蛛网；透过破损的铅丝窗网，能望见一角天空，以及卧在薄云鸭绒褥上的月亮。

阅读思考

请你概述本卷内容。

第七卷

一　银币变成枯叶

承上启下

这里的故事情节与上一节衔接得很紧凑，爱斯梅拉达失踪的消息让大家颇为担心，这样的开头不仅顺利地推动了剧情的发展，也能更好地吸引读者的注意。

甘果瓦和奇迹宫所有人都担心死了。整整过了一个月，也没有爱斯梅拉达的下落，不知她出了什么事，也不知小山羊怎么样了。埃及公爵及其丐帮朋友十分伤心，甘果瓦更是倍加痛苦。这埃及姑娘一夜之间失踪了，从此杳无音信。到处寻找也毫无结果。

有一天，他愁眉苦脸，经过刑事法庭的门前，看见司法宫一道门那里聚了许多人。

“这里出了什么事儿？”他问一个从里面出来的青年。

“我也不知道，先生，”年轻人回答，“据说要审一个女人，她杀了一名警官。由于案件牵涉巫术，主教和宗教法庭都参与判案。”

甘果瓦尾随众人，登上大厅的楼梯。

铺垫

作者对司法宫大厅内的环境进行了细致的描写，营造了一种可怕的气氛，为后文要叙述的残忍司法做了铺垫。

大厅很宽敞，因昏暗而显得更大，时已薄暮，天光惨淡，从尖拱窗户射进来，照不到拱顶了。穹隆是巨大的木架结构，上面雕刻的无数形象，在黑暗中似乎蠢蠢而动。几张桌案已经点上蜡烛，照着伏案翻阅案卷的录事们的脑袋。大厅前半部分挤满了听众，左右两厢的桌案，已有穿法袍的人落座。大厅上首的讲坛上，坐着不少审判官，后几排则隐没在黑暗中。那一张张铁板的面孔狰狞可怕。四周墙壁到处是百合花图案。审判官头上有一大幅耶稣像还依稀可见。斧钺矛戈林立，锋尖映着烛光，像一朵朵火焰。

“先生，那边坐着的那些人，活像开主教会议的主教一般，究竟是些什么人呀？”甘果瓦向旁边的一个人打听道。

“先生，”旁边的那个人答道，“右边是大法庭的审判官，左边的审问推事。教士大人们穿黑袍，法官老爷们穿红袍。”

“庭长前面那头野猪和鳄鱼是什么人？”

“大法庭的录事先生和大律师菲利浦·娄利埃先生。”

“所有这些人究竟在干什么呢？”甘果瓦问。

“他们要审判。”

“审判谁？不见被告呀。”

“审判一名女犯，先生。您是看不见她，她正背对着我们，而且被人群遮住。喏，瞧那堆持戟的警士，她就在那儿。”

“那女人是谁？”甘果瓦问道，“您知道她的名字吗？”

“不知道，先生。我也刚到一会儿，看到教会法庭的人同堂问案，只是猜测这是件巫术案。”

“好哇！”我们的哲学家说，“我们要看到所有这些穿法袍的家伙要吃人肉了。这种场景已经是老一套了。”

“先生，”旁边那人指出，“您不觉得雅克·夏莫吕先生样子很和蔼吗？”

“哼！”甘果瓦回答，“我才不信那种尖鼻子、薄嘴唇的人和蔼呢！”

说到这里，旁边的人让两个闲扯的人肃静，因为现在正听一个人的重要证词。

“各位大人，”法庭中央一个老太婆说道，“一天晚上，我正在纺线，忽然听到有人捶门。我问是谁。外面的人骂骂咧咧。我打开门，进来两个人。一个穿黑袍的，跟一个漂亮军官。穿黑袍的只露出两只眼睛，跟火炭一样。全身都被斗篷和帽子遮住了。他们对我说：圣玛特房间。那是我楼上那间屋子，各位大人，是我最干净的房间。他们给了我一埃居银币，

阅读笔记

语言描写

在法庭上的老太婆正在介绍案件的情况，推动了剧情的发展。

阅读笔记

我就塞进抽屉里，心里念叨：明天正好去凉亭剥皮场买些牛羊下水来。—— 我们上楼，到了上面的房间，我一转身的工夫，那穿黑袍的人就不见了，真叫我有点惊讶。那名军官仪表堂堂，像个大爵爷。他跟我下楼，然后就出去了。纺四分之一支线的工夫，他又回来，还带了一个美丽的姑娘，跟个玩偶娃娃似的，要是再打扮一下，就会像太阳一样光辉灿烂。那姑娘带了一只山羊，一只大山羊，白色的还是黑色的，我记不清了。我一看这情况，心里就犯合计了：姑娘嘛，跟我不相干，可是大山羊！……我不喜欢这类畜生，又长胡子又长角。样子有点像人了，而且还带点妖气。不过，我什么话也没讲。我拿了银币嘛。公平交易，对不对，法官先生？我带姑娘和队长到楼上房间，然后就离开，让他们单独在一起，当然还有山羊。我回到楼下，重又开始纺线。——要向诸位说明一点，我那房子有两层，背靠着河，跟桥上其他房屋一样，楼上楼下的窗户都是临水的。——我正纺着线，也不知道怎么回事，怕是山羊引起来的，我总想着那个幽灵，还觉得那美丽的姑娘打扮得也挺古怪。—— 突然，我听见楼上一声叫喊，又咕咚一声，有什么东西落到地上，接着窗户打开，我赶紧跑到我这屋的窗口，跟楼上的窗户上下正对着，就看见一堆黑乎乎的东西，从我眼前掉进河水里。那是个幽灵，穿着教士的服装。当时月光很明亮，我看得清清楚楚：那幽灵朝老城游去。我吓得浑身直哆嗦，便叫了巡逻队来。那些巡警先生一进屋，还没闹清是什么事，就先把我给揍了一顿，大概是取个乐子。我向他们说明了情况，我们上楼去，一上去看见了什么呀？我那可怜的房间全是血，队长直挺挺地倒在地上，脖子上插着一把匕首，姑娘在装死，山羊也惊了。——'好家伙，'我说，'我得花半个月的时间，才能把地板刷干净，还得一点点抠，真要命！'—— 队长给抬走了，可怜的年轻人！姑娘的衣衫全扒开了。—— 等一等，

破折号

在这里进一步解释了老太婆对房子的介绍，为后面事情的发展做了铺垫。

名师解读

这位老人什么都没有做，却遭到了毒打。作者将自己对中世纪司法的讽刺在细节中展现得淋漓尽致。

还有最糟糕的事：第二天，我要拿那枚银币去买下水，掏出来一看却变成枯叶子了。”

老太婆住了口。听众之间响起一阵骇怖的私议声。

“那个鬼魂、那只山羊，全有巫术的味道。”甘果瓦旁边的一个人说道。

“还有那片枯叶子呢！”另一个人接上说。

“毫无疑问，”第三个人说，“那是个巫婆，跟幽灵串通一气，专门抢劫军官。”

甘果瓦自己也差不多觉得，整个这件事很可怕，也像是真的。

“法路代尔老婆子，”庭长先生威严地说，“您再没有别的情况要对本庭讲吗？”

“没有了，大人。”老太婆回答。

甘果瓦看着像鳄鱼的那位法官站起来，朗声喊道：“肃静！我请各位大人不要忽略在被告身上搜出的一把匕首。法路代尔老太婆，魔鬼给您的银币变化的枯叶，您带来了吗？”

“带来了，大人，”她回答，“我找到了。就是这一片。”

一名执达吏将枯叶转呈给“鳄鱼”，“鳄鱼”哭丧着脸，点了点头，又传递给庭长。庭长接过去，又传给宗教法庭检察官。就这样，那片枯叶周游了大厅。

“这是一片白桦树叶，”雅克·夏莫吕先生说，“妖术的又一证据。”

一位评议官发言：“证人，有两个男子一道去您家中。穿黑袍的人，您先是看见他消失了，后来又看见他穿着教士的服装，跳进塞纳河游走；另外一个是军官。那两个人究竟是哪个给了您银币？”

老太婆想了一会儿，答道：“是军官。”听众又是一阵议论。

名师解读

弗罗洛给老太婆的银币变成了枯叶，这件离奇的事情推动着故事情节的发展，也让故事情节更有趣味性，引起读者的好奇心。

阅读笔记

讽刺

枯叶在人们的手中传递，它周游了大厅，这种严肃的气氛中透露着满满的滑稽，文章的讽刺意味再次凸显了出来。

侧面反映

弗比斯做了笔录，这说明他没有死。因为弗比斯的证词，大家都相信了黑衣人是幽灵，而他给法路代尔的是冥币。

“嗯！”甘果瓦想道，“原来这样，我又半信半疑了。”

这时，大律师菲利浦·娄利埃先生再次发言：“我提请诸位注意，在被害军官床前笔录的证词说：当黑衣人上前搭话时，他隐隐约约想到这很可能是幽灵，还说那鬼魂极力怂恿他去同被告幽会；又据军官的证词，他身上没有钱，付给法路代尔的那枚埃居银币，是那个鬼魂给他的。因此，那银币是一枚冥钱。”

这一决定性的发言，似乎驱散了甘果瓦和其他听众的疑虑。

“诸位都有本案的材料，”大律师坐下来补充道，“可以查阅一下弗比斯·德·夏多佩的证词。”

一听这个名字，被告站起来，她的头也就从听众的遮挡中露出来。甘果瓦一见，万分惊骇，他认出那是爱斯梅拉达。

对比

这里的对比凸显出爱斯梅拉达现在的惨状，让人为之同情。

爱斯梅拉达脸色惨白；当初，她那秀美的发辫多么光润，缀满金箔，而现在却乱蓬蓬地披散下来；她的嘴唇发青，两眼塌陷，形容真吓人。唉！落到这一步！

“弗比斯！”她怔忡叫道，“他在哪儿？老爷们啊！求求你们啦，在处死我之前，告诉我他是不是还活着！”

“住口，你这女人！”庭长喝道，“这不关我们的事！”

侧面反映

听到弗比斯即将死掉的消息，爱斯梅拉达的世界像崩塌了一样，惨白如蜡的面孔从侧面反映出爱斯梅拉达对弗比斯的深情。

“噢！可怜可怜吧！告诉我，他是不是还活着！”她又叫道，同时合拢消瘦了的纤手。锁链顺着她的衣裙垂下来，因抖动而哗啦之声可闻。

“好吧！”大律师冷淡地说，“他要死了……这回您满意了吧？”

不幸的姑娘又重重地坐到小凳上，她说不出话，流不出眼泪，惨白的面孔像蜡人一般。

庭长俯身，对他脚边的一个人说：“执达吏，带第二名被告！”

执达吏头戴金黄帽子，身穿黑袍，脖颈搭着一条铁链，手中拿着笞杖。他应命而去。

众人都扭头注视着一道小门。小门开了，甘果瓦的心狂跳起来，带进来的却是金角金蹄的美丽小山羊。那秀雅的动物到门口停留片刻，伸着脖子，仿佛立在山岩上，举目眺望辽阔的天际。忽然，它发现吉卜赛姑娘，立刻纵身一跃，越过一名录事的桌子和脑袋，两跳就蹿上女主人的膝头，姿势优美地滚在她的脚下，乞求一句话或一阵爱抚。然而，被告还是一动不动，连对可怜的佳利都不看上一眼。

"哦，对……就是这个可恶的畜生，"法路代尔老太婆说，"她们两个，我都认得清清楚楚！"

雅克·夏莫吕说道："诸位先生如果允许，我们就开始审讯山羊。"

不错，山羊正是第二名被告。审讯一只动物的巫术案，在当时是极为寻常的。

这时，教会法庭检察官嚷道："如果这只山羊附体的魔鬼抗拒驱魔，坚持兴妖作怪，以此恐吓法庭，那么我们要告诫它，我们将不得不对它处以绞刑或者火刑。"

甘果瓦不禁出了一身冷汗。夏莫吕从桌案上拿起吉卜赛姑娘的手鼓，以特别的姿势伸向山羊，问道："几点钟啦？"

山羊以明慧的目光注视他，用金蹄敲了七下。当时正好七点钟。听众惊骇，一阵骚动。

甘果瓦按捺不住，喊道："它这是害了自己。你们都知道，它并不懂自己在干什么事！"

"后边的市民肃静！"执达吏尖声喝道。

雅克·夏莫吕凭借手鼓，以同样的手法，引逗山羊做了好几个把戏，例如，指出今天是几日、现在是几月份等，读者在前文都见识过了。佳利这些无害的小把戏，同样是这些

阅读笔记

侧面反映

动物也能成为被告？这是多么荒唐和可笑！然而作者提到审讯动物的案子在当时非常普遍，这可以反映出中世纪审判官的愚昧。

人在街头恐怕不止一次为之喝彩，而在司法宫的穹隆之下，随着审讯而产生幻视，就都惊恐万分了。毫无疑问，山羊是魔鬼。

更糟的是，检察官把佳利脖子上吊的小皮袋里装的字母块倒在地上，它又立刻用蹄子从散乱的字母中拼出“弗比斯”这个要命的名字。铁证如山，正是这种巫术害死了队长；于是，在所有人眼中，吉卜赛女郎成了十足可怕的妖婆，而曾几何时，这个姑娘的曼妙舞姿，不知多少回使行人目眩神摇。

不过，她已半死不活，无论佳利的出色表演、检察官的恫吓，还是听众低声的咒骂，一概引不起她的注意。

为了把她唤醒，一名警士不得不重重地摇她，庭长也不得不提高嗓门庄严宣布：“你这姑娘，出身流浪种族，惯于兴妖作怪；你与另一案犯妖羊合谋，并串通魔鬼的力量，于三月二十九日夜间，借助蛊术和妖法，谋害并刺杀了羽林军弓箭队队长弗比斯·德·夏多佩。你还拒不招供吗？”

“真可怕！”姑娘用双手捂住脸，喊道，“我的弗比斯！噢！这样折磨人啊！”

“你还拒不招认吗？”庭长又冷酷地问道。

“要我招认！”她的声调很可怕，而且站起身，两眼炯炯发光。

庭长继续逼问：“那么，你又如何解释控告你的这些事实呢？”

“我已经说过。我不知道。那都是一个教士干的。我不认识的一个教士。一直追逐我的恶魔教士！”

“这就对了，”法官接口说，“正是幽灵。”

“噢！老爷们！可怜可怜吧！我只是一个可怜的姑娘……”

“……埃及姑娘。”法官说道。

对比

这里的对比揭露出民众的不理智。

阅读笔记

名师解读

法官丝毫不听爱斯梅拉达的辩护，一直认为杀害弗比斯的人就是她，竟然愚蠢地认为她口中的“恶魔教士”是幽灵，这是一场多么可笑的审判，作者将自己对宗教法庭的讽刺不动声色地表达了出来。

雅克·夏莫吕口气温和地发言:“被告冥顽不化，令人痛心，有鉴于此，我请求动刑审问。”

不幸的姑娘吓得浑身发抖，不过，她还是听从荷戟警士的命令，站起身来，以相当坚定的步伐，跟在夏莫吕和教会法庭的教士们后面，由两排荷戟警士押送，走向一道便门。那便门忽然张开，等她进去又合上；伤心的甘果瓦看到这情景，就觉得那是一张骇人的大口，一下把她吞噬了。

姑娘的身影刚刚消失，就听见咩咩一阵哀叫，那是小山羊在哭泣。

二　银币变成枯叶续篇

爱斯梅拉达始终由一队送葬似的警士押送，走在白昼还需照明的黑暗走廊里，上上下下经过几道台阶，终于被司法宫的警官推进一个阴森可怖的房间。房间呈圆形，是一座大塔楼的底层。这类大塔楼，刺破新巴黎用以覆盖旧巴黎的现代建筑层，如今还高高屹立。这间地下室没有窗户，只有这道矮门一个通口，由一扇巨大的铁门封闭。不过，室内并不缺少光亮：厚厚的墙壁里砌了一座炉子，炉火燃得正旺，照得全室红彤彤的，衬得角落里的一支蜡烛反而暗淡无光了。用来遮挡炉口的铁箅子这时已经拉上去，从黑乎乎墙壁的火红炉

口，只能看见铁条的下端，就像一排间缝很宽的黑色利齿，显得整个炉膛好似传说中火龙的巨口。借着炉火的亮光，这名女犯看见房间四周摆列许多骇人的器具，不知道是做什么用的。房间中央有一张皮垫床，几乎贴着地面；上空一条带环扣的皮带吊下来，上端系在拱顶石雕刻的塌鼻子怪物咬着的铜环上。铁钳、烙铁、宽大的犁铲，乱七八糟塞满了炉膛，已经烧得通红。炉火放射血红的光，照亮全室杂乱的什物，无不令人毛骨悚然。

这里是对牢房环境的描写，这样的描写渲染了一种恐怖、悲沉的气氛，能够衬托出爱斯梅拉达悲惨的境遇和沉痛的内心，使故事情节更加曲折。

这个野蛮的场所，就是所谓的“刑讯室”。

凶神恶煞的行刑吏彼埃拉·托特律，懒洋洋地坐在皮垫床上。他的两名打手是方脸夜叉，都扎着皮围裙，穿着粗布裤子，正在翻动炉火上那些铁器。

姑娘鼓起勇气也是枉然，她一走进屋就魂不附体了。

神态描写

作者形象而传神地刻画了检察官夏莫吕道貌岸然的本性。

司法宫的警官排在一侧，宗教法庭的教士们排在另一侧，一名文书则到角落去，那里有桌子和笔墨纸张。雅克·夏莫吕先生笑呵呵地走到埃及姑娘面前，和颜悦色地说道：“亲爱的孩子，你还拒不招供吗？”

“嗯。”她回答的声音极其微弱。

夏莫吕又说道：“我们只好忍痛，对你更加严厉地审问了，我们本来并不愿意这么做。”

“小姐，”宗教法庭检察官又以甜甜的声调问道，“第三次问您，您还矢口否认您的犯罪事实吗？”

这回她只能点点头，已经发不出声来了。

“您还坚持吗？”雅克·夏莫吕说道，“好吧，我十分遗憾，不能不履行我的职责了。”

“检察官先生，”彼埃拉突然问道，“我们从哪一样开始？”

夏莫吕犹豫半晌，蹙眉斜眼，仿佛诗人在推敲韵脚一般，终于说道：“先上脚枷吧。”

不幸的姑娘深深感到自己被人和神抛弃了，脑袋耷拉在胸前，如同一件自身没有力量的物体。

行刑吏和医生一同走到她面前。与此同时，那两名打手也开始翻检骇人的武库。

听到那些可怕的铁器叮当作响，可怜的少女浑身颤抖，就像一只通了电的死青蛙。“噢！我的弗比斯！”她喃喃自语，声音细微得无人听见。她随即重又缄默而静止不动，活像大理石雕像。除了法官之外，任何人见此情景，都会痛断肝肠。这副犯了罪的可怜灵魂，到了地狱的猩红色入口，要受撒旦的拷问；这个可怜的躯体，落入一堆可怕的大锯、转轮、拷问架中间，要受刽子手和刑具的残忍魔掌摆布，正是这个温柔、洁白而柔弱的姑娘。多么可怜的谷粒，要由人间司法放进酷刑的巨磨中碾成齑粉！

“真可惜！”行刑吏端详如此光润纤美的肢体，低声咕哝道。

不幸的姑娘透过面前弥漫的迷雾，眼看着刑枷逼近，眼看着自己的脚被铁板夹住，消失在可怖的刑具中。她一阵恐惧，又有了力量，于是狂叫起来：“卸下来吧！饶命啊！”

她披头散发，身子要立起来，跳下床，扑到检察官的脚下，然而双腿却被沉重的橡木和铁板刑枷紧紧夹住，她颓然瘫在脚枷上，比翅膀灌了铅的蜜蜂还要疲竭无力。

夏莫吕一摆手，打手又把她拉到皮床上，然后将棚顶吊下来的皮带系住她纤细的腰身。

“最后再问一次，您招认所犯的罪行吗？”夏莫吕问道，而且始终和颜悦色。

“我是无辜的。”

“既然这样，小姐，您又如何解释指控您的罪证呢？”

“唉，大人！我也不知道。”

爱斯梅拉达孱弱的身躯如何承受得了这样残酷的惩罚呢？作者将她比喻成被电击的死青蛙、大理石雕像和可怜的谷粒，充分体现出作者对爱斯梅拉达遭遇的痛惜之情。

侧面反映

通过其他人的话侧面体现出爱斯梅拉达的处境令人同情。

阅读笔记

“您否认吗？”

“全部否认！”

“动手吧！”夏莫吕吩咐彼埃拉。

彼埃拉转动起重杆，脚枷就越上越紧，可怜的姑娘连声惨叫。这是人类任何语言都表示不出来的。

“住手！”夏莫吕对彼埃拉说，随即又问埃及姑娘，“您招不招？”

“全招！”可怜的姑娘嚷道，“我招！我招！饶命啊！”

她面对刑讯，没有估计一下自己的力量。可怜的孩子，有生以来，日子过得多么快活，多么甜美，这次刚一尝到受刑的疼痛滋味，她就垮掉了。

“出于人道，我必须告诉您，”检察官指出，“一招供，您就只好等死了。”

“死了才好。”姑娘说道，仰身倒在皮床上，已经奄奄一息了，任凭皮带吊着腰身，躯体折成两段。

雅克·夏莫吕高声说：“录事，记录下来。——吉卜赛姑娘，您经常跟恶鬼、假面鬼和吸血鬼一起，参加地狱的宴会和群魔会，并且兴妖作怪，您招认吗？回答！”

“是。”她回答的声音低得就像喘气。

“您承认见过只有巫师才能看到的、别西卜为召集群魔而显示在云端的那只山羊？”

“是。”

“您承认崇拜过圣殿骑士的可憎的偶像博佛迈的脑袋？”

“是。”

“您承认经常同魔鬼打交道，而魔鬼化身为与本案有关的一只家养的山羊？”

“是。”

“最后，您也供认不讳，在三月二十九日夜晚，您借助恶魔和通常称为幽灵的那个鬼魂，谋害并刺杀了名叫弗比斯·德·夏多佩的队长吗？”

姑娘抬起一双大眼睛，直瞪瞪地注视司法官，既不冲动，也不颤抖，只是机械地回答：“是。”显然，她的意志完全崩溃了。

“记录下来，录事。”夏莫吕说道。回头又对打手们说，“将犯人放下来，押回法庭去。”

等人给犯人脱掉“刑靴”，检察官看了看她那双疼得还发僵的脚，说道：“好啦！没怎么伤着。您叫喊得挺及时，美人儿，以后还能跳舞！”

他又转向他那些宗教法庭的助手：“案件终于水落石出！令人快慰啊，先生们！这位小姐可以做证：我们尽量从轻用刑，做到了仁至义尽。”

细节描写

虽然这只是一个非常小的细节，但是它蕴含了很多内容。爱斯梅拉达在法庭上没有招认，现在却承认了所有“罪行”。不得不说，严刑逼供下，人的意志很容易崩溃，这反映出宗教法庭的野蛮残忍。

阅读笔记

三　银币变成枯叶终篇

被告脸色苍白，一瘸一拐地回到审判大厅，迎接她的是一片欣慰的私议声。听众方面所表露的是等得不耐烦转而满意的情绪，如同看戏的人终于盼到最后一段幕间休息结束，幕布重又拉开，演出接近尾声了。

她已拖着脚步回到位置上。夏莫吕也已端然落座，刚坐定又站起来，他刑讯成功，但并不过分流露得意之色，宣布一声：“被告已经供认不讳。”

“吉卜赛姑娘，”庭长接口说，“您承认兴妖作怪，以及杀害弗比斯·德·夏多佩的全部罪行了吗？”

姑娘一阵揪心，只听见她在黑暗中啜泣，声音微弱地回

语言描写

美丽、纯洁、善良的爱斯梅拉达已经可怜到这般境地，“啜泣”“微弱”写出了她的柔弱与无助。在黑暗势力面前，百姓是多么弱小、无力，所以爱斯梅拉达才会说出“快点杀死我”这种绝望至极的话。

名师解读

详细且有条理地阐述观点，用在宣布类似诉讼案件非常合理，让读者更好地理解内容。

阅读笔记

答：“你们要我承认什么都行，但是快点杀死我吧！”

“宗教法庭检察官先生，”庭长又说道，“本庭准备听取您的公诉状。”

公诉状十分冗长，但结尾部分令人绝倒。下面是最后一句话，请读者凭借想象，加上夏莫吕先生的嘶哑嗓音和气喘吁吁的手势：

> 各位大人，妖术一目了然、罪行昭彰，犯罪意图也已成立，因此，我们以矗立在纯净的老城岛上的、拥有初高级一切司法权的巴黎圣母院这一圣殿名义，根据本诉状的内容，宣布以下三点要求：第一，判以一定数量的罚款；第二，令其在巴黎圣母院大门前悔罪；第三，判处该女巫及其山羊死刑，或在俗称河滩的广场，或者到塞纳河上这座岛子之外，在靠近御花园尖角的地方执刑[①]。

“噢！这真是一场梦！”爱斯梅拉达自言自语道，她感到有一双粗暴的手将她拖走。

四　抛却一切希望

中世纪建筑物凡属完整的，大抵地上地下各占一半。圣安托万堡垒[②]、巴黎司法宫、卢浮宫，这些建筑的地下部

① 原文为拉丁文。

② 即巴士底狱堡。

分是监牢。这些监牢又一层层深入地下，越来越狭窄，也越来越黑暗，区段越深而越阴森恐怖。但丁描述地狱，最好的样板莫过于此。地牢排列成漏斗状，斗底通常是一间密牢，那是但丁安置撒旦，社会安置死囚的地方。一个不幸的人一旦埋葬在那里，就永远告别了天日、空气、生活，就“抛却一切希望[①]”，走出去不是上绞刑架，就是上火刑柴堆；有的就死在里面腐烂掉，人间司法称之为“遗忘”。死囚感到头上压着一堆石头和一群狱卒，把他和人类隔开，而整个牢狱，整个庞大的堡垒，无非是一把结构复杂的大锁，把他锁在人世之外。

侧面描写

看似华丽的宫殿，底下却是坟墓，有的斗室安置死囚，有的是活人的地狱，庞大的建筑物底下埋着无数冤屈的灵魂，藏着无数痛苦与绝望。

被判绞刑的爱斯梅拉达，就是囚禁在这样一个斗底，由圣路易挖掘的地牢，头上压着司法宫的庞大建筑，无疑是怕她越狱。殊不知可怜的苍蝇，连最小一块石头也拱不动！

毫无疑问，要摧毁一个如此柔弱的生命，何须这样大动干戈，这样施刑和折磨！

她囚禁在里边，被黑暗吞没，被深深埋葬，被牢牢禁锢。谁若是见过她在阳光下欢笑跳舞，再见她落到这种境地，一定会不寒而栗。这里像黑夜一般寒冷，像死亡一般寒冷，头发再也没有清风拂弄，耳畔再也没有人声，眼前再也没有一缕天光，身子被锁链折成两段，蜷缩在一个水罐和一块面包旁边，身下的一点草浸在牢房渗出的水所积成的水洼里，她一动不动，几乎没有气息，甚而感觉不到痛苦了。弗比斯、太阳、中午、天空、巴黎街道、博得掌声的舞蹈、同那军官的绵绵情话，继而那教士、那老婆子、匕首、鲜血、酷刑、绞刑架，这一切在她脑海中浮现，时而好似金光灿烂的欢歌幻景，时而又像奇特怪诞的噩梦，而在这苦命的姑娘跌入沉渊里，再也听不见了。

环境描写

这里的描写非常精彩，配合着对牢房的环境描写，作者细腻地刻画了爱斯梅拉达绝望的心情。本段需要细细品读。

① 原文为意大利文。

环境描写

分不清是醒来还是睡着，分不清是白天还是夜晚，这样的状态很不正常，而爱斯梅拉达就是这样生活着，日复一日，恍恍惚惚，分不清现实与虚幻，这生不如死的感觉一直折磨着她，令她痛苦至极！

阅读笔记

她囚禁到这里之后，始终处于非醒非眠的状态。她在这种悲惨境地，在这间密牢里，再也分不清苏醒和睡眠、现实和梦幻、白天和夜晚。这一切都虚无缥缈，在她头脑里混淆起来，都破碎了，飘浮着，向四处扩散。她再也不能感知，不能辨识，不能思考了，顶多似梦非梦，精神恍恍惚惚。一个活人，从未曾这样深深陷入空幻中。

久而久之，她肢体麻木、冰冷、僵硬了，有两三回头顶什么地方的盖板掀开而发出声响，她也没有注意。盖板掀开，也透不进一点光亮，只有一只手给她扔下一块黑面包。狱卒定时来察看，这是她与人类仅余的一点联系了。

只有一样东西还能机械地充斥她的耳朵：头上的拱顶因潮湿，从发霉的石缝中渗出水汽，凝聚成水珠，按一定的间歇滴落下来。她倾听水滴落入她身边水洼所发出的声响。

水滴落入水洼中，这是她周围唯一的活动、唯一标明时间的时钟，也是地面上一切声响中唯一抵达她耳际的声音。

总之，她还不时感到有什么冰凉的东西，从这黑乎乎的脏水洼中出来，爬到她脚上和手臂上，吓得她浑身颤抖。

关到这里有多久了，她自己也不清楚。她爬行察看一下，只觉铁环吃进她的踝骨，铁链哗哗作响。她辨认出四周是墙壁，身下是被水浸没的石板地，铺了一堆草。然而既没有灯，也没有通气孔。于是，她坐到草堆上，有时换换姿势，就坐到地牢石阶的最后一级上。有一阵子，她在黑暗中试图计数滴水的分秒，但是病弱的头脑支持不住，很快就中断这种可悲的努力。

有一天，或者一天夜晚（因为在这墓穴里，半夜和中午是同一颜色），她终于听见头顶有响动，比往常声音大，不像狱卒给她送面包和水罐那样。她抬头一望，只见一道发红的光，从地牢穹隆的那道门，或者那块盖板的缝隙中射进来。与此同时，沉重的铁件轧轧作响，生锈的铰链也咯吱叫起来，盖板翻转掀开，于是，她看见一盏灯、一只手，以及两个男人的下半身；而且双眼被灯光强烈刺痛，只好闭上了。

她重新睁开眼睛时，活门已经关上了，风灯放在一级台阶上，一个男人独自站在她面前，身上的黑袍遮到脚面，头上黑风帽遮住他的脸。这人无论面孔还是双手，什么部位也看不见，简直就是长长的裹尸布立在那里，觉得里边有什么东西在蠕动。她对着这幽灵似的东西，注视了几分钟，双方谁也不讲话，活像对峙的两尊石像。地穴里仿佛只有两样东西是活的：因潮气而噼啪作响的灯捻儿、拱顶落下的水滴。单调的滴答声，切断不规则的噼噼啪啪声，也搅动映在油污水洼的灯光，形成一个个同心圆的光波。

读到这里，我们不得不感叹作者对环境的渲染驾轻就熟，灯捻、水滴是动态的，更能衬托出“幽灵”可怕的静，动静之间鲜明的对比为我们营造了鲜活的画面，这令人毛骨悚然的对峙将故事情节推向我们最想看到的——弗罗洛和爱斯梅拉达的对话场景。

终于，女囚打破沉默：“您是谁？”

“教士。”

这个词、这种语调、这种嗓音，令她不寒而栗。

教士以低沉的声音，一字字地问道：“您准备好了吗？”

“准备什么？”

“去死。”

“噢！”女囚说，“很快了吗？”

“明天。”

她的头刚刚高兴地抬起来，一下子又垂到胸前，喃喃说道：“还有这么长时间！就在今天，对他们又有什么关系呢？”

名师解读

暗无天日的地下生活让爱斯梅拉达生不如死，所以才说出这样的话。死亡对任何人来说都是可怕的，爱斯梅拉达却十分期待它的到来，可想而知她此刻是多么痛苦、绝望。

“这么说，您痛苦难忍啦？”教士沉吟一下，又问道。

“我很冷。”女囚回答。

她双手握住脚，同时牙齿打战，这是不幸者感到冷时的习惯动作，我们已经在罗朗塔楼看过隐修女也是这样。

教士风帽下的眼睛似乎环视整个地牢。

“没有灯！没有火！泡在水中！真惨！”

“是啊，”她一副由灾难给她带来的惊奇的样子回答，“白天是属于所有人的，为什么只给我黑夜？”

教士沉默片刻，才问道：“您知道您为什么被关到这里来吗？”

“我想我原来是知道的，”她说着，用瘦削的手指按按眉头，仿佛要帮助回忆，“可是现在我不清楚了。”

突然，她像孩子似的哭起来：“我要出去，先生。我冷，我害怕，还有虫子在我身上爬。”

“好吧，跟我来。”

教士说着，抓住她的胳膊。不幸的姑娘本已冻彻五脏六腑，然而这只手还是给她冰冷的感觉。

“哦！”她咕哝道，“这是死神冰冷的手。——你究竟是谁？”

教士掀起风帽。姑娘一瞧，原来是久久追逐的那张阴险的面孔，是她在法路代尔那里看见在心爱的弗比斯头上出现的那个魔头，是她昏过去之前最后一次看见在匕首旁的那双贼眼。

排比

本句运用了排比的修辞手法，强化了爱斯梅拉达看见这张面孔时内心所受到的强烈冲击，读起来语气会更加强烈，从而更好地抒发出她内心的感受。

这个魔影一直是她命中的灾星，把她推向一个又一个灾难，直到惨遭酷刑，这次出现却把她从麻木状态中拉出来。遮掩她记忆的重重幕布仿佛撕开了，她的悲惨遭遇的所有细节，从法路代尔店里黑夜的场面，直到小塔法庭她的死刑宣判，都一齐浮现在她的脑海，不像先前那样朦朦胧胧，一片模糊，而是清清楚楚，真真切切，一目了然，活生生的，惨不忍睹。这些事的记忆，由于极度的痛苦，已有五分淡漠，几近遗忘了，可是眼前这个阴沉的面孔，又把这种种记忆唤醒，如同隐形墨水写的白纸一靠近火，字迹就清晰地显现出来一样。她心上的一道道创伤，仿佛重又开裂，一齐流血了。

神态描写

这张阴沉的面孔让痛苦重新浮现在爱斯梅拉达的脑海里，它撕开她尘封的伤口，让它再次流血。通过作者的描写，我们更能对爱斯梅拉达的痛苦感同身受。

“哎呀！”她叫了一声，双手立刻捂上眼睛，身子一阵痉挛似的颤抖，“又是那个教士啊！”

然后，她沮丧地垂下双臂，坐着不起来，脑袋耷拉着，默默无言，眼睛凝视地面，浑身还一直发抖。

教士则凝视姑娘，那是一副鹞鹰的目光：鹞鹰在高空久久盘旋，围绕着躲在麦地里的一只可怜的云雀，而且不声不响渐渐缩小飞旋的大圈子，然后疾如闪电，突然猛扑下去，一爪抓住惴惴抽动的猎物。

姑娘用低低的声音说道：“结果了吧！结果了吧！最后一击！”她把头缩进肩膀里，犹如一只羔羊等着屠夫大锤的打击。

“我就这么令您憎恶吗？”教士终于说道。

姑娘不应声。

“您憎恶我吗？”他又重复问道。

姑娘的嘴唇抽动，仿佛泛起微笑。

“是啊，”她说道，“刽子手在嘲弄死囚。有好几个月了，他一直追逐我，威胁我，恐吓我，上帝呀，要是没有他，我该有多么幸福啊！是他把我抛进这个深渊！天哪！是他杀了……是他杀的！杀了我的弗比斯！”

说到这里，她失声痛哭，抬眼望着教士：“噢！坏蛋！你是谁？我怎么得罪你啦？你就这么恨我？唉！你恨我什么呢？”

“我爱你！”教士喊道。

姑娘戛然止泪，痴呆的目光注视着教士。教士则跪下来，熊熊烈焰的目光死死盯住她。

“明白了吗？我爱你！”教士又喊道。

“这是什么爱呀！”不幸的姑娘说着就浑身颤抖。

教士接口说：“是一个下地狱的人的爱！”

二人都受激情的重压，沉默了好几分钟，他是丧失理智，

神态描写

弗罗洛用这种可怕的目光盯着爱斯梅拉达，让人为她的命运担忧。

阅读笔记

语言描写

这些话流露出爱斯梅拉达此刻的愤恨和痛苦。

教士终于向爱斯梅拉达表达了自己的爱意，但此时的弗罗洛已经失去了理智。弗罗洛希望得到爱斯梅拉达，但是她的心已经被弗比斯占据，这让弗罗洛陷入了深深的痛苦。

弗罗洛的荒谬真理让人觉得可笑。

而她则陷于呆痴。

“听我说，”教士又恢复了异常的平静，终于开了口，“你这就会了解全部情况。我要对你讲的事，就连在黑沉沉的夜晚，似乎上帝看不见我们的时候，我悄悄地扪心自问，也还是不敢向自己承认的。听我说。姑娘，我遇到你之前，生活是幸福的……”

“我也是呀！”姑娘有气无力地叹道。

“不要打断我的话。——是的，我的生活挺幸福，至少我是这样认为的。我纯洁无瑕，心灵清澈明净。谁也不能像我那样自豪，那样容光焕发，可以高高地昂起头。

“唉！如果说我没有保住胜利，那么也全怪上帝，是上帝不给人以抗衡魔鬼的力量。——听我说，后来有一天……”

教士说到此处，忽然停下来，女囚听见他胸中发出几声叹息，犹如临终诀别的残喘。

他接着说道：“……后来有一天，我正靠在密室的窗台上……当时我看什么书来着？噢！整个过程在我的头脑里已经乱成一团。——反正我在看书。窗户对着广场。我听见手鼓和音乐声，不免打扰我的沉思，心中恼怒，便朝广场望去。我所望到的情景，别人也看到了，然而那不是人间应有的。当时正当中午，阳光灿烂，就在那里，在广场中间，一个人在跳舞。那人美极了，上帝见了也会认为她赛过圣母，如果他降世的时候她已然在人间，那么他宁愿投胎到她身上，选择她做母亲[①]！她那双眼睛黑黑的晶莹闪亮；那黑色秀发有几束映着阳光，就像缕缕金丝。她的双足欢舞飞旋，如同疾速转动的轮

① 圣母马利亚从圣灵怀孕，降世的上帝即为耶稣，而上帝又说耶稣是他的爱子。这便是三圣一体。

辐，全然不辨踪影。脑袋四周乌黑的发辫，缀满金属饰片，在阳光下闪闪发亮，额头好似戴着一顶星冠；她的蓝色衣裙也播撒了金箔银片，宛如仲夏的夜空星斗灿烂。那两条柔软的棕色胳膊，就像两条彩带，忽而缠住腰身，忽而松解展开。她那体态婀娜多姿，美艳惊人。啊！那光艳明媚的形象，即使在阳光照耀下，也如发光体一般光彩夺目……唉！姑娘啊，那人就是你！……我又惊又喜，心醉神迷，忘情地注视你。我全神贯注地凝望着，猛然惊恐得战栗起来：我感到命运抓住了我。”

教士过分激动，又停了一会儿，才继续诉说：“眼看要神魂颠倒，我就想抓住点什么东西，以免再往下坠落。我想起撒旦给我设过各种圈套。眼前这个女子美貌绝世超人，只能来自天堂或地狱，绝非用一点泥土做成的、体内仅有一颗妇人灵魂的摇曳微光照耀的普通姑娘，而是一个天使！然而是黑暗天使、火焰天使，而不是光明天使。我正想到这一点，忽然看见你身旁的山羊，那群魔会上的畜生，正冲着我发笑。在中午的阳光下，它的角像两束火焰。于是我看出这是魔鬼的陷阱，也不再怀疑你来自地狱，是要毁掉我。我相信了这种判断。”

教士讲到这里，直视女囚，冷冷地补充道：“现在我还相信这一点。——然而，魔法渐渐发挥了作用，你的舞姿在我的头脑里回旋，我感到神秘的蛊术控制了我，灵魂中本应觉醒的成分，全都沉睡了，如同躺在雪地上要死去的人，乐得让这种瞌睡袭来。突然，你又唱起歌。我已束手无策，又能怎么办呢？你的歌声比你的舞蹈还要迷人。我想逃避，却又不可能，双脚就像生了根，死死定在原地，就觉得石板地升起来，一直埋到我的膝盖。必须奉陪到底。我的腿脚结了冰，脑袋里沸腾嗡鸣。也许你终于可怜我，停止唱歌，人也消失了。渐渐地，那令人目眩的幻视的映像，在我眼前消隐，那令人心醉的音乐的回响，也在我耳畔止息。于是，我瘫倒在窗脚下，比推倒的

从弗罗洛的言语中，我们体会到了坠入爱河那一瞬间的美妙，这里的描述语言优美，富有梦幻色彩，读到这里，我们看到了一见钟情的美好，只可惜这种美好的爱情被弗罗洛阴暗的占有欲给摧毁了。

语言描写

弗罗洛已经深陷自己的情欲之中，而他却将这一切归因于魔鬼的陷阱、蛊术的控制。

雕像还要僵硬，还要虚弱。晚祷的钟声把我惊醒。我站起来逃走，然而，唉！我心中倒下什么东西再也立不起来，出现什么东西再也逃避不开。”

他又停了一下，继续说道：“不错，从那一天起，我就变成一个我不认识的人。我打算用一切方法治疗：修院、圣坛、工作、读书。纯粹痴心妄想！噢！一个人用充满欲情的头狠命撞去时，科学所发出的声音是多么空洞啊！从那以后，我在我和书籍之间总看到什么，姑娘，你知道吗？总看到你，你的影子，那天在我眼前显现的光辉灿烂的形象。不过，这个形象变换了颜色，显得晦暗、惨淡而黝黑，犹如冒失鬼注视太阳之后久久留在视觉上的黑斑。

侧面描写

这里反映出弗罗洛的内心变得阴暗、扭曲。

“再也摆脱不掉，总是听见你的歌声在我头脑里回荡，总是看见你的双脚在我的祈祷书上飞舞，总是在夜间梦里，感到你的身形在我的肉体上滑来滑去，因此，我渴望再次见到你，触摸你，了解你是谁，看一看我再见到你时，是不是符合你给我留下的理想形象，也许现实会粉碎我的梦幻。总之，这种印象变得让我难以忍受，我希望以新的印象抹掉原来的印象。我到处寻找，终于又见到你。不幸啊！我见到你两次，就想千次万次看见你，时时刻刻看见你。——从这地狱的斜坡上滑下去，又怎么能刹住车呢？——可见，我已经不能自主了。魔鬼用线一头拴住我的翅膀，另一头系在你的脚上。我变得像你一样到处游荡。我在人家大门口守候你，在街角探察你，在我的钟楼上窥视你。每天晚上，我反躬自省，发现自己越发迷恋，越发沮丧，越发中魔，越发堕落啦！

心理描写

这句话道出了弗罗洛刺杀弗比斯的原因，因为他对爱斯梅拉达的爱已经转化为一种极端的占有欲，这样的爱情不仅无法让人变得优秀，还会令人沮丧、堕落，使人的内心变得阴暗、可怕。

“我知道了你是什么人，你是埃及姑娘、吉卜赛姑娘、茨冈姑娘、流浪姑娘，怎能怀疑你不会巫术呢？听我说。我希望通过一场审讯能摆脱魔法。阿斯蒂的布鲁诺[1]烧死迷惑他的女巫，自己也就痊愈了。这种疗法我知道，也想试一试。首先，我设法禁止你踏进圣母院广场，以为你不再来我就会忘记你。然而你却不理睬，又来了。接着，我又打算把你劫走。一天夜晚我动手了。我们有两个人，已经抓住你了，不料那个混账军官把你救了。从此开始了你的不幸，还有我的和他的不幸。我只好向宗教法庭告发你，并且隐隐约约地感到，一场官司就能把你交到我手中，一入大牢我就能抓住你：你控制我的时间够久的了，也该轮到我占有你了。人一旦作恶，就必须干到底，只有疯子才会中途罢手！罪恶的极端就是狂喜。一个教士和一个女巫，在地牢的草堆上，就可以结合起来，一起销魂！

“因此，我告发了你。正是在那段时间，每次相遇我都令你惊慌不安。我策划对付你的阴谋，在你头顶呼唤来的乌云风暴，已经从我这里频频发出威胁和闪电。不过我还犹豫不决。我的计划有可怕的成分，令我畏葸不前。

“也许我可以放弃这种图谋，也许我的恶念本可以在头脑中枯死而结不出果实。我原以为继续还是中断这个案子，始终取决于我。然而，任何邪念都是执拗顽固的，非要变成事实不可。正是在我自认为无比强大的领域，命运却比我更强大。唉！唉！是命运抓住了你，把你推进我暗自建造的机器的可怕齿轮中！听我说，已经接近尾声了。

“有一天，又是一个阳光灿烂的日子，我看见面前走过一个人，他念叨你的名字，边说边哈哈大笑，眼睛色眯眯的。该死的家伙！我就跟随他。后来的情况你都知道。”

他住了口，姑娘只讲得出一句话：“我的弗比斯啊！”

形象描写

爱情变成了情欲，无法在一起的遗憾变成了控制和占有，弗罗洛无耻、疯狂的内心展露无遗，他的人物形象从这里开始丰满起来。

语言描写

弗罗洛在为自己的邪恶找冠冕堂皇的理由，他就是将无辜的爱斯梅拉达置于死地的恶魔。

---

① 即意大利的圣布鲁诺（1035—1101）。这里是他的一个传说。

“别讲这个名字！”教士狠狠抓住她的胳膊，说道，“不要讲这个名字！噢！我们多不幸，正是这个名字毁了我们！说得更准确些，是无法解释的命数毁了我们所有人！……你在受折磨，对不对？你冷，眼前一片黑夜，身子被牢房重重包围，不过，你心中也许还有一线光明，哪怕是你对那个玩弄你感情的空虚男人所产生的幼稚爱情！然而我，地牢却在我心中，我心中只有寒冬、冰雪、绝望。我的灵魂里是一片黑夜。我忍受多大痛苦你知道吗？审讯你的时候我在场，就坐在教会法官的席位上。不错，那些教士风帽中，有一顶遮住了一个罪人的痛苦痉挛。把你带上法庭时，我就在那里；审问你的时候，我就在那里。——那是狼窝呀！——是我犯下的罪过，我看见在你额头缓缓竖起来的是我的绞刑架。每次做证，提出每一个证据，每次辩护，我全在场，可以计数你在痛苦路上的每一步；我同样在场，看见那个凶恶的野兽——噢！我没有预料到会动刑！——听我说，我跟随你进了刑讯室，看见行刑吏那无耻的手扒下你的衣服，触摸你的身体。我看见你的脚，这双脚我愿用一个帝国换取一吻，然后死而无憾，我愿撞碎头颅，死在这脚下而感到无限欢欣，然而我却看见上了刑枷，上了能把人的肢体变成一团血肉的刑枷。噢！可怜的人啊！我目睹这种场面时，修士袍里藏着一把匕首，来一下下割我的胸膛。我听见你那声惨叫；就用匕首刺进我的肉；听见你第二声惨叫，匕首就刺进我的心！瞧瞧吧，我想伤口还在流血。”

他解开修士袍。果然，他的胸膛像被虎爪抓破一样，肋上有一道相当大的伤口，尚未完全愈合。

女囚恐惧得往后退。

教士膝行爬到她跟前，高声说道：“我哀求你了，你还有心肝的话，就不要拒绝我！噢！我爱你！我是个可怜的人！我

动作描写

目睹爱斯梅拉达的受刑场面，弗罗洛心如刀绞，用匕首刺伤了自己的身体，这里足以看出弗罗洛对爱斯梅拉达的爱很疯狂，令人畏惧。

们一起逃走，我设法帮你逃出去，我们到别的地方去，找一个阳光最灿烂、树木最茂盛、天空最晴朗的地方。我们将彼此相爱，灵魂彼此倾注，将永无休止地渴求我们自身，一起不断地痛饮这杯永不枯竭的爱情甘露！

“我们要赶快，我得告诉你，日子定在明天。河滩广场的绞刑架，知道吧？一直竖在那里。可怕极啦！看着你坐车押赴刑场！噢！发发慈悲吧！——我从未感到像现在这样爱你。——喂！随我走吧。等我帮你逃离之后，你会慢慢爱上我的。你要恨我多久都可以。可是走吧。明天！就是明天！上绞刑架！你要受刑！噢！逃走吧！不要折磨我啦！”

他神态失常，抓住姑娘的胳臂，要拖她走。

姑娘直瞪瞪地看着他：“我的弗比斯怎么样啦？”

“哼！”教士放开她的手臂，说道，“您真是无情无义！”

“弗比斯怎么样啦？”她还是冷冷地重复问道。

“他死啦！”教士喊道。

“死啦！”她始终冷冰冰的，一动不动，又说道，“那您劝我活下去干什么？”

教士并没有听她讲，仿佛在自言自语：“嗯！是的，他肯定是死掉了。匕首刺进去很深，我想是伤到了心脏。哼！整个匕首我全刺进去啦！”

姑娘像一只发狂的猛虎，扑上去，以超自然的力量，一下子将他推倒在石阶上，喊道：“滚开，魔鬼！滚开，杀人凶手！让我去死！让他和我的血，永远染在你的额头上！做你的人，教士！休想！休想！什么也不能把我们拉到一起，就是地狱也不行！滚，该死的东西！休想！”

教士绊在石阶上，他默默地从袍襟的缠裹中拔出双脚，提起灯笼，开始缓慢地登梯级，到了通口打开盖板，随即出去了。

忽然，姑娘又看见他探进头来，脸上一副狰狞的样子，声

语言描写

弗罗洛以搭救为条件要挟爱斯梅拉达与他在一起，暴露了他卑鄙无耻的本性。

侧面描写

爱斯梅拉达在与弗罗洛对话时多次提到弗比斯，说明她是一个痴情的人，她关心的、深爱的一直是弗比斯，而每当弗罗洛听到自己心爱的女人嘴里说出情敌的名字时，他就会变得异常敏感，像一头被激怒的狮子。

音嘶哑，气急败坏地喊道：“告诉你，他死啦！”

姑娘扑倒在地上。地牢里再也听不见别的声响，黑暗中唯有使水洼悸动的滴水的叹息。

五　三颗不同的心

讽刺

这里作者暗含讽刺之意。

弗比斯其实没有死；这种人，命特别大。王国大律师菲利浦·娄利埃先生对可怜的爱斯梅拉达说“他快死了”，不是口误就是戏言。而主教代理对女囚重复说“他死了”，也是根本不了解情况，仅仅这样认为，这样指望，这样切盼，从而也就毫不怀疑了。把情敌的好消息告诉自己所爱的女人，这是他绝难容忍的。换了别人，都会像他这样干。

叙述

诙谐的叙述增加了阅读的趣味性。

讽刺

这里作者又在讽刺中世纪司法的黑暗。

当然，并不是说弗比斯伤势不重，但是程度却不像主教代理渲染的那样。巡防士兵立刻把弗比斯抬到外科医生诊所，医生担心他活不过一个礼拜，并用拉丁话把这情况告诉他。然而，青春活力又占了上风；往往有这种事情：不管医生如何预后和诊断，自然造化却爱跟医道开开玩笑，让患者起死回生。弗比斯还躺在简陋的病榻上，就接受了菲利浦·娄利埃和教会法庭调查官的初步审问，他厌烦得要命，因此一感到好一些，便留下金马刺充作医疗费，第二天早晨就溜之大吉了。不过，这并没有给这件案子的预审造成丝毫麻烦。刑事案件的案情清楚准确与否，当时的司法机构并不在意；只要把被告送上绞刑架，就算完事大吉。再说，法官们已有足够的证据判处爱斯梅拉达。他们相信弗比斯死了，那就必死无疑。

至于弗比斯，也没有逃到天涯海角，他只是跑到法兰西岛地区，回到布里尾村的军营，距巴黎城只有几驿站的路途。

话又说回来，要亲自出庭做证，对他来说绝非什么快慰的事情。他模模糊糊地感到，一旦上法庭准要出丑。的确，他自己还稀里糊涂，不知如何看待整个这件案子。凡是纯粹的武夫，都迷信而不信教，弗比斯也不例外，他回想这段艳遇，总拿不准那只小山羊、他同爱斯梅拉达的奇特相遇，以及她向他流露爱慕的同样奇特的方式，也拿不准她那埃及姑娘的身份，以及那个幽灵。从这段经历中，他隐约看出巫术的成分远远超过爱的成分，大约她是个女巫，也可能是魔鬼；总之是一场滑稽剧，或者按当时的说法，是一场无聊的圣迹剧，而他扮演了非常愚蠢的角色，一个挨打受戏弄的角色。他所感到的那种羞愧，我们的拉封丹有过绝妙的刻画：

补叙

这里运用补叙的方法，交代了弗比斯没有出庭做证的原因。

耻如狐狸反被母鸡逮住。

他特别希望这个案子不要闹得满城风雨，而他不出庭，名字就可能不大被人提及，至少不会传到大堡法庭之外去。当时的上流社会人士看到经过街头押赴刑场的人，也不大清楚叫什么名字，顶多那些寻常百姓才肯享用这种粗劣的菜肴。行刑处决是巴黎市井的日常景象，如同天天见到的烤肉店的烤炉、屠户的剥皮场。刽子手无非是稍微内行的屠夫罢了。

场景描写

这里揭露了中世纪司法的残忍，行刑场面的司空见惯。通过作者形象的描写，我们的眼前也仿佛出现了中世纪行刑的场景。

这样，弗比斯很快就放下心来，不去想什么魔女爱斯梅拉达，或者他所说的西米拉珥，不去想是吉卜赛姑娘还是幽灵（对他无所谓）刺他的那一刀，也不去想审案的结果。他这方面心事一涣然冰释，便又想起了百合花的容颜。弗比斯队长的心，就像当时的物理学，最害怕真空了。

人物描写

作者将弗比斯玩弄感情、内心空虚的人物形象刻画得淋漓尽致。

况且，布里尾村的日子过得十分乏味，这里尽是马蹄铁匠和粗手大脚的牧牛女，简陋的木棚茅舍，在大路两侧连成长带，绵延两公里，名副其实的一条尾巴。

百合花小姐，在他的欲情中，只居倒数第二位，她不过是个漂亮姑娘，有一笔诱人的嫁妆。且说事过两个来月，创伤已经痊愈，推想吉卜赛姑娘一案已该了结，被人遗忘了，于是在一天上午，这位情郎骑马匆匆赶到功德月桂府门前。

他没有留意圣母院大门前广场上聚了那么多人，他想起这是五月，大概在举行宗教游行仪式，庆祝圣灵降临节，或者别的什么节日。他把马拴在门廊的铁环上，兴冲冲地上去找他美丽的未婚妻。

府上只有她们母女二人。

百合花的心头，总压着女巫及其山羊和该死的拼字的场景，总压着弗比斯久不来访的恼恨。然而，姑娘一看到队长走进来，见他满面春风，军服簇新，绶带闪闪发亮，一副热情洋溢的神态，她立刻满心欢喜，俏脸绯红了。这位大家闺秀也从来没有如此娇媚可爱，光彩夺目的金发辫格外妖娆迷人，雪白的肌肤配上一身天蓝色衣裙十分和谐，这是闺友鸽子教她的风流打扮，而那双美目水汪汪的，满含绵绵情思，越发显得楚楚动人了。

外貌和神态描写　百合花对弗比斯心怀爱意，而弗比斯却不爱她，这样的差别不禁让人为百合花感到悲哀。

弗比斯在布里尾村所领略的美色，只有那些村妇，这回一见百合花，立刻心荡神迷。因此，我们的军官显得十分殷勤，十分趋奉，二人当即就和好了。功德月桂夫人坐在安乐椅上，始终是那副慈母的神态，没有精神头儿来责备他。至于百合花的嗔怪，都化作呢喃絮语了。

神态描写　这里写出了弗比斯虚伪、阿谀逢迎的丑恶嘴脸。

姑娘坐在窗口附近，仍在绣她那幅海王洞府图。队长站在身后，倚着她的椅子靠背。姑娘低声娇嗔地说他：“狠心的，两个多月没有音信，您怎么啦？”

这么一问，弗比斯颇为尴尬，他打岔着回答说：“我向您发誓，您这么美，能让红衣主教都想入非非。”

姑娘忍不住笑了。

“好啦，好啦，先生，别说我怎么美了，先回答我的话吧。怎么美，倒是真的！”

“哎！亲爱的表妹，我是被召回去驻防了。”

“请问，在哪儿？为什么不前来同我告别呢？”

“在布里尾村。”

弗比斯暗自庆幸，回答头一个问题就能避开第二个问题了。

“美丽的表妹！”他提高嗓门，以便改变话题，“广场上出什么事儿啦，这么闹哄哄的？”

他走到窗前：“嗬！上帝啊，亲爱的表妹，广场上这么多人啊！”

“我也不知道，”百合花说道，“今天上午，好像有个女巫到教堂门前请罪，然后就绞死。”

队长深信爱斯梅拉达一案早已了结，因此听了百合花的话并不在意。不过，他还是提了一两个问题。

“女巫叫什么名字？”

“不知道。”姑娘回答。

“说她干了什么啦？”

姑娘这回又耸耸雪白的肩膀：“我也不知道。”

阳台正对着圣母院前庭广场，此刻广场上人流如潮，从各条通道拥入广场。要不是军警和手执火铳的火器营组成厚厚的一道护墙，前庭周围齐肘高的矮墙根本挡不住，人群早就冲进去了。幸亏刀枪剑戟林立，前庭才空无一人，入口由一队佩戴主教纹章的戟士把守。主教堂几扇宽阔的大门紧闭，而广场四周民宅的无数窗户，甚至山墙上的小窗也都敞开，两者形成鲜明的对照。那些窗口探出成千上万的脑袋，一颗颗摞起来，犹如炮兵仓库里的一堆堆炮弹。

这时，圣母院的大钟缓缓敲响正午十二点。人群中响起

阅读笔记

语言描写

爱斯梅拉达深深地牵挂着弗比斯，但是弗比斯并不是这样，他只当是场艳遇。爱斯梅拉达是可悲的，她爱上了一个不该爱的人。

一阵满意的嗡嗡声。第十二响的余音尚未止息，所有脑袋就像风吹波浪一样动荡起来，一阵巨大的喧哗从广场、窗口和屋顶升起来：“她来啦！”

死囚车上坐着一个姑娘，手臂绑在背后，身边没有教士。她只穿着衬衣，长长的黑发披散在半裸露的胸前和肩上：按当时的习俗，到了绞刑架下才剪掉头发。

透过比乌鸦羽毛还油黑发亮的波浪形秀发，可以看见盘结着一条灰色粗绳索，磨着可怜姑娘的柔弱锁骨，缠绕着她那可爱的脖颈，仿佛鲜花上爬着一条蚯蚓。绳索下方吊着一件发亮的东西，那是镶缀着绿玻璃的护身符，还让她戴着，显然是不便再拒绝快死之人的要求了。从窗口观看的人，能望见囚车里她那赤裸的双脚，而她竭力要把腿掩在身下，大概是出于女性最后的本能吧。她脚边有一只小山羊，也是五花大绑。那女刑犯用牙齿咬住没有扣好的衬衣，就好像身处绝境，在众目睽睽之下，她这样赤身裸体，也还是羞愧难当。唉！姑娘的羞耻心，哪儿能经受这种折磨！

“耶稣啊！”百合花激动地对队长说，“瞧呀！表哥！正是带山羊的那个吉卜赛坏女人！”

她说着，转向弗比斯，只见他脸色煞白，眼睛死死盯住刑车。

“哪个带山羊的吉卜赛女人？”他结结巴巴地说道。

“怎么！您不记得了吗？……”百合花又问道。

弗比斯打断她的话：“我不明白您要说什么。”

他举步要回屋。然而，先前百合花被这个埃及姑娘引起的那么强烈的嫉妒心，此刻又复苏了。她满腹狐疑，审视他一眼，这时又隐隐约约想起来，曾听人说过有个队长卷进这个女巫的案子里。

“您这是怎么啦？”她对弗比斯说，“就好像看见那个女人

名师解读

美丽善良的爱斯梅拉达如今却沦落到这样的地步，我们为她的遭遇感到心痛。这个善良的姑娘的命运究竟会怎样？作者为我们留下了悬念。

名师解读

作者描述了爱斯梅拉达在死囚车中竭力护住自己裸露在外的身体的画面，展现出爱斯梅拉达的惨状，表达了自己对她的同情。

神态、语言描写

这里对弗比斯的神态描写和语言描写反映出他的心虚。

就心慌意乱了。”

弗比斯挤出两声笑：“我吗！没影儿的事！嘿，这还用问！”

“那就待这儿吧，”她不容置辩地又说道，“我们就一直看到结束！”

倒霉的队长只好留下来。不过，他稍感放心的是，女犯的眼睛一直盯着囚车的车板。千真万确，正是爱斯梅拉达。即使到了这耻辱和不幸的绝境，她仍然那么美丽，一对黑色大眼睛因面颊消瘦而显得更大，形容苍白，但是纯洁而崇高。她还是原先的模样，正如马萨乔[1]所画的圣母，酷肖拉斐尔所画的圣母：只是有几分虚弱，有几分单薄，有几分清瘦。

外貌描写 这里又一次刻画出爱斯梅拉达的美丽。

此外，她已深深陷入错愕沉痛中，除了羞耻心之外，一切都任其自然，可以说周身无处不在摇晃。的确，她的躯体犹如死物或坏了的物品，随着囚车的颠簸而跳动。她的目光无神而散乱，可以看到眼眶里还噙着一颗泪珠，但是滞留不动，仿佛冻结了。

神态描写 目光无神、眼眶噙泪，这一细节描写反映出爱斯梅拉达内心的悲伤和绝望。

这工夫，森严可怖的骑队穿过人群，真是欢声四起，怪态百出。不过，我们还应尊重史实，要指出看到她如此美丽，又如此颓丧，许多人都深感痛惜，就连铁石心肠的人也会动恻隐之心。

情感表达 作者对这个美丽、无辜的姑娘深表同情。

囚车驶入前庭空场，在圣母院的中央正门前停下。

不幸的姑娘早已魂不附体，她的视觉和思想仿佛都迷失在教堂幽暗的腹心。她那灰白的嘴唇在翕张，好像在祈祷。刽子手的助手上前扶她下车时，听见她低声念叨着：“弗比斯。”

形态描写 临死前，爱斯梅拉达还念着弗比斯的名字，面对死亡，爱斯梅拉达依然将爱情看得高于一切，这样的描写无不令读者动容。

她和山羊都松了绑，一起下车，小山羊感到自由，高兴得咩咩直叫。她光着脚在坚硬的石路面上，一直走到教堂门前的台阶

① 马萨乔（1401—1428），意大利著名画家。

下，而套在脖子上的绳索拖在身后，活像紧紧追赶的一条大蛇。

这时，教堂里的歌声中止了。一个大的金十字架和一列蜡烛，开始在昏暗中移动，只听身穿彩服的教堂侍卫矛戈的撞击声。过了一会儿，一长列身穿祭披的神甫和身穿法袍的祭司，唱着赞美诗，一个个神态庄严，朝女犯走来，在她和观众眼前展开队列。但是，女犯的目光却停留在紧随十字架走在队首的那个教士身上。

语言描写

阴魂不散的弗罗洛让爱斯梅拉达感到恐惧。

“噢！”她打个冷战，低声说道，“又是他！那个教士！”

不错，正是主教代理。左首是副领唱，右首是手执指挥棒的领唱，他仰着头，两眼瞪得圆圆的，边走边朗声高唱：

我从地狱腹心呼叫，而你听见我的声音。
你将我投入海底深渊，我周围波涛滚滚。[①]

他身披绣有黑十字的银色肥大的祭披，走到高大的尖拱门廊，出现在阳光下，脸色极为苍白，观众见了，许多人都觉得，他是跪在唱诗室墓石上的一尊大理石主教塑像，现在起身来到墓门口，迎接这个要死的女人。

女犯的脸色也同样苍白，同样像一尊雕像，手里塞进一根点燃的黄色大蜡烛，也几乎毫无感觉，根本没有听书记官尖声宣读的那索命的悔罪书，当人家吩咐她回答“阿门”，她就回答“阿门”。等她看见那个教士挥退看守，独自朝她走来，她这才恢复了一点意识，有了一点活力。

这时，她感到血液在头脑里沸腾起来，残存的愤慨情绪，在这颗已经麻木冰冷的灵魂中复燃了。

主教代理缓步走近前。即使身陷绝境，爱斯梅拉达还是

---

① 原文为拉丁文，引自《圣经·诗篇》。

语言描写

无耻的弗罗洛依然没有放弃他幼稚的幻想，他希望爱斯梅拉达会因为害怕死亡而答应和自己在一起，但是他的想法过于天真了，爱斯梅拉达厌恶他，而且她将爱情看得比自己的生命重要。

发现，他的目光闪烁着嫉妒和渴念的神色。只听他高声说道："姑娘，您请求上帝宽恕您的过错和罪孽吗？"接着，他凑到姑娘耳边（观众还以为他接受女犯的临终忏悔），又说道，"你要我吗？我还可以救你！"

姑娘凝视他，答道："滚开，恶魔！要不我就揭发你！"

教士狞笑了一下："别人不会信你的。——你只能罪上加罪，多了一桩诽谤。——快回答！你要我吗？"

"你把我的弗比斯怎么样啦？"

"他死了。"教士回答。

恰巧这时，无耻的教士无意识地抬起头，一眼望见广场另一端功德月桂府的阳台上，弗比斯队长就站在百合花身边。他身子一摇晃，站立不稳，用手揉揉眼睛，凝眸再瞧，不禁低声诅咒一句，同时整个面孔都剧烈地抽搐起来。

语言描写

"谁也得不到你"一句揭示了弗罗洛"得不到就毁掉"的心理，这种极度扭曲的心理足以看出弗罗洛内心的阴暗。

"那好！你就去死吧！"他咕哝道，"谁也得不到你。"

不幸的姑娘又要登上死囚车，驶向生命的最后一站，也许她还有点痛惜留恋生活，不觉抬起干涩发红的眼睛，望望天空，望望太阳，望望把蓝天切成四边形和三角形的白云，然后目光移下来，再看看大地，看看人群，看看房舍……就在黄衣人捆她手臂的时候，她突然狂叫一声，那是一声欢叫。就在广场的一角，在那边的阳台上，她望见了他，望见了她的朋友，她的主宰，弗比斯，她的生命的再现！法官说谎！教士说谎！那正是弗比斯，她不能不相信，他就在那边，还活着，还那么漂亮，身穿鲜艳的军服，军帽上插着羽翎，腰间带着佩剑！

语言描写

看到了心中惦念之人，爱斯梅拉达欣喜若狂，绝望的她仿佛又活了过来。

"弗比斯！"她喊道，"我的弗比斯！"

爱情冲动，一阵狂喜，她的手臂不禁颤抖起来，她想要伸出去，却被捆得死死的。

这时，她望见队长皱起眉头，而伏在他肩头的一位美丽的姑娘凝视着他，眼含愠怒，轻蔑地撇着嘴，继而，弗比斯说了几句悄悄话，二人就急忙进屋，将阳台的落地窗关上了。

“弗比斯！”爱斯梅拉达还是狂呼乱叫，“难道你也相信？”

一个令人发指的念头，这时突然出现了：她想起来，自己被判处死刑的罪名，就是杀害了弗比斯·德·夏多佩。

时至今日，她什么都忍受了。然而，这最后一击太惨重了，她昏倒在地上。

“心爱之人认为自己杀害了他”这一想法击碎了爱斯梅拉达的内心，让她不堪承受。

“快点，”夏莫吕吩咐道，“把她抬上车，赶紧了结吧！”

且说在尖拱门道上面一层的列王雕像廊上，有一个怪人在观望，把整个场面都看在眼里，但是谁也没有注意到。他毫无表情，脖子伸得很长，五官形状怪异，要不是身穿半红半紫的彩服，还真让人以为是一个石头怪物，而六百年来，大教堂长长的承溜口中，吐出不少那类怪物。从午时起圣母院门前所发生的情况，这位旁观者都一一看在眼里。早在最初没人想到注意他的时候，他就将一条打了结的粗绳放下去，垂到台阶上，另一头牢牢系在走廊的一根柱子上。然后，他静静地观望，偶尔看见一只乌鸫飞过还吹吹口哨。正当刽子手的助手要执行夏莫吕的冷酷命令时，突然他一个箭步跨出走廊的栏杆，抓住绳索，手脚和膝盖并用，像一滴雨水溜下玻璃窗，他从教堂正面滑下去，又像从屋顶跳下的猫儿一样迅疾，冲向两名打手，抡起两只大拳头将二人打倒，一手托起埃及姑娘，如同孩子抓起布娃娃似的，又纵身一跳进了教堂，将姑娘举过头顶，以雷鸣般的声音高呼：“圣殿避难！”

外貌描写

本书提到的怪物只有卡西莫多，因此我们可以得知这个默默观望的人就是卡西莫多，他在寻找合适的时机搭救爱斯梅拉达。

这一举动突如其来，兔起鹘落，如果在夜晚，那就是完全发生在电光一闪的瞬间。

“避难！避难！”民众也随之高呼，同时千万双手热烈鼓掌，使得卡西莫多的独眼射出快乐自豪的光芒。

阅读笔记

这样一震动，女犯倒苏醒过来，她睁开眼，一看见卡西莫

多，急忙又闭上，就好像畏惧她的救命恩人。

夏莫吕，以及刽子手和全体押解人员，一个个都呆若木鸡。的确，一进入圣母院的墙垣之内，女犯就享有不可侵犯的权利了。大教堂是一个避难所，世俗的任何司法权都不能越雷池一步。

比喻

这里运用了一系列比喻，展现出卡西莫多对爱斯梅拉达的重视与爱护。

卡西莫多在正中大门口站住，两只脚仿佛生了根，像粗重的罗曼石柱一样立在地面上，他那头发蓬乱的大脑袋缩进肩膀里，活像没有颈项而只有鬣毛的一头雄狮。姑娘气喘心跳，举在他那布满老茧的手上，宛如一幅白布；他也像举着一朵花似的倍加小心，生怕碰坏或者弄枯萎了。他那样子就像觉出这是精美宝贵的物品，他的手是不配触摸的。有时，他显得连碰也不敢碰，甚至连口气都不敢吹上去。可是过了一会儿，他又把她紧紧搂在凹凸不平的胸前，视为他的财富、他的宝贝，俨如他是这孩子的母亲；他那地鬼一般的独眼俯视姑娘，向她倾注无限柔情、沉痛和怜悯，继而又猛然抬起来，放射灼灼的光芒。妇女们又是大笑，又是流眼泪，群众都热情地跺脚，因为此刻，卡西莫多真的显示出他的美。他的确美，他这个孤儿，这个弃婴，这个遭唾弃者，此刻他感到自己又威严又强大，直视斥逐他的而他又强有力干预进来的这个社会，直视他夺其战利品的人间司法，直视这些只好空咂嘴的所有虎豹豺狼：鹰犬、法官和刽子手，直视他这个残疾人以上帝的力量摧毁的王国的整个威力。

叙述

两个被社会抛弃的、苦命的人相互救助，这样的画面令人动容。

再说，这么畸形的人来保护这么不幸的人、卡西莫多搭救一个被判处死刑的姑娘，这事本身就感人肺腑。受自然虐待和受社会虐待的两个极端不幸，如今相互接触，相濡以沫了。

卡西莫多胜利示威了几分钟，又托着姑娘突然冲进教堂。民众总是热爱英勇行为，还想尽情欢呼，可惜他这么快就跑掉了；他们还凝望昏暗的大殿搜寻他，忽然又见他出现在法兰西列王廊的一端。他双臂托着战利品，发疯一般沿着走廊奔跑，一边高喊："避难！"群众再次爆发雷鸣般的掌声。他跑过走廊，重又钻进教堂里面。过了一会儿，他又出现在上面的平台上，一直托着埃及姑娘，一直发疯地奔跑，一直高喊："避难！"群众再次鼓掌。最后，在大钟的钟楼顶上，他又第三次出现，仿佛要从那高处，向全城炫耀他所搭救的姑娘，连续三遍狂呼："避难！避难！避难！"他那如雷的声音响彻云霄，别人难得听见，而他本人却从来听不见。

"好啊！好啊！"群众也跟着喝彩。巨大的欢呼声传至对岸，震感着广场上的人群。

阅读笔记

精简点评

爱斯梅拉达受到刑讯后认罪，副主教来到监狱向爱斯梅拉达表达其扭曲的爱情，并想将爱斯梅拉达带走，但被拒绝了。行刑的当天，爱斯梅拉达因弗比斯事不关己的模样痛苦万分，最后被卡西莫多救下，并得到了教堂的避难权。本卷之中，副主教丑恶的嘴脸与阴暗、扭曲的性格展露出来，同时与卡西莫多的善良和勇敢形成了鲜明的对比。

佳词美句

闹哄哄　人流如潮　众目睽睽　羞愧难当　恻隐之心

涣然冰释　多如牛毛　呢喃絮语　兔起鹘落　呆若木鸡

这位大家闺秀也从来没有如此娇媚可爱，光彩夺目的金发辫格外妖娆迷人，雪白的肌肤配上一身天蓝色衣裙十分和谐，这是闺友鸽子教她的风流打扮，而那双美目水汪汪的，满含绵绵情思，越发显得楚楚动人了。

1. 为什么弗比斯没有出庭做证？

2. 卡西莫多为什么要去救爱斯梅拉达？

第八卷

一 热 昏

克洛德·弗罗洛用以捆住埃及姑娘，也捆住他自身的命运之结，就这样被他养子猛然斩断，而这突变发生的时候，不幸的主教代理并不在圣母院。当时他一回到圣器室，就急忙脱掉法衣、祭披和襟带，统统丢给教堂执事，弄得执事莫名其妙；他随即从修院的暗门溜出去，吩咐滩地的船夫渡他到塞纳河左岸去，上了岸，他就一头扎进大学城高低起伏的街道中，也不知道去哪里。主教代理脸色苍白，神态失常，那样昏头昏脑，惊慌失措，胜过一群孩子在大白天放出来并追捕的一只夜鸟。他弄不清自己身在何处，想些什么，是否是在做梦。他时而走，时而跑，慌不择路，见到街道就钻，总隐隐觉得可怕的河滩广场在他后边紧紧追赶。他的热昏十分强烈，以至于在他的眼中，整个世界都变得令人惊骇。

阅读笔记

心理描写

弗罗洛认为爱斯梅拉达已经死了，他感到很恐惧。

他瘫在地上许久，似乎什么也不想，完全受魔掌的控制了。他终于恢复了一点气力，考虑还是应当躲进钟楼，待在忠于他的卡西莫多身边。他爬起来，但仍然心惊胆战，于是拿了祈祷书旁的小灯来照亮。这当然是一种渎神的行为，可是他再也顾不上这点小事了。

他慢腾腾地登上钟楼的楼梯，心里充满了莫名的恐惧，而在这样深夜，他这盏灯的神秘亮光，在高高的钟楼从一个枪孔升到另一个枪孔，恐怕也要把这种莫名的恐惧传给广场上寥寥

几个行人了。

忽然，他脸上有一股清凉之感，这才发现快到顶层过道的门口了。平台上空气清冷；几大片白云在天空运行，相互倾轧而挤碎棱角，犹如冬天河流开化解冻的情景。一弯新月搁浅在云滩中间，仿佛天上一只渡船夹在空中这些冰排里。

他走到连接两座钟楼的一排小圆柱栏杆前，移下目光远眺片刻，透过烟霭薄雾的轻纱，只见巴黎一片寂静的屋顶，尖峭细小，难以计数，好似夏夜风平浪静的粼粼海波。

月色凄迷，给天地蒙上一层青灰的色调。

这时，响起细弱嘶哑的钟声。已是午夜十二点，教士却想到正午十二点。十二下钟声逝而复来。

“噢！”他喃喃自语，“现在，她一定全身冰冷啦！”

忽来一阵清风，将他的灯刮灭。几乎与此同时，他看见钟楼的另一角出现一个影子，一身缟素，一个人形，一个女子的形体。他不寒而栗。只见那女子身边，跟着一只小山羊，咩咩的叫声同最后的钟声齐鸣。

环境描写

这里的环境描写营造了阴暗恐怖的气氛，烘托出弗罗洛内心的恐惧。

他硬着头皮看去。那正是她。

她脸色苍白，神情忧郁。头发还像上午那样，披散在肩头。不过，脖颈上去掉了绳索，双手也不再捆绑了。她自由了，她死了。

她一身全白衣裙，头上裹着白纱巾。

她仰望天空，朝他缓缓走来。他感到身体化为石头，沉重得无法逃遁。她前进一步，他就后退一步，也只能如此。他一步步退进拱顶黑暗的楼道里，想到她可能也要进来，吓得浑身都僵冷了；果真进来的话，他非吓死不可。

名师解读

作者将弗罗洛看到爱斯梅拉达之后的恐惧模样描写得十分细致。

她果然走到楼道门口，但是站住了，朝黑洞洞的门里凝视片刻，似乎没有看见教士，然后走过去了。看样子，她比生前高些；他透过白衣裙看见了月亮，还听见她的喘息声。

她走过去之后，他就开始下楼，但是动作缓慢，跟刚才见到的幽灵一样，他觉得自己也是个幽灵，眼睛直直的，毛发倒竖，手里还擎着熄灭的小灯，一边走下螺旋楼梯，一边清清楚楚地听见耳朵里有个声音在嘲笑，在重复说："……一个幽灵从我面前经过，我听见细微的气息，不禁毛发倒竖。"

阅读笔记

二　驼背独眼又跛脚

中世纪任何城市，而直到路易十二世时期，法国任何城市都有避难所。刑法和野蛮审判如滔滔洪水，淹没了城市，而避难所就成为从人间司法水面突起的孤岛。任何罪犯一踏上去就得救了。在一个郊区，避难所的数量同刑场一样多。滥施豁免和滥施刑罚并肩而立，两种坏事企图彼此矫正。国王宫苑、王公府第，尤其是教堂，都有权提供避难。有时为了增加人口，整个一座城节就暂时辟为避难所。例如，一四六七年，路易十一世就把巴黎当作避难城。

叙述　这段文字反映出中世纪法国社会的混乱。

罪犯一踏入避难所，就神圣不可侵犯了。不过，他也得当心，不得贸然出去。走出圣殿一步，就要重入法网。

教堂里通常有一间小房，专供接待请求避难的人。

在巴黎圣母院，这间小屋就建在外壁拱架下的底座之上，对着修士院，而今，正是钟楼门房的妻子辟为花园的地方。

且说卡西莫多以胜利的姿态，在钟楼上和走廊里跑了一阵之后，才把爱斯梅拉达安放在这间小屋里。只要他还在奔跑，姑娘就不可能完全恢复神志，总是处于半昏迷半苏醒的状态，感知不到什么，只觉得身体升上天空，在飘浮，在飞旋，被什么东西托举着离开了地面。耳边不时响起卡西莫多响亮的

救下爱斯梅拉达的卡西莫多十分开心，可见他的内心是纯真善良的。

爱斯梅拉达清醒后仍然想着弗比斯，可见她对弗比斯的爱意之深，与弗比斯对她的态度相比，不禁让人深深同情这个可怜的姑娘。

阅读笔记

笑声和欢叫，她微微睁开眼睛，隐约看见巴黎一片铺瓦和石板屋顶，仿佛红蓝两色的镶嵌图案，她头上则是卡西莫多那张可怕而快活的面孔。于是，她又合上眼睛，以为这回全完了，自己在昏迷中已被处决，而主宰她命运的厉鬼又把她抓走了。她不敢看他，只好听天由命。

然而，等到披头散发，跑得气喘吁吁的敲钟人将她放在避难室里，等她感到他粗大的手轻轻给她解开死死勒住双臂的绳索，她就感到猛然一震，清醒过来，如同黑夜航船触到岸边，旅客都惊醒一样。神志一恢复，心中的念头又一一浮现了。她发觉身在圣母院中，想起自己是被人从刽子手的掌中救出来的，弗比斯还活着，可是弗比斯不爱她了。这两个念头同时出现在可怜女犯的脑海中，后一念头极为惨苦，压倒了前一个念头，于是她转过身来，看着站在她跟前而令她畏惧的卡西莫多，问道："您为什么救我呢？"

卡西莫多焦急地注视她，好像要极力猜想她说的是什么。她又重问一遍。于是，他无限哀伤地瞥了她一眼，随即跑开了。

丢下她一人好不诧异。

过了一会儿，他回来了，把拿来的包裹扔到她脚下。这是几位行善女人给她的衣裳，放在教堂门口。姑娘低头看看，这才发现自己几乎赤身裸体，立刻满面羞红。人又复活了。

对这种羞耻心，卡西莫多似乎有所感，他用大手掌遮住眼睛，再次走开，但是这回脚步却很缓慢。

姑娘急忙穿上衣服。这是一身白色长袍和一副白色面纱，是主宫医院见习护士的服装。

她刚穿好衣裳，就瞧见卡西莫多又回来了，一只胳膊挎着一个篮子，另一只胳膊夹着一床褥子。篮子里装着一瓶水、一块面包和别种食物。他将篮子往地上一撂，说了一声："吃吧。"他再把褥子铺在石板地上，又说了一句："睡吧。"

敲钟人取来的是他自己的饭食、他自己的铺盖。

埃及姑娘抬头看他，要表示感谢，但又说不出来。这可怜的魔鬼实在太吓人了。她吓得一阵战栗，头又垂下了。

于是，卡西莫多对她说：“我样子很丑，对不对？您就一眼也别瞧我，只听我说话就行。—— 白天，您就待在这儿；晚上，整个教堂您可以随便走。不过，不管白天还是黑夜，都不要走出教堂。您出去就完了。他们会杀掉您，那我也不活了。”

姑娘听了很感动，抬起头要回话，却不见他的人影。又剩她一个人，她琢磨这个模样像鬼的人所讲的奇异的话，觉得他的声音虽然嘶哑，但语调却很温柔，心中不免暗暗惊奇。

接着，她又观察这间小屋。房间大约六尺见方，小窗户和一扇门对着微微倾斜的青石板房顶。好几条雨水槽上有兽类雕像，在四周伸长脖子，似乎从窗洞窥视她。她的视线沿着房顶边缘望过去，只见无数烟囱的顶端，此刻全城袅袅炊烟，尽收眼底。这个可怜的埃及姑娘，这个弃儿，这个被判死刑的女犯，这个没有祖国、没有家园的不幸女人，看到这种景象，心里多么悲伤啊。

她念及自身孤苦伶仃，正在伤心的时候，忽然感到一个长胡子的毛茸茸的头偎到她手中、她的膝盖上。她浑身一抖，低头一看，原来是可怜的小山羊。机灵的佳利，趁卡西莫多打散夏莫吕的押解队的工夫，也随着主人逃开了，现在亲热她的脚快一小时了，却未能博得惠顾一眼。埃及姑娘连连亲吻小山羊，说道：“嗯！佳利，我怎么把你给忘啦！你倒是总惦念着我！哦！你呀，可不是个忘恩负义的家伙！”

她这样说着，就仿佛有一只无形的手搬开重压，郁积心头已久的泪水得以倾泻，她失声痛哭了。眼泪滚滚流淌，而痛苦中最揪心、最苦涩的感觉，也随之流走了。

名师解读

卡西莫多不仅为爱斯梅拉达取来衣裳，还将自己的食物和床褥给了她，展现出他细心、体贴的一面，与他可怕的外貌形成鲜明的对比。

名师解读

这是爱斯梅拉达受到刑罚之后感受到的第一份善意，她被卡西莫多感动了。卡西莫多的人物形象逐渐丰满，两人的再次相遇成了整部小说的又一个小高潮。

阅读笔记

到了晚上，她觉得夜色极美，月光极为柔和，于是在教堂楼顶的回廊里漫步。居高临下眺望，大地显得很恬静，她的心情也稍感轻松了。

三 失 聪

场景描写

这里衬托出爱斯梅拉达的心情很轻快。

次日早晨醒来，她才发觉自己睡了一个好觉。这事真不寻常，她好生奇怪，已经失眠多长时间了。旭日的一束快活阳光，从窗洞射进来，照在她的脸上。她看见阳光的同时，还看见窗口有个吓人的东西，正是卡西莫多那张丑脸。她不由自主地又闭上眼睛，可是徒然，透过粉红色的眼睑，她总觉得仍旧看到那张鬼脸：独眼，又豁牙露齿。但她还是闭着眼睛，这时却听见一个粗嗓门十分温柔地说："别怕！我是您的朋友。我是来看您睡觉的。我来看您睡觉，也不妨害您，对不对？您闭着眼睛的时候，我在这儿，这对您又有什么妨害呢？现在我就走开。喏，我躲到墙后头去，您可以睁开眼睛了。"

侧面描写

看到爱斯梅拉达因为自己的丑相而害怕自己，卡西莫多感到很悲伤。

这几句话挺哀伤，而说话的声调更为哀伤。埃及姑娘受了感动，睁开眼睛一看，他确实已不在窗口了。她走到窗口，只见可怜的驼子蜷缩在墙角，一副痛苦而隐忍的神态。她极力克制由对方所引起的厌恶情绪，口气温和地说道："过来。"卡西莫多见她嘴唇翕动，还以为赶他走，于是站起来，一瘸一拐慢腾腾地走开，耷拉着脑袋，饱含极痛深悲的眼睛，甚至不敢抬起来望一望姑娘。埃及姑娘又叫了一声："过来呀！"可是，他越走越远了。姑娘只好冲出小屋，追上前去，抓住他的胳膊。卡西莫多感到她的手触摸，不禁浑身颤抖起来。他抬起哀求的目光，看出她是要把他拉回身边，脸上这才焕发出

神态描写

由最开始被姑娘厌恶时的悲伤到姑娘拉住他后的喜悦，卡西莫多的神情发生了很大的变化，姑娘的主动靠近让他很开心。

喜悦和柔情的神色。姑娘要他进屋，他却坚持待在门口。“不行，不行，”他说道，“猫头鹰不能进云雀的窝里。”

于是，姑娘落落大方地蜷坐在铺垫上，而小山羊则躺在她脚边，好一阵工夫，二人相对无言，彼此静静地端详，他的眼中是花容玉貌，而她眼中则是陋形鬼面。姑娘在卡西莫多身上，随时都能发现新的畸形，她的目光从那向外翻的膝盖移到那驼背，又从驼背移到那只独眼，简直不能理解，天下怎么能长出这样奇形怪状的人来。然而，这整个形貌又充溢着无限忧伤和温柔，她也就开始不介意了。

卡西莫多首先打破这种沉默：“您刚才是叫我回来吧？”

姑娘点点头，说了声：“是的。”

他明白了点头的意思。“唉！”他又说，但是吞吞吐吐，“跟您说……我是个聋子。”

“可怜的人！”吉卜赛姑娘叹道，脸上流露出善意和怜悯。

卡西莫多沉痛地微微一笑，说道：“您觉得只差这一点，我就占全了，对不对？不错，我还是个聋子。我生来就是这个样子。难看极了，不是吗？而您却这么漂亮！”

语言描写

这句话包含了卡西莫多的痛苦、无奈和自卑。

这声调表明，这个苦命的人对自身的不幸有深切的体悟，姑娘听了，一句话也说不出来，何况说了他也听不见。他又说下去：“我从来没有像现在这样觉出自己丑。我拿自己同您比较，就特别可怜自己，我真是个又可怜又不幸的怪物！说说看，您一定觉得我像个野兽。……看您，您是一束阳光、一滴朝露、一曲鸟儿的歌！……可是我呢，是一堆可怕的东西，不是人，也不是兽，说不出是什么，反正比路上一个石子更坚硬，更受人践踏，更不成形状！”

对比

这样鲜明的对比更加凸显出卡西莫多的不幸，让人更能体会到他的痛苦。

说着，他哈哈大笑，而这笑声比什么都更撕肝裂胆。他接着说道：“不错，我还是个聋子。不过，您可以用手势动作同我说话。我有个主人，他就是以这种方式同我交谈。再说，看您嘴唇的动作，看您的眼神，我就会很快明白您的愿望。”

“那好吧！”姑娘含笑说道，“告诉我，您为什么要救我吧。”

姑娘说话的时候，他就聚精会神地注视她。

“明白了，”他回答说，“您问我为什么要救您。您忘记了，一天夜里，有个坏蛋想劫持您，而第二天，您却蹬上他们那卑鄙的耻辱柱帮助那个坏蛋。一点点水、一点点怜悯，这个恩情，我一辈子也报答不完。您忘了那个坏蛋，可是他还记得。”

语言描写

卡西莫多虽然样貌丑陋，但内心是善良的，是一个懂得感恩的人。

姑娘听他讲，深受感动。敲钟人的眼中滚动着一大滴泪，但是没有淌下来。看来事关荣誉，他必须把泪水吞下去。

等到这滴泪不会滚落，他才放心，又说道：“听我说，我们这儿的钟楼很高，一个人若是掉下去，不等着地就没命了。您什么时候高兴要我跳下去，不用说话，使个眼色就行了。”

说罢他站起身，真是个怪人，吉卜赛姑娘尽管自己身遭极大的不幸，内心对他还是产生几分同情，因此示意叫他别走。

“不行，不行，”他说道，“我在这儿不应该待得太久。您是出于怜悯，才没有转过脸去。我找个待的地方，能看见您，又不叫您看见我。那样好些。”

铺垫

这只哨子是卡西莫多守护爱斯梅拉达的承诺，也为后文爱斯梅拉达会遇到危险做了铺垫。

他从衣兜里掏出一只金属哨子，说道：“拿着。您需要我的时候，想叫我来的时候，觉得见我不会太厌恶的时候，就吹这个哨子。哨子声我听得见。”

他把哨子放在地下，随即跑开了。

四 陶土瓶和水晶瓶

日子一天天过去。

爱斯梅拉达姑娘的心情又平静下来。极度痛苦和极度高兴，都同样是强烈的情绪，不能持久。人心不可能长期处于一种极端的情绪中。吉卜赛姑娘这次飞来横祸，大难不死，末了只感到诧异了。

有了安全感，希望也随之复萌。她离开了社会，离开了生活，但是隐约感到，也许还有可能返回去。她恍若已亡人，手中还掌握自己坟墓的钥匙。

那些长时间困扰她的魔影，她感到逐渐远离而去。所有那些魑魅魍魉，诸如彼埃拉·托特律、雅克·夏莫吕，包括那个鬼教士，都从她头脑里敛影匿形了。

再说，弗比斯还活着，这一点确切无疑，她亲眼见到了。弗比斯的生命便是一切。身遭一连串的磨难和震撼，她心灵中的一切都倾毁了，但她发现有一样东西仍然屹立着，那便是一种感情，是她对那军官的爱。是的，爱情犹如树木，能够自生自长，深深扎根于我们周身，在一颗心的废墟上还是枝繁叶茂。

这实在是难以理解的事情：这种爱越是盲目，就越是执着，到了自身毫无道理可言的时候，反而矢志不渝了。

自不待言，爱斯梅拉达姑娘一想到那军官，就不免心酸；想想也实在可怕，连他也误解了，相信这种不可能的事情，竟然以为能为他万死不辞的女子会刺杀他。但是归根结底，不应当过分责怪他：她本人不是也供认了“她的罪过”吗？她一个

阅读笔记

人物描写

爱斯梅拉达对弗比斯的爱已经成为一种执念。

人物描写

爱斯梅拉达还是忘不掉弗比斯，在圣母院疗伤的这段时间，她经常会想到他。爱斯梅拉达没有忘记弗比斯对她说的“我爱你”，但弗比斯这个花花公子早已忘记了自己许下的“海誓山盟”。

环境描写

圣母院庇护了爱斯梅拉达，也抚慰了她的心灵。

阅读笔记

弱女子，不是严刑逼迫而屈招了吗？这完全怪她自己。宁肯脚指甲全给拔掉，她也不应当松那个口。不过，只要能再见到弗比斯一面，哪怕见一分钟，能讲上一句话，看上一眼，就可以释疑，让他回心转意。这一点她是毫不怀疑的。还有许多怪事，她百思不得其解，就说临刑悔罪那天，那么巧弗比斯也在场，同他在一起的那个姑娘又是谁。那自然是他妹妹了。这种解释不近情理，但合她心意，因为，她需要相信弗比斯始终爱她，只爱她一人。他不是对她发过誓吗？她又天真又轻信，还要别的什么保证呢？况且，从表面看来，这件事与其说怪他，不如说怪她自己吗？因此，她还有所期待，有所指望。

还应指出，圣母院，这座宏伟的大教堂，既救了她，又将她千包万裹，保护起来，它本身就是天大的抚慰。这座建筑物形态庄严，姑娘周围的物品无不具有宗教神采，这巨石每个毛孔似乎都逸出虔诚而静穆的思致，凡此种种，都在不知不觉中对她起了作用。同样，这座建筑的音响，极为祥和又极为庄严，也安抚着这颗罹病的灵魂。举行法事的修士们单调的唱诗声，善男信女的应和，时而细微难辨，时而响若滚雷，彩绘玻璃窗震颤和鸣，管风琴好似上百只小号齐奏，而三座钟楼犹如几大窝蜂群，这个大型乐队音域宽广，从合奏到一座钟楼独鸣，音乐跌宕起伏，平复着她的记忆、想象和痛苦。尤其钟声，对她安抚的效果更为明显。这些巨型乐器仿佛向她发射滚滚的巨大磁波。

因此，每天旭日东升，她的心情都更为平静，呼吸更为舒畅，苍白的面颊也增添一点红润。内心的创伤逐渐愈合，她又容光焕发，娇艳如初了，只是较为深沉而平静一些。原先的性情也恢复了，如撇嘴的娇态、对小山羊的喜爱、唱歌的兴趣、少女的娇羞，甚至恢复了几分快活的情绪。每天早晨穿衣裳，她都注意躲到小屋的角落里，怕让附近阁楼的人从她这窗洞瞧见。

埃及姑娘在思念弗比斯之余，有时也想到卡西莫多。现在，她同世人，同活人的唯一纽带、唯一关系、唯一交往，就是卡西莫多了。可怜的姑娘，她甚至比卡西莫多还要与世隔绝！她一点也不了解这个不期而遇的古怪朋友。她常常责备自己，感激之情还不能达到视而不见其丑的程度，可怜的敲钟人长得太丑，她怎么也看不惯。

卡西莫多给她的哨子还丢在地上，尽管如此，头几天他还是不唤自来，不时露露面。当他送饭食篮和水罐来的时候，姑娘竭力掩饰厌恶的情绪，不扭过头去，但是稍有流露，他总能觉察出来，随即伤心地走开了。

有一次他来了，正巧看见埃及姑娘在爱抚小山羊，他面对小山羊和姑娘这可爱的一对，若有所思地站了片刻，最后摇了摇他那笨重的畸形脑袋，说道："我的不幸，在于还是太像人了。我真希望完全成为一头牲畜，就像这只小山羊。"

姑娘抬起头，惊奇地看了他一眼。

他针对这种目光答道："嗯！我非常清楚是什么原因。"说罢他就走开了。

另一次，他来到小屋的门口（他从不进去）。爱斯梅拉达正在唱一支西班牙的古老歌谣，词句她不懂，但是从小就听吉卜赛女人唱这支歌哄她睡觉，因此记得很熟。姑娘唱到半截，看见那张丑脸突然出现，脸上不由得流露出惊恐的神色，歌声也随即停止了。可怜的敲钟人跪倒在门口，那双畸形大手合十，痛苦地哀求道："噢！求求您，唱下去吧，不要赶我走。"姑娘不忍伤他的心，便浑身颤抖着继续唱歌。恐惧的情绪逐渐消除，她整个身心都沉醉在这支歌忧伤而悠长的曲调中。卡西莫多始终跪在那里，双手合十仿佛在祈祷，全神贯注，几乎停止了呼吸，眼睛盯着吉卜赛姑娘明

语言描写

从这段话中，我们能感受到卡西莫多的哀伤。他十分清楚自己无法得到爱的原因，这种无力感让他变得更加自卑。

亮的眸子，就好像听她眼睛唱歌。

神态描写

卡西莫多深爱这个善良的姑娘。眼神是骗不了人的，当他看着爱斯梅拉达的眼睛时，爱意就从周围的空气中散发了出来。

还有一次，卡西莫多来到她面前，神态又尴尬又胆怯，吃力地说道：“请听我说，我有话要对您讲。”姑娘示意她听着呢。然而，他却叹了口气，微微张开嘴唇，眼看要讲了，可是又看了看埃及姑娘，摇了摇头，用手捂住脑门，慢腾腾地走开了，弄得姑娘莫名其妙。

墙上有不少古怪狰狞的雕像，有一个他特别喜爱，似乎经常与之交换友爱的目光。有一回，埃及姑娘听他对那雕像说：“噢！我怎么不跟你一样，也是石雕的呢！”

石头没有情感，卡西莫多的话反映出他对爱斯梅拉达的爱，以及无法得到回应的哀伤。

有一天早晨，爱斯梅拉达终于走得远点，到了教堂屋顶的边缘，目光越过圣约翰圆教堂的尖顶俯视广场。卡西莫多就在她后面，他选中这个地方待着，就是要尽量避开姑娘的视线，免得惹人讨厌。吉卜赛姑娘浑身猛然一抖，眼里既漾出一滴泪水，又闪现一道欣喜的光芒。她跪在屋顶边缘，焦虑不安地朝广场伸出双臂，喊道：“弗比斯！来呀！来呀！看在老天的分上，听我说句话，只说一句话！弗比斯！弗比斯！”她的声音、她的神情、她的姿势、她的整个人，都表露了撕肝裂胆的痛苦，如同沉船落难的人，望见天边阳光里驶过一条轻快的船而发出的呼救。

卡西莫多探身俯视广场，发现她这样多情而惨切哀求的目标，是个青年男子，是一名骑卫队长，是一名英俊的骑手，只见他全身披挂，佩剑盔甲闪闪发光，骑马到广场那一边兜头急转，举起羽冠，向阳台上一位笑吟吟的小姐致敬。不过，那军官没有听到不幸姑娘的呼叫。他离得太远了。

这里的动作描写将卡西莫多内心压抑的痛苦表现得淋漓尽致。

然而，可怜的聋子却听见了，他从胸中发出一声长叹，转过身去，心中涨满他吞下的泪水，两只紧握的拳头猛捶自己脑袋，手抽回来一看，每只都揪下一绺棕发。

埃及姑娘根本没有注意到他。他咬牙切齿地咕哝道：“该死！人就应当长成这样子！只要外表漂亮就行啦！”

这工夫，姑娘仍然跪在那里，万分激动地招手呼唤：“嘿！他下马啦！……他要走进那座楼房！……弗比斯！……他听不见！……弗比斯！……那女人真坏，偏要和我同时跟他讲话！……弗比斯！弗比斯！”

聋子注视着她。他听不见声音，但是明白那比比画画的手势。可怜的敲钟人泪水盈眶，但绝不让泪水流下来。忽然，他轻轻地拉拉姑娘的衣袖。姑娘转过身。这时，卡西莫多情绪已经平静了，对她说道：“您想要我去把他叫来吗？”

语言描写

卡西莫多这句话让读者感到有些意外。他喜欢爱斯梅拉达，但他可以为了爱斯梅拉达去找弗比斯。为了她，卡西莫多可以做任何事情，这种真挚、深沉的感情无不让读者动容。

姑娘高兴得叫了一声：“啊！好啊！去吧！跑去！快点儿！叫那个队长！就是那个队长！把他给我叫来！我会喜欢你的！”

阅读笔记

说着，她搂住卡西莫多的双膝。卡西莫多沉痛地摇了摇头，声音微弱地说道：“我去把他给您叫来。”他扭头便走，大步下楼去，而啜泣哽窒在喉。

他赶到广场，已不见队长的人影，只有那匹骏马拴在功德月桂府门前。队长进屋去了。

他举目朝教堂屋顶望去。爱斯梅拉达仍在原地，仍是原来的姿势。他伤心地朝姑娘摇摇头，然后靠到功德月桂府门前一块角石上，决意等候队长出来。

这天是个喜庆日子，功德月桂府举行婚礼前宴会，招待宾客。卡西莫多看见许多人进去，却不见一个人出来。他不时地望望圣母院房顶。埃及姑娘同他一样静待不动。一名马夫出来，解下缰绳，将马牵到府内的马厩里。

一整天就这样过去了：卡西莫多倚着角石，爱斯梅拉达跪在房顶，而弗比斯当然跪在百合花的脚下。

状态描写

三个人有着不同的状态，这里的描写画面感十足，而且我们也能看出作者对弗比斯的鄙夷。

夜幕终于降临。这是一个没有月光的夜晚，一个漆黑的夜晚。卡西莫多极目凝望也是枉然，在暮色中，不久爱斯梅拉达就只剩下一个白点，继而一无所见，全部消失，一片漆黑了。

将近子夜一点钟，门廊下传出马蹄声，那名披挂华丽的军官披着夜行斗篷，从卡西莫多面前飞驰而过。

等他到街口拐了弯，敲钟人便追上去，那动作跟猴子一样敏捷，边追边喊："喂！队长！"

队长勒马停住。

"你这恶棍，要干什么？"他喝道，同时审视从黑暗中一瘸一拐跑来的丑八怪。

卡西莫多跑到跟前，大胆地抓住马缰绳，说道："请跟我走，队长，有个人要同您谈谈。"

"见鬼的角！"弗比斯咕哝道，"来了个拃挲毛的恶鸟，好像在哪儿见过……喂！伙计，你放开我这马缰绳好吗？"

"队长，"聋子回答，"您不问问我是谁吗？"

"我叫你放开我的马，"弗比斯不耐烦了，又喝道，"这个怪家伙，吊在我的战马上干什么？你要把我的马当成绞刑架吗？"

卡西莫多非但没有放开缰绳，还要拉马往回走。他不明白队长为什么拒绝，就赶紧说："来吧，队长，是个女人在等您。"他又勉强补充一句："是个爱您的女人。"

"少见的无赖！"队长说，"还以为我必须一个一个见那些爱我的女人，或者自称爱我的女人！……万一碰到一个像你这样，也是一副猫头鹰嘴脸呢？……回去告诉派你来的那个女人，就说我要结婚了，叫她见鬼去吧！"

语言描写

弗比斯的话暴露出他自私无情的丑恶嘴脸。

"请听我说，"卡西莫多嚷道，以为一句话就能打消他的顾虑，"走吧，老爷！是您认识的那个埃及姑娘！"

这句话对弗比斯确实产生了很大的效果，但是还不像聋子所期待的那样。想必读者还记得，那天这位风流军官同百合花回屋之后不大工夫，卡西莫多就从夏莫吕手中将女犯救走。后来，他每次到功德月桂府上做客，总是有意避免重提那个女人，况且她给他留下的记忆也是沉痛的；至于百合花，她则认为告诉他埃及姑娘还活着是不策略的。就这样，弗比斯以为“西米拉珥”已经死了，死了有一两个月了。再说，这阵工夫，队长也想到这样黑漆漆的夜晚，牵线的人又异常丑陋，说话的声音像从坟墓里发出来的，已经过了午夜时分，街上阒无一人，就像碰见幽灵的那天夜晚一样，就连他的马看着卡西莫多都打鼻响。

“埃及姑娘！”他差点儿吓掉了魂儿，嚷道，“怎么，你是从阴间来的吗？”

说着，他的手握住剑柄。

“快点儿，快点儿，”聋子要拉他的马，“走这边！”

弗比斯抬起大马靴，朝他胸口猛踹一脚。

卡西莫多眼露凶光，作势要扑向队长，但还是忍住了，对他说道：“嘿！有人爱您，您真幸运！”

他说“有人”二字加重了语气，随即放开了缰绳：“走您的吧！”

弗比斯一策马，骂骂咧咧地扬长而去。卡西莫多目送他隐没在街道的夜雾中。

“哼！”可怜的聋子咕哝道，“这样的美事竟然还拒绝！”

他回到圣母院，点亮灯，登上钟楼。果然不出所料，吉卜赛姑娘仍然待在原地。

远远望见他，姑娘就跑着迎上去。

“就你一个人！”姑娘嚷道，同时痛苦地合拢美丽的双手。

“我没能找到他。”卡西莫多冷冷地说。

“就该等一个通宵！”姑娘生气地又说道。

他看到姑娘恼怒的样子，明白是在责备他。

“下一次，我好好等他就是了。”他垂下脑袋说道。

“滚开！”姑娘对他说。

他走开了，显然姑娘对他不满意，但是他宁肯被她错怪，

阅读笔记

语言描写

这句话从卡西莫多口中说出来是多么辛酸，此时的他非常羡慕弗比斯。

叙述

爱斯梅拉达因为没能见到弗比斯而伤心，她把怨气撒到了卡西莫多身上，而面对责怪，卡西莫多全盘接受，只因为他爱这个姑娘，不忍她伤心。

名师解读

卡西莫多虽然不出现在爱斯梅拉达的面前，但仍然默默地守护着她，从作者叙述的这些细节中可以看出卡西莫多对她的爱。

也不愿意惹她伤心。全部痛苦，都由他一人忍受。

从这一天起，他再也不到小屋来了，埃及姑娘再也见不到他的面，仅仅有几回望见他在一座钟楼顶上，神态忧郁地注视着她。不过，那敲钟人一发觉被她看见，就立刻消失了。

我们应当指出，可怜的驼子主动回避，爱斯梅拉达并不怎么难过，在内心里还有几分感激。况且在这方面，卡西莫多并不抱有什么幻想。

爱斯梅拉达看不见他了，但是感到身边总有个护卫天使。在她睡觉的时候，有一只无形的手给她更换食物。一天早晨，她发现窗口放了一只鸟笼子。小屋上方有个雕像怪吓人的，她曾多次在卡西莫多面前表露这一点。一天早晨（须知这类事情总是在夜晚发生的），她发现那雕像不见了，是被敲掉了。一直攀登到雕像那里，无疑是冒着生命危险的。

夜晚有几回，她听见有人躲在钟楼披檐下面唱歌，唱一支忧伤而古怪的歌曲，仿佛是在为她催眠。歌词没有韵律，好像是聋子随口编出来的。

一天早晨醒来，她看见窗台上放了两瓶花。一个是水晶瓶，非常好看，晶莹耀眼，然而满是裂纹，满满的水全漏掉了，里面插的鲜花也已枯萎。另一个是陶土瓶，又粗糙又平常，但是灌的水全存住了，插的花仍然那么鲜艳。

不知道有意还是无意，爱斯梅拉达拿起那束枯萎的花，一整天都抱在胸前。

那一天，她没有听到钟楼上的歌声。

但是，她并不怎么介意。她打发日子，就是同小山羊亲热，窥视功德月桂府大门，低声念叨弗比斯，撕面包渣儿喂燕子。

再说，她根本见不到卡西莫多的面，也听不见他的声音了。可怜的敲钟人仿佛从教堂里消失了。然而一天夜晚，她没有睡觉，还在思念她那英俊的队长，忽然听见小屋门口有人叹息，她吓得要命，赶紧起来瞧瞧，借着月光，只见门外横卧着不成形状的一堆。那是卡西莫多睡在石地上。

阅读笔记

五　红门钥匙

这期间，埃及姑娘如何奇迹般被人救走，市民议论纷纷，主教代理也有所闻了。

得知这一消息之后，他就躲进修院的密室里，闭门不出，拒不见任何人，连主教也不例外，就这样一连几周与世隔绝。别人以为他病倒了。他确实患了病。

关在密室里干什么呢？他这个不幸者在同什么念头搏斗呢？是同他那可怕的情欲进行最后一搏吗，还是制订害死她并毁掉自己的最终方案呢？

作者提出一系列的问题，是为了设置悬念，引起读者的好奇，使故事情节更为曲折。

他的脸贴在窗户玻璃上，一整天一整天地待着。窗户正对着修院，他能望见爱斯梅拉达的小屋，看见她经常和小山羊相伴，有时还同卡西莫多在一起。他注意到那个丑陋的聋子对埃及姑娘关怀备至，态度又殷勤又顺从。他的记性很好，而记忆又专门折磨嫉妒者；他记得一天傍晚，敲钟人注视那跳舞的姑娘时，眼神非常奇特。他不免思忖，卡西莫多救她究竟出于什么动机。吉卜赛姑娘和那聋子接触的许多小小的场景，他远远地观赏，并带着强烈的情欲加以评断，就觉得那哑剧充满脉脉温情。于是，他隐约感到心中萌生了嫉妒的情绪，不禁脸红，又羞愧又恼恨，这是万万没有想到的：嫉妒那个队长倒还

罢了，居然为这个家伙！——转念至此；他真是心乱如麻。

一天夜里，他手擎着灯冲出房间，几乎衣不蔽体，两眼冒火，一副丧魂落魄的样子。

他知道修院通教堂那道红门的钥匙在哪儿，而且我们也知道，他总是随身带着钟楼楼梯的钥匙。

六　红门钥匙续篇

这天夜里，爱斯梅拉达在小屋里睡觉，她完全忘记了忧痛，心里充满希望和甜蜜的思念，已经睡了好一会儿，并像往常一样梦见弗比斯，忽然听见周围好像有动静。她跟鸟儿一样，睡眠一向轻微而警觉，稍有响动就会醒来。她睁开眼睛。夜色漆黑，但她还是瞧见窗口有一张面孔在窥视她，因有灯光照出那张脸。那人影发现爱斯梅拉达有所觉察，便一口气把灯吹灭了。然而，姑娘还是认出他来，吓得赶紧闭上眼睛，咕哝道："噢！又是那个教士！"声音极其微弱。

她的不幸遭遇像闪电一般又全部浮现了。她浑身僵冷，颓然倒在床垫上。

过了一会儿，她感到有什么东西接触她的全身，不禁猛一惊抖，便完全清醒了，愤怒地翻身坐起来。

原来那教士溜到她身边，正在搂抱她。

她想喊又喊不出声来。

"滚开，魔鬼！滚开，杀人凶手！"她极度气愤和恐惧，喊声又低又颤抖。

"行行好！行行好！"教士咕哝着，连连吻她的肩膀。

她一把揪住那秃头上残余的头发，奋力推开他，仿佛他的吻跟蛇咬的一般。

“行行好吧！”不幸的家伙反复说，“你哪里知道，我爱你到了什么程度！这是火焰，是熔化的铅，是剜我心的千把尖刀啊！”

他以超人的力量抓住她的胳膊。姑娘气愤难忍，冲他喊道：“放开我，要不我就啐你的脸啦！”

教士放开手，说道：“你就侮辱我吧，打我吧，对我发狠吧！随你怎么干都行！可是行行好，爱我吧！”

于是，姑娘像大发脾气的孩子，狠狠地捶他，美丽的双手用力去抓他的脸，连声喊道：“滚开，恶魔！”

“爱我吧！爱我吧！行行好！”可怜的教士喊道，同时滚倒在她身上，以爱抚亲吻回敬她一下下的捶打。

埃及姑娘在地上挣扎，乱滚乱爬，手忽然触到一个冰凉的金属东西，正是卡西莫多留给她的口哨，她在扭动中怀着希望抓住哨子，送到嘴边，使尽剩余的气力吹响，发出清亮尖厉的声音。

“怎么回事？”教士问道。

几乎在同时，他感到一只有力的胳膊将他拎起来：小屋很黑，看不清是谁抓住了他，但能听到愤怒咬牙的声响，不过黑暗中还有点零散的微光，他得以看见头上有一把宽刃刀闪闪发亮。

看那身形，教士觉得像卡西莫多，而且猜想只可能是他。他想起刚才进屋时，被一个横放在门口的包裹绊倒了。然而，新闯进来的人一言不发，他也就无从判断了。于是，他扑向举刀的胳膊，喊了一声：“卡西莫多！”情急之间，他竟然忘了卡西莫多是个聋子。

眨眼工夫，教士就被掼到地上，感到一只沉重的膝盖顶住他的胸口，从这膝盖棱角的触感，他认出了卡西莫多。可是怎么办呢？有什么办法让卡西莫多也认出他来呢？黑夜里，聋子

动作描写

这里的动作描写十分精彩，从作者的描述中，我们能感受到爱斯梅拉达在全力抵抗弗罗洛。

心理描写

卡西莫多之前给爱斯梅拉达的哨子起了作用，而他也信守了承诺，在第一时间冲出来保护爱斯梅拉达。

又变成了瞎子。

这回他完蛋了。吉卜赛姑娘像发怒的母老虎，绝不会发善心向前救他。眼看那把刀要朝他的头砍下来，情况万分危急。忽然，他的对手似乎犹豫了，瓮声瓮气地说："血不要溅到她身上！"

场景描写

节奏较快的打斗场面因为卡西莫多的一句话而慢了下来，这让故事情节更加跌宕起伏。

果然是卡西莫多的声音。

这时，教士感到那大手抓住他的脚，将他拖到门外，要他死在外面。这时，月亮刚升起不多一会儿，真算他侥幸。

他们一出房门，淡淡的月光便落到教士的脸上。卡西莫多面对面一瞧，浑身立刻抖起来，放开教士，连连后退。

吉卜赛姑娘也来到门口，她十分惊讶，发现二人突然交换了角色。现在是教士气势汹汹，卡西莫多哀告求饶了。

叙述

角色转换、情节跌宕，吸引着读者的注意力。

教士火冒三丈，又挥拳又顿足，大肆责骂聋子，粗暴地挥手叫他滚开。

聋子垂下头，然后走过去，跪到吉卜赛姑娘的门口。

"大人，"他说道，声音既严肃又隐忍，"您要怎么干都行，不过先得把我杀掉。"

语言描写

卡西莫多严肃地恳请养父弗罗洛先杀掉自己，这其实是对爱斯梅拉达的一种保护，也是他第一次为了保护自己心爱的人违背养父的命令。

说着，他双手捧刀要给教士。教士气冲冲地扑上去，不料姑娘更加眼疾手快，一把从卡西莫多手里夺过刀，哈哈狂笑，对教士说道："过来呀！"

她高高举起那把利刃。教士心里犯合计，要贸然过去，她准会一刀砍下来。

"你不敢过来了吧，胆小鬼！"她对教士喊道，接着又冷酷无情地补充一句，"哼！我知道弗比斯没有死！"深知她这样讲，就等于用上千根烧红的铁钎穿透教士的心。

教士一脚踢翻卡西莫多，气急败坏地冲进拱顶之下的楼道里。

等他走后，卡西莫多拾起救了埃及姑娘的哨子，递给她并说道："已经生锈了。"随即离她而去。

姑娘遭此强暴，惊魂难定，倒在床上精疲力竭，不禁失声痛哭。她的前景又变得凶险了。

至于教士，他摸黑回到了自己的房间。

全完了。堂·克洛德嫉妒起卡西莫多来。

他若有所思，反复念叨这句发狠的话："谁也别想得到她！"

阅读笔记

精简点评

弗罗洛经历过拒绝之后，再一次找到爱斯梅拉达来发泄自己的情欲。爱斯梅拉达奋力反抗，在挣扎过程中吹响了卡西莫多给她防身的哨子，卡西莫多第一时间冲过来保护了她，甚至愿意为之付出自己的生命。本节激烈的情节冲突将故事推向了一个高潮，我们为卡西莫多的默默守候而感动，也为弗罗洛的无耻行为感到气愤。

佳词美句

颓然　瓮声瓮气　侥幸　气势汹汹

火冒三丈　眼疾手快　贸然　精疲力竭

她跟鸟儿一样，睡眠一向轻微而警觉，稍有响动就会醒来。

阅读思考

1. 你认为卡西莫多会一直誓死保护爱斯梅拉达吗？
2. 通过弗罗洛的最后一句话，你觉得之后他会做什么？

第九卷

一　快乐万岁

名师解读

本节开头就为读者营造了一种紧张的气氛。奇迹宫充斥着怪异的气氛，大家磨着刀，让读者好奇接下来会发生什么。

且说一天夜晚，巴黎大小钟楼都敲响了宵禁的钟声，在这一时分，城防巡逻队若是走进那可怕的奇迹宫，就会发现丐帮酒馆比往常更加喧闹，酒喝得更凶，咒骂也更加新颖。外面空场上，成帮结伙聚了许多人，都在低声交谈，仿佛在策划重大的行动，各处都有怪家伙蹲在铺石地上，铮铮磨着凶刃。

不过，在酒馆里，大家又喝酒又赌牌，大大分散了注意力，将今晚的主要打算置于脑后。

名师解读

这里的环境描写非常生动，且充满画面感，营造出了暴乱前压抑的气氛。

这间大厅呈圆形，非常宽敞，可是桌子摆得很挤，喝酒的人又多，好似胡乱堆在这酒馆里。桌子上点着几支蜡烛，然而，酒馆里的真正照明的还是炉火。这座壁炉特别大，炉台有雕刻图案，上面放着沉重的铁柴架和几件炊具，炉膛里烧着木柴和泥炭，火势熊熊；如果是夜晚在乡村的街道上，这种炉火映在对面的墙壁上，通红通红的，就像炼铁炉口的魔影。一条大狗庄严地蹲坐在炉灰里，正翻动着炭火上的一根烤肉叉。

这场面虽然混乱不堪，但是多看上两眼，就能从人群中分辨出三个主要团伙，每伙围着一个中心人物，都是读者熟识的。其中一位，衣着古里古怪，全身镶满东方色彩的假金箔，他就是埃及和波希米亚大公马提亚斯·韩加迪·斯皮卡利。

另一圈人的中心，正是我们的老友，武装到牙齿的金钱大王克洛班·特鲁伊傅。他神态庄严，低声发号施令，正指挥抢夺武器。

第三堆人数最多，吵闹得最凶，气氛也最活跃，桌子凳子上都挤满了，圈子中间有个人全身披挂重甲，扯着尖嗓门连演说带咒骂。此公披挂得严严实实，从头盔到马刺，一样不落，腰带上插满短刀和匕首，右侧佩带一把长剑，左侧挂着一张生了锈的弓箭，整个儿人几乎全遮护起来，只露出一只厚颜无耻向上翘的红鼻子、一绺金黄发卷、鲜红的嘴唇和无所畏惧的眼睛。他面前放着大酒壶，右边自然少不了那个袒胸露怀的肥胖粉头。他周围的一张张嘴无不在欢笑，在咒骂，在喝酒。

此外，三五成堆的还有二十来伙；还有男女侍者，头顶着酒罐来回奔走；还有蹲着赌博的人：打弹子的，下三子棋的，掷骰子的，玩抢帽徽游戏的，以及热闹的投圈比赛；这边墙角有人争吵，那边墙角有人亲吻，整个场面笼罩着通红的火光，四面墙壁上舞动着无数巨大的怪影。这一切都看在眼里，对这酒馆就会有个总体的印象。

至于喧闹声，那就是仿佛置身于一口正在狂敲的大钟里。

烤肉流出的油滴，像雨点一般落到承接盘里，那持续不断的噼啪声，填满了大厅里相互交叉和呼应的无数谈话的空隙。

在酒馆里端，有一位哲学家坐在壁炉后侧的凳子上，双脚插在炉灰里，眼睛盯着炉火，在一片喧嚣声中沉思默想，他就是彼埃尔·甘果瓦。

“喂，快点儿！抓紧，都拿起武器！过一个钟头就要进军啦！”克洛班·特鲁伊傅对他的黑帮分子说。

那个满身披挂、怪模怪样的青年叫嚷起来，声音压过了

外貌描写

作者对这个人进行了外貌描写，但没有直接揭露他的身份，这样的写法可以引起读者的阅读兴趣。

场景描写

读到这里，读者对大厅的情况有了整体的了解，无论是厅内的光影还是人们的举动，都营造着暴乱前的气氛，作者的描写恰到好处。

阅读笔记

名师解读

约翰的话揭开了谜底，原来大家武装是为了救爱斯梅拉达。

阅读笔记

伏笔

甘果瓦说的这段晦涩难懂的话为后文埋下了伏笔。

全场的喧闹："真棒呀！棒极啦！今天是我头一次武装！乞丐！基督的肚子，我成了乞丐啦！给我倒酒喝！……朋友们，我叫磨坊约翰·弗罗洛，是个绅士。照我看，上帝即使是警察，也会当强盗的。弟兄们，我们就要耀武扬威地出征啦！我们个个是勇士。去围攻大教堂，打破一道道门，抢出美丽的姑娘，保护她免遭法官的毒手，教士的毒手，捣毁修院，把主教烧死在主教府中，这些事，我们马到成功，比一个镇长喝一勺汤还痛快。我们的事业是正义的，我们要把圣母院洗劫一空，那就大功告成啦！"

"可怜的爱斯梅拉达！"一名吉卜赛人叹道，"她是我们的妹子。一定要把她救出来。"

这阵工夫，克洛班·特鲁伊傅已经分发完武器，他见甘果瓦两脚搭在柴架上，一副沉思的样子，便走到他身边。

"彼埃尔朋友，"金钱王问道，"你在想什么鬼事儿呢？"

甘果瓦转过身，忧郁地对他微微一笑："我喜爱火，亲爱的大人，这倒不是火能暖脚，能烧汤，这些原因微不足道，而是因为能爆出火花。有时，我一连几个钟头观察火花，在缀满黑洞洞炉膛的火星中，发现成千上万的事物。每个火星就是一个世界。"

"雷劈了我，也不懂你说的什么！"丐帮帮主说，"你知道现在是什么时辰啦？"

"不知道。"甘果瓦回答。

于是，克洛班又走到埃及公爵面前，说道："马提亚斯伙计，这时辰可不好。听说国王路易十一在巴黎。"

"那更得动手，把我们妹子从他的魔爪下救出来。"老吉卜赛人回答。

"你这话有大丈夫气魄，马提亚斯，"金钱王说道，"当然，我们行动要迅速。等明天，司法院派人去抓她，准要扑个空！

教皇的肠子！我绝不允许把那美丽的姑娘吊死！”

说罢，克洛班就走出酒馆。

过了一会儿，他从外面回来，以雷鸣般的声音喊道：“半夜十二点！”

这一喊声，如同向停歇的部队发出“上马”的号令，丐帮男女老少，都蜂拥冲出酒馆，兵刃铁器相撞发出一片喧响。

月亮已经隐没。

奇迹宫也完全笼罩在黑暗中，没有一点灯火，但是绝非空无一人，还能隐约看出一大群男男女女，各种武器在幽暗中闪闪发亮，能听见他们窃窃私语的嗡嗡声响。克洛班登上一块大石头，喊道：“集合，丐帮！集合，埃及部落！集合，伽利略！”

名师解读

奇迹宫的乞丐们都希望能拯救处于水深火热中的爱斯梅拉达，他们已经在黑夜中整装待发。这里的环境描写交代了行动时间，在漆黑之中，我们仿佛看到了一支训练有素的队伍。

昏黑中一阵骚动，大批人马渐渐排成纵队。过了几分钟，金钱王又朗声喊道：“现在，要悄悄穿过巴黎街道！口令是‘火焰剑闲逛！’到达圣母院才能点亮火把！出发！”

黑压压的队列像一条长龙，静静地穿越菜市场大区纵横交错而又曲折的街巷，十分钟之后，便逼近货币兑换所桥，吓得巡逻骑队仓皇逃窜。

比喻

作者运用了比喻的修辞手法，把队伍比喻成长龙，生动形象地写出了队伍磅礴的气势，我们也能看出乞丐们想要拯救爱斯梅拉达的坚定信念。

二　坏事的朋友

这天夜晚，卡西莫多没有睡觉。他最后巡察一遍整个教堂，在关门的时候，没有注意主教代理擦肩而过。堂·克洛德看见卡西莫多仔细关上两扇大铁门，插闩上锁，坚如壁垒，不禁流露出恼怒的神色，此刻他忧心忡忡的样子更甚于往常。自从夜闯爱斯梅拉达卧室而触了霉头之后，他就不断虐待卡西

名师解读

和收养卡西莫多时的那份初心不同，现在的弗罗洛百般虐待卡西莫多，而卡西莫多仍一如既往地顺从弗罗洛，只有在牵扯到爱斯梅拉达的时候，卡西莫多才有所不同，尽心地守护着爱斯梅拉达，于是弗罗洛也就不再靠近她了。

莫多，不但训斥，有时甚至拳打脚踢；然而，敲钟人的忠心始终不动摇，总是隐忍无语，逆来顺受，任凭主教代理怎样打骂、怎样威胁，他都没有一句烦言，不发一声怨气。只不过在堂·克洛德上钟楼时，他才惴惴不安地拿眼睛紧盯着，而主教代理倒也知趣，不再去惊扰埃及姑娘。

且说这天夜晚，卡西莫多瞧了一眼雅克琳、玛丽、蒂博等遭他遗弃的可怜的钟，就一直登上北面钟楼的房顶。将可以遮光的风灯放在铅皮屋檐上，开始眺望巴黎。卡西莫多望见只有远处一扇窗口发出亮光：那座建筑坐落在圣安托万门方向，模糊的暗影矗立在民宅房顶之上。那里也有人彻夜不眠[①]。

敲钟人那只独眼的目光，在夜雾迷蒙的天边浮荡，而内心有一种说不出的不安。他想象老百姓也跟恨他一样恨那姑娘，可能很快就要出事。因此，他在钟楼顶上守望，如同拉伯雷所说："在梦中梦想"，那独眼时而望望姑娘的小屋，时而望望巴黎的街道，像一条好狗牢牢地守门，高度警惕。

作者的描写十分生动，能让读者想象到那种暗流涌动的画面，感受到紧张的气氛。

卡西莫多那只独眼得天独厚，目力极其敏锐，几乎可以弥补他所缺少的其他各器官的功能。他正仔细查看全城的时候，忽然觉得老皮货坊那边堤岸的暗影中有异常情况，那地方好像有动静，岸边栏杆映在白色水面上黑影的线条，不像别处那么平直而静止，看似在波动，如同河流的细浪，又像一大群人行走而攒动的脑袋。

卡西莫多很是奇怪，便加倍注意，他发现那片模糊的东西似乎朝老城方向运动，可是一点亮光也没有，只见在那码头边持续片刻，接着好像移入城岛，渐渐消失乃至完全停止，那段堤岸水影的线条也恢复了平直，静止不动了。

卡西莫多正百思不得其解的时候，忽又发现那运动的东

---

① 即巴士底城堡。

西，在圣母院对面朝城岛延伸的前庭街重新出现。尽管夜色很浓，他终于看见前队从那条街出来，不一会儿就在广场上扩散开了，黑暗中难以辨清，只能猜出是一大片人群。

这种景象确实可怖。奇异的队列趁着沉沉夜色极力隐蔽，同样也极力保持肃静，不过还是多少有点响动，便是嚓嚓的脚步声。然而，这点响声还未传到聋子卡西莫多的耳畔就消失了。这么一大片，近在咫尺，但见蠕动行走，却看不清什么东西，又听不见一点声音，给他的印象就仿佛一大群死人，隐没在烟雾里，既悄然无声，又不可触摸，又像朝他逼近的人影憧憧的一片迷雾，幽冥中不断蠕动的一片鬼影。

场面描写 作者在这里营造了压抑、恐怖的气氛，引发了读者无限的想象，让我们的脑海中出现了卡西莫多亲眼所见的场景。

于是，他心中又萌生种种忧虑，头脑里又浮现有人企图危害埃及姑娘的念头。他隐约感到就要面临凶险的境况，在这危急时刻，他独自计议，谁也想不到他这样先天残疾的头脑，思考竟如此周全而敏捷。要不要叫醒埃及姑娘？叫她逃离吗？从哪儿逃出去呢？街道全给围得水泄不通，教堂后背靠河流。没有船！无路可逃！……唯一的办法就是，宁死守住圣母院大门，至少抵抗到救兵驰援，如果有救兵的话，但是不能惊扰爱斯梅拉达的睡梦。如果难免一死，什么时候叫醒不幸的姑娘都不晚。既已下此决心，他就镇定地观察“敌情”了。

名师解读 面对险境，卡西莫多想方设法地保护爱斯梅拉达。在这种时刻，头脑残疾的卡西莫多竟变得思虑周全、敏捷起来，这样的改变都是源于爱，源于对爱斯梅拉达深沉的爱。

前庭广场上的人群似乎越聚越多。不过，卡西莫多能够推断出，他们发出的声响极小。忽见一点闪亮，转瞬间，七八支火把点燃，开始在人群头上游动。卡西莫多这才看清楚广场上十分可怕，男男女女黑压压一片，全都破衣烂衫，手执长镰、矛戈、大刀、铁槊，数不清的兵器尖头闪闪发亮，到处竖起黑叉。他又模糊地想起那帮人，认出那一张张嘴脸，几个月前正是他们拥戴他为丑大王。有个人一手举着火把，另一只手拿着个短家伙，登上一块界石。与此同时，这支奇特的军队

改变队形，仿佛在教堂周围布置兵力。卡西莫多拎起风灯，下楼走到两座钟楼之间的平台上，以便就近观察，并考虑防卫的办法。

克洛班·特鲁伊傅到达圣母院高大的正门前，的确号令他的部队排成战斗队形。尽管预料不会遇到任何抵抗，这位谨慎的统帅还是要求队伍保持阵容，必要时可以对付巡逻骑队或巡防队的突然袭击。这样，他的队伍所排成的阵势，从高处和远处看，就像埃克诺马战役[①]中的罗马军队三角阵，亚历山大的猪头阵，或者古斯塔夫斯——阿道尔甫斯[②]著名的楔形阵。三角形底边紧靠着广场的底边，正好堵住前庭街，一条边对着主宫医院，另一条边则对着公牛圣彼得教堂街。克洛班·特鲁伊傅位于三角的尖端，左右簇拥着埃及大公、我们的朋友约翰，以及丐帮的勇士们。

阅读笔记

类似丐帮企图攻打圣母院，在中世纪的城市并不罕见。

我们应当赞扬丐帮的纪律，他们悄然无声而又极其准确地执行克洛班的号令；头一个阵势布置完毕，这位卓越的帮主便登上前庭广场的栏杆上，面对着圣母院挥舞火把，弄得火焰在风中闪忽不定，时而为自己的浓烟所笼罩，教堂淡红色的正面也时隐时现，他又提高那嘶哑的粗嗓门，喊道："你听着，路易·德·博蒙，巴黎主教，司法院咨议官，我克洛班·特鲁伊傅，金钱王，丐帮主，黑帮龙头，狂人主教，我要告诉你，我们的妹子被加上妖术罪名错误地判决了，她逃进你的教堂；你应

侧面描写

这里作者揭露出当时社会的混乱。

① 埃克诺马是西西里岛北部山峰。公元前 3 世纪至前 2 世纪，罗马和迦太基发生战争，亦称布匿战争。前后 3 次战争历时一个世纪。埃克诺马战役是第一次战争的重大战役。

② 即古斯塔夫斯二世（1594—1632），瑞典国王（1611—1632 年在位）。

当准许避难，并给予保护。然而，司法院还要把她抓回去，你竟然同意了，如果没有上帝和丐帮在这里，明天就要在河滩广场把她绞死！因此，我们来找你，主教。如果说你的教堂是神圣的，那么我们的妹子也是神圣的；如果说我们的妹子不神圣，那么你的教堂也不神圣。因此，我们勒令你把那姑娘交还给我们，如果你想保全教堂的话；要不然，我们就要把她抢出来，还要洗劫你的教堂。那就更好了。我在这里竖起战旗，特此宣战，但愿上帝保佑你，巴黎主教！”

他神态庄重，显得既阴沉又狂野，发表了这通演说，只可惜卡西莫多一句也听不见，一名乞丐呈上战旗，克洛班接过来，庄严地插进铺石路的石缝中。战旗就是一把叉子，齿儿上血淋淋地挂着一大块肉。

竖起战旗之后，金钱王转过身，扫视他的人马：这群凶猛的人，眼睛闪闪发光，不亚于长矛枪头；他沉默片刻，又喊道：“冲啊，孩子们！撬锁高手，干起来吧！”

三十来个人应声出列，他们肩扛大锤、铁钳和撬杠，都是一副锁匠的长相。他们冲向教堂的正中大门，转瞬间到尖拱门道里，只见他们立刻蹲下来：用铁钳和撬杠砸门。一群乞丐也跟了上去，有的帮忙，有的围观，十一级台阶都站满了。

然而，大门坚不可摧。一个人嚷道：“见鬼！这么坚硬，这么牢固！”另一个人说：“这大门老了，骨头也更硬了。”

“加油啊，伙计们！”克洛班叫道，“我敢用我的头赌一只拖鞋，等你们撬开大门，夺回姑娘，席卷主祭坛，教堂一个执事也不会惊醒。瞧啊！我看大锁开始松动了。”

话说了半截，忽听身后一声巨响，他猛地转身，只见一根粗大的梁木自天而降，刚刚落在台阶上，一下子砸扁十来个弟兄，又裹着隆隆的声响弹跳下去，滚进人群，撞断一些乞丐的腿。他们惶恐地惊叫着，四下逃散，眨眼工夫，前庭

名师解读

克洛班宣战时的气势十足，他表明了救助爱斯梅拉达的坚定信念，而且从他的话中可以了解到，这次攻打圣母院也是他们对王权的反抗。

名师解读

不幸的是，卡西莫多因耳聋听不到克洛班的宣战，也不会知道他们其实是来救爱斯梅拉达的，这样的情节充满戏剧性，也为后面卡西莫多与他们战斗、奋力将他们阻在了圣母院门外做铺垫。

语言描写

克洛班鼓舞着队伍的士气。

一根粗大梁木从天而降，大家受到了惊吓，纷纷逃窜。这根梁木为什么会突然出现呢？是谁在背后做了手脚呢？带着问题，我们继续往下阅读。

禁垣里的人全跑光了。那些撬锁惯家虽有深深的门道保护，也都丢下大门，纷纷后撤。就连克洛班本人也敬而远之，避开教堂一段距离。

这根巨梁掉在群盗之间，所引起的惊异与惶恐是难以描述的。他们目瞪口呆，久久仰望着天空，畏惧这段木头甚于羽林军两万弓箭手。

“撒旦！”埃及公爵咕哝道，“看样子有妖法呀！”

“是月亮把这段劈柴扔到我们头上的。”红头发安德里说。

“这么说，月亮是圣母的朋友啰！”弗朗索也来了一句。

“一千个教皇！”克洛班嚷道，“你们全是大笨蛋！”可是，他本人也解释不了为什么掉下一根大梁来。

由于火把光亮照不到圣母院楼上，就看不清那里有什么情况。沉重的粗梁木横卧在广场中央，只听最先受伤的几个可怜家伙还在惨叫，他们磕在石阶棱角上，给开膛破肚了。

金钱王惊魂稍定，终于找到一种解释，伙伴们听了也觉得有道理，他说：“天杀的！难道教士们要顽抗？那就把他们塞进麻袋里！塞进麻袋里！”

“塞进麻袋里！”众人跟着怒吼道。于是对准教堂门脸，弓弩、火铳齐发。

这一阵轰鸣惊醒了附近住户安歇的居民。“朝窗口射击！”克洛班喊道。那些窗户立时关闭了，可怜的市民惊恐的目光，朝那火光和混乱的场面刚刚瞥一下，就吓出一身冷汗，赶紧回到妻子身边，心想群魔会是不是移到圣母院前庭广场来举行了，或者是不是勃艮第人又打来了，像一四四六年那样。于是，做丈夫的想到要遭抢掠，做妻子的想到要遭奸污，大家都心惊肉跳。

名师解读

市民们下意识地躲避危险，说明类似的事情已经发生过不止一次，这里也侧面反映出社会的动荡给当地民众带来的恐慌。

“塞进麻袋里！”黑帮分子叫嚷。然而光叫喊不敢靠近。他们注视教堂。梁木一动不动，建筑物依然那么平静，阒无一人，但是总有点什么东西令乞丐们胆战心寒。

“动手吧！”特鲁伊傅喊道，“一定要攻破大门！”

谁也不肯向前迈一步。

“胡子和肚子！”特鲁伊傅说道，“你们连一根椽木都怕！”

一个老锁匠对他说：“统帅，我们犯愁的不是椽子，而是大门，全用铁条焊起来的，钳子根本啃不动。”

“那得用什么来攻破呢？”特鲁伊傅问道。

“要用攻城锤。”

金钱王勇敢地跑到粗大的梁木前，一脚踏上去，喊道：“这就是一根啊！是教士们送给你们的。”他冲着教堂滑稽地鞠了一躬，又说了一句，“谢谢你们，教士！”

这一勇敢举动效果极佳，袪除了梁木的魔力。丐帮重又精神振奋。顷刻之间，两百条健壮的手臂将沉重的大梁托起，迅猛地冲向大门。一群人抬着长长的梁木，奔跑着冲向教堂，这情景望上去，就像一只千足虫巨怪低头猛攻那石头巨人。

五成金属的大门受到梁木的冲击，像巨大的鼓发出咚咚的声响，却没有破裂，但是整个教堂都撼动了，只听建筑内部幽深的地穴鸣响回荡。与此同时，一阵大石头块像雨点一般，从教堂正面楼上朝进攻者的头砸下来。

“见鬼！”约翰嚷道，“钟楼摇晃得这么厉害，连石栏杆都倒下来砸在我们头上啦？”

不过，金钱王身先士卒，大家都同仇敌忾，肯定是主教在顽抗，因此谁也不顾石如雨下，左右都有人脑袋开花，还是更加勇猛地撞击大门。

值得注意的是，石头虽说是一块一块落下来，却又持续不断，黑帮汉子总是感觉会同时挨两下：一下砸在腿上，一下砸在脑袋上。幸免的人极少，地上已经死伤一片，伤者流着血，

阅读笔记

语言描写

这里克洛班展示了自己的机智勇敢，他急中生智，用诙谐的方式缓解了紧张的气氛，鼓舞了士气。

场景描写

尽管钟楼上面一直有石头砸下，尽管已经死伤很多人，勇猛的乞丐们仍然在全力攻破圣母院大门。不过这只是战斗的开始，后面还有更危险的情况等待着他们。

在进攻者的践踏下气息奄奄。黑帮汉子们都气冲牛斗，他们前仆后继；长长的梁木继续撞击大门，像钟舌撞击大钟一样有节奏；石块如雨落，大门似雷鸣。

自不待言，这激怒丐帮的抵抗，正是来自卡西莫多。

不幸的是，偶然的时机帮了勇敢聋子的大忙。

他跑下楼，来到钟楼之间的平台上时，他发疯似的又沿着楼廊来回狂奔了一阵，居高窥视，看到密密麻麻的乞丐准备冲击教堂，只好祈求神鬼来救埃及姑娘。他一度想登上南钟楼，敲响警钟，可是转念又一想，还不等大钟玛丽摇晃起来，发出一声长鸣，教堂就是有十道大门，岂不是也给攻破了吗？恰在这时，撬锁高手们正持械冲向大门。怎么办？

补叙

这里用了补叙的方式，将木头从天而降之前的故事情节交代清楚，写出了卡西莫多机智应对攻击的过程。

他猛然想起，泥瓦匠在这儿干了一整天，正在修缮南钟楼的墙壁、屋架和房顶。他心头忽然一亮：墙壁是石头砌的，房顶铺的是铅皮，而屋架又是木头的，架子十分高大，木料林立，称之为“森林”。

卡西莫多跑向南钟楼，看到下面的房间果然堆满了材料：一堆堆石料、一捆捆铅皮、一簇簇板条和锯好的粗大椽子，还有一堆堆沙石。这个武库一应俱全。

情况危急。下面大门口，铁钳大锤干得正欢。卡西莫多天生一副膂力，又面临危险而增大十倍，他拿起一根最长最重的梁木，从一个窗洞探出去，再到钟楼外面把它拉出来，拖到平台周围石栏杆的一角，往下一推。这根粗大的木头，从一百六十尺高坠落下去，在空中旋转几圈，宛如风磨的一翼在空间的自由落体，最后接触地面，引起一阵惊叫，而这黑色的粗木在石地上弹跳，又像一条蟒蛇。

比喻

与从高空坠落的梁木相比，勇猛的乞丐们显得很脆弱，这里的比喻形象生动。

卡西莫多看着梁木落下去，砸得丐帮四处逃散，好似孩童一口气吹散灰尘一般。他们都恐慌万状，瞪着迷信的眼睛，瞧着这根从天上掉下来的大棒，然后便一阵弓箭霰弹，射向大门道的圣徒雕像。卡西莫多则趁此机会，不声不响地运送“武器弹药”，在投下梁木的栏杆旁边，堆积起来沙石、大石头、石料，甚至搬来一袋袋瓦匠工具。

这样，丐帮一开始撞击大门，石块就像冰雹一样降落，仿佛教堂在他们头上忽然坍毁。

此刻卡西莫多的样子，谁见了都会大吃一惊。他不仅在栏杆上摞起投射物，平台上也运来一大堆石头。一旦边上的石头用完，就到大堆上来取。他就是这样俯身，直起，再俯身，再直起，动作快得令人难以置信。他那地鬼似的大脑袋探出栏杆，于是，一块大石头砸下去，接着一块又一块……他不时地用眼睛盯着，看到一块大石头砸死人了，就“哼！”地叫了一声。

然而，丐帮好汉并不气馁。一百多人运足力气，传到沉重的橡木撞角上，抬着一次又一次猛冲，撞得那厚实的大门一阵阵摇动，门板咯咯断裂，雕刻图像四飞五散；每次震撼，铰链就在枢轴上跳动，木板损坏，铁筋之间的木屑纷纷脱落。还算卡西莫多运气好，大门结构主要是铁而不是木料。

尽管如此，他也感到大门摇摇欲坠了。每一下撞击，虽说听不见，却同时在教堂空穴和他的胸膛里震荡。从上面望见乞丐们怒气冲天，信心百倍，向黝黑的教堂门脸挥动拳头，他不禁焦急万分，担心埃及姑娘和他自己，甚至羡慕从他头顶飞逃的猫头鹰的翅膀。

如雨的石块不足以击退进攻者。

卡西莫多正惶惶无计时，忽然瞧见他朝丐帮投物的栏杆下面一点，伸出两个长长的流水石槽，外口正对着下方的大门，里口则连着平台的石板。他灵机一动，赶紧跑到他作为敲钟人的住处，抱来一捆柴火、几捆板条和铅皮，这是他还没有动用的弹药，在两个槽之间堆好之后，就用灯笼点燃了。

阅读笔记

这工夫，没有石块落下来，丐帮好汉们活像一群猎犬，汹汹然要冲进野猪的巢穴，拥挤在大门口。大门受撞击虽然变了形，但是还立在那里。他们都兴奋得发抖，准备给予最后一击，将大门开膛破肚。大家争着挤到前边，单等大门一撞开，就抢先冲进这座富甲天下的大教堂，冲进这积财聚宝达三百年之久的巨大宝库。他们乐不可支，大吼大叫，贪婪地议论精美的银十字架、华丽的织锦教袍、镶银镀金的堂皇的陵墓、唱诗室的金碧辉煌的装饰，还议论令人目眩的节庆、历年烛火通明的圣诞节、阳光灿烂的复活节，所有这些隆重庆典上所展示的圣骨盒、烛台、圣物盒、圣体龛、圣物柜，给祭坛增添了一层金银和钻石的浮雕。当然，在这大发横财的时刻，假扮残废和病弱的人、大打手和小帮凶，想的是如何抢劫圣母院，而不是如何搭救埃及姑娘。要照我们看，如果强盗也得找借口的话，那么对他们许多人来说，救爱斯梅拉达不过是个借口。

场景描写　圣母院的大门即将被攻破，乞丐们的欲望也暴露出来了。

名师解读　这支“正义”的队伍中，有些人其实并非为了拯救爱斯梅拉达而来，而是为了自己的私心，这里的“借口”二字用得极其直白、尖锐，写出了他们的自私、贪婪。

他们聚拢在攻城槌的周围，屏住呼吸，铆足了劲，正准备全力以赴，给大门以决定性的一击，却忽听他们中间有人惨叫，比粗大的梁木砸下来时的叫声更为凄厉可怖。还活着而没有喊叫的人，急忙四下瞧瞧，只见两道熔化的铅水从教堂上面冲入密集的人群中。人海的波涛滚滚后退，沸腾的金属熔液溅落之处，在人群中间冲出两个冒烟的黑洞，好似沸汤浇在雪地上。这两股可怕的雨柱溅出飞点，散落到进攻者的身上，像火钻一般穿进他们的头颅。这真是万钧雷霆之火，射出无数霰粒，把这些倒霉鬼烧得遍体鳞伤。

比喻　“沸汤”“火钻”，作者用了比喻的修辞手法，形象地写出铅水的威力之大。

惨叫声撕肝裂胆。他们无论是胆大还是胆小的，都把梁木扔在尸体上，都纷纷逃窜。前庭广场再次廓清了。

人人举目望去，只见教堂上面一片奇异的景象：中央花棂圆窗上方两座钟楼之间的最高层楼道上，烈焰熊熊，卷起火星的旋涡。那烈焰飞腾狂舞，不时被风刮走一段，化为浓烟，烈焰下面，黝黑的石栏杆梅花格蹿出火苗，再下面雕成妖怪巨口的两个石槽，不断喷射火雨，由黑乎乎的教堂门脸衬出那银白色的流注。两股熔铅流越接近地面，就越四下扩散，犹如水从喷壶的无数细孔喷出来一样。在火焰上方，两座巨大的钟楼都显示两张面孔，对比十分鲜明而强烈：一张漆黑、一张通红，那巨大的阴影一直投上天空，因而钟楼显得更加嵯峨突兀。无数魔鬼怪龙的雕刻，全呈现狰狞的面孔。火光闪烁变幻，看上去就像魔舞龙飞。吞婴蛇妖似在狞笑，笕嘴兽似在尖叫，蝾螈似在吹火，塔拉斯各龙似在浓烟里打喷嚏。火光冲天，人声鼎沸，那些怪龙妖兽都从石头的沉睡中惊醒，其中一个还来回走动，只见它不时掠过大火的烈焰，仿佛一只蝙蝠掠过烛火。

这座怪异的灯塔，无疑要惊醒比塞特山丘的樵夫：圣母院钟楼的巨影在他那片灌木林上摇晃，他看着不免心惊胆战。

丐帮也在一片恐怖中不敢作声，寂静中只听见关在修院中的教士们的惊叫，比失火马厩中的马匹还要慌乱惊扰，还听见附近住户偷开窗户旋即关上的声响、民宅和主宫医院内部的喧扰、火焰中的风吼、垂死者的残喘，以及熔铅的雨柱不断泻溅在石路面上的噼啪声。

这工夫，丐帮中的头面人物都退避到功德月桂府门廊下，商议如何应付局面。埃及公爵坐在一块界石上，怀着宗教的恐惧心情，仰望二百尺高空红光耀眼的火焰幻景。克洛班·特鲁伊傅狠命地咬着自己的大拳头，嘴里咕哝道："冲不进去！"

"这古老教堂有点邪气！"老吉卜赛人马提亚斯·韩加迪·斯皮卡利也咕哝道。

"凭教皇的胡子打赌，"一个当过兵而头发花白的人戏谑地说，"教堂的流水槽比勒克图尔城墙突堞还厉害，朝人喷射熔化

位于高处的卡西莫多用熔化的铅水来击退敌军，这里作者用了比喻的修辞手法，写出了当时火光冲天的场面，十分震撼。

的铅水弹。”

“那个魔鬼在烈火前跑来跑去，你们看到了吧？”埃及公爵高声说道。

克洛班说：“就是那个敲钟人，就是那个卡西莫多！”

“难道就这样认了，灰溜溜地走掉，跟老爷在旅途上遭劫时的仆役一样吗？”克洛班说道，“难道把我们妹子丢在那里，让那些披着人皮的狼明天抓去绞死！”

在一座教堂前，让一个驼子阻挡了这么久，他们真的恼羞成怒，情急智生，找来一架架梯子，点燃一个个火把，不出几分钟，就像蚂蚁一般，从四面八方爬上来，向圣母院发起猛攻。卡西莫多看到这样可怕的阵势，就不知所措了。人人奋勇当先，没有梯子的，就用打结的绳索；没有绳索的，就抓着浮雕向上攀登；他们一个扯着一个的破衣烂衫，狰狞的面孔如汹涌的海潮，势不可挡。那一张张凶恶的嘴脸因愤怒而涨红，那一个个污浊的额头大汗淋漓，那一双双眼睛闪闪发亮。所有那些怪异的身躯，所有那些奇丑的面孔，一齐围攻卡西莫多。那情景真像别的教堂派来蛇发女魔、犬怪、山妖、魔鬼，攻打圣母院。在这座教堂门脸的石头鬼怪上面，又爬满一层活怪物。

动作和神态描写

被卡西莫多激怒的乞丐们开始以破釜沉舟之势攻打圣母院。

这工夫，广场上点燃无数火把，多如繁星。整个骚乱的场面，原先一直隐没在黑暗中，现在突然给照得通明透亮。前庭广场朗若白昼，火光烛天。教堂楼顶平台上的柴堆仍在燃烧，远远照亮城区。两座钟楼的巨大投影，在巴黎的屋顶延展远伸，将一片光亮打开宽宽的幽暗缺口。满城仿佛惊动了，远处的警钟在哀鸣。乞丐们吼叫着、喘息着，还不断咒骂，不断往上攀登。面对这么多敌人，卡西莫多束手无策了，为埃及姑娘提心吊胆，眼见一张张狂怒的脸越来越逼近楼廊，他绝望地绞动着双臂，只有祈求上天显灵了。

对比

这里的“通明透亮”和本卷第一节“快乐万岁”中描写的“黑暗”形成鲜明对比。

三　法王路易的祈祷室

读者或许没有忘记，卡西莫多站在钟楼顶上眺望巴黎，看到全城只有一处灯光。那是在圣安托万门旁边，一座高大黝黑的建筑物最高层闪亮的一扇玻璃窗。那座建筑物，就是巴士底堡；那颗闪亮的星，就是路易十一的烛光。

场景描写
作者的叙事节奏把握得非常好，故事讲得有缓有急，让文章多了一些浪漫主义色彩。上一节惊险的攻打场面到了这里戛然而止，作者放慢节奏，开始介绍较为平缓的情节。

其实，法王路易十一来到巴黎已有两天了，准备后天就离开，回到他那蒙蒂兹塔楼要塞。

在这座著名的国家狱堡中，国王专用的这个小房间还是偏大，占据主楼里小塔楼的整个顶屋。房间呈圆形，四壁镶了发亮的麦秸席；天棚横梁上装饰了锡制描金百合花，中间的小梁全是彩绘的；护壁板很华美，有白锡玫瑰花图案，底色则是雄黄和上等靛青调成的悦目的鲜绿色。

全室只有一扇窗户，是尖拱长窗，装有黄铜丝网和铁栏杆，再加上绘有国王和王后纹章的华丽彩色玻璃（每一片价值二十二苏），光线就更暗了。

阅读笔记

所谓法王路易的祈祷室，就是这个样子。

我们带读者进来的时候，这间屋很暗。宵禁的钟声敲过有一小时，已是深夜了。桌上只点着一根蜡烛，摇曳的烛光照见在房间分散几处的五个人。

“陛下，请允许我带来凶信。巴黎城发生了暴乱。”其中一人开口道。

“是冲谁来的？”

“冲您来的，陛下。”

老国王一跃而起，身干挺直，就跟年轻人似的：“你说清

楚，奥利维！你说清楚！老伙计，小心你的脑袋。”

奥利维双膝跪下，冷静地说道：“陛下，有个女巫逃进圣母院。老百姓动武要把她抢走，民众围攻的是圣母院！”

国王气得脸色刷白，浑身抖动，他低声说道：“好嘛！圣母院！他们居然到大教堂去围攻圣母，我的慈善主神！……”

他发泄一通之后，又回到座位上去，抑制住怒火，冷静地说：“这里，特里斯唐！……在这巴士底堡，就在我们身边，有吉夫子爵的五十名枪骑兵，共有三百匹马，你全带去。还有夏多佩先生的羽林军弓箭队，你也带去。你是都统，带上手下的人马。在圣波尔宫，太子新卫队有四十名弓箭手，你也带走。带上这些人马，火速前往圣母院……哼！巴黎平民百姓先生们，你们竟敢践踏法兰西王冠，践踏圣母院的圣地，践踏这个国家的安定！……斩尽杀绝，特里斯唐！要斩尽杀绝！”

对话描写

从这段话中，我们能感受到国王的冷血无情、专横残暴。

阅读笔记

特里斯唐躬身答道：“遵命，陛下！”

他停了一下，又问道：“那个女巫如何处置呢？”

对这个问题，国王想了想，说道：“噢！女巫啊！……戴屠维尔先生，老百姓要抢她干什么？”

“陛下，”巴黎府尹答道，“既然老百姓要把她从圣母院避难所里抓出来，那是因为他们看到她逍遥法外当然不满，是要绞死她。”

国王好像凝神沉思，继而对隐修士特里斯唐说：“好吧！伙计，杀光老百姓，绞死女巫。”

四　夏多佩驰援

想必读者还记得，我们离开卡西莫多的时候，他正处于危急关头。这个善良的聋子四面受敌，他完全丧失了希望，当然不是顾虑他本人，而是考虑救不了埃及姑娘了。他沿着楼廊狂奔。圣母院眼看就要被攻陷。突然，急促的马蹄声响彻几条邻街，只见火把好似长龙，密密麻麻的骑兵队伍执枪策马，像飓风一般袭来，吼声立时充斥广场：法兰西！法兰西！乱民格杀勿论！夏多佩来增援！骑卫队！骑卫队！

比喻

“长龙”“飓风”，这里的比喻，写出了羽林军来势迅猛。

丐帮人等惊慌失措，转身御敌。

卡西莫多耳朵听不见，但是眼睛看到出鞘的马剑、高举的火把长矛，看到骑兵队伍开来，并认出带队的正是夏多佩队长。他还看到丐帮一片混乱，大多惊恐万状，连最勇敢的也慌了手脚。这真是意想不到的救援，他顿时力量倍增，把最先跨进楼廊里的进攻者一个个扔了出去。

场景描写

队长弗比斯率领的救援队伍来到了圣母院附近，作者将他们和乞丐帮的对战场景描写得十分精彩。

开来的确是羽林军。

丐帮人众也是勇猛异常，拼死抵抗，然而，侧面受公牛圣彼得教堂街方向的夹击，尾部则受前庭街之敌，被迫退守在圣母院门前，就是这样，他们仍继续攻打卡西莫多守卫的大教堂，既是围攻者，又被反包围，处境十分奇特。

这是一场恶战。正如马太神甫说的这样：狗牙咬住狼肉。羽林骑兵手下无情，逢人便杀，躲过剑锋的又做刀下鬼，而弗比斯·德·夏多佩在他们中间尤为勇敢善战。丐帮人众武器简陋，他们怒气冲天，连牙齿都用上了。还有人抡起火把，往弓箭手的脸上乱戳。也有人手执长长的铁钩子，专搂骑兵的脖颈，将他们拉下马。拉下马来的无不碎尸万段。

人物描写

作为乞丐帮帮主，克洛班英勇善战，敢于同黑暗势力做斗争，当他得知爱斯梅拉达遇到危险后，积极组织武装力量，即便陷入重围，他也依然从容不迫，他的身上，体现了一个草根英雄的气魄。

有一条大汉非常突出，他手握闪亮的宽叶大镰刀，一直在割马腿。他的样子非常凶，一边用鼻音哼着歌曲，一边不停地挥动大镰，扫来扫去。他每扫一下，就在周围留下一大圈断肢。他就这样杀进骑队的重围，从容不迫，缓缓推进，摇晃着脑袋，均匀地喘气，就像在麦田里收割的农夫一样。他就是克洛班·特鲁伊傅。一声火铳响将他击倒。

这工夫，广场周围住户的窗户又打开了。他们听见羽林军的喊杀声，也纷纷助威，从各层楼的窗口射击，枪弹像雨点一般落到丐帮好汉的头上。只见前庭广场硝烟滚滚，弹痕划出一道道火光。硝烟弥漫，几乎看不见圣母院的门脸和残破的主宫医院。主宫医院的天窗也打开了，有几个脸色苍白的瘦弱患者在凭窗张望。

对比

这里民众的反应与前文形成对照，表明恶战将接近尾声，丐帮败局已定。

丐帮终于溃败了。他们缺乏得力的武器，又战得精疲力竭，突遭袭击而陷于慌乱，既挨从住户窗口射来的子弹，又遭羽林军的重创，死伤惨重，最后顶不住了。他们冲出包围圈，向四下逃散，在前庭广场上留下一堆堆尸体。

卡西莫多一刻也没有停止战斗，他看到丐帮溃败逃散，便双膝跪下，手臂伸向天空。继而，他欣喜若狂，像鸟儿一样飞速跑向那间木屋。他在多么顽强地守卫，绝不让人进犯，现在就只有一个念头，跑去跪到他再次搭救的姑娘的面前。

他冲进小屋一看，里面却空无一人。

设置悬念

这里作者又设下了一个悬念，激发了读者的阅读兴趣，也让故事情节跌宕起伏。

精简点评

吉卜赛人为救爱斯美拉达攻击圣母院，与卡西莫多展开大战。尽管卡西莫多和乞丐帮的出发点一致，但是卡西莫多本人并不知道这一点。最终，乞丐帮被援军击败了，死伤惨重。可是，卡西莫多突然发现爱斯梅拉达不见了。她会去哪里呢？

佳词美句

飓风　惊慌失措　从容不迫　密密麻麻　欣喜若狂

急促的马蹄声响彻几条邻街，只见火把好似长龙，密密麻麻的骑兵队伍执枪策马，像飓风一般袭来。

阅读思考

1. 为什么卡西莫多一刻都没有停止战斗？

2. 请你总结乞丐帮帮主克洛班的形象特点。

第十卷

一 小 鞋

丐帮人众围攻大教堂的时候，爱斯梅拉达正在睡觉。

这里使用了补叙的方法，从爱斯梅拉达的角度讲述了人们围攻教堂时她的经历，目的是使故事情节更加曲折，文章的结构也更加完整。

然而时过不久，周围的喧嚣声越来越大，先醒来的小山羊也惊慌地咩咩直叫，终于把她吵醒了。她坐起来，看见火光，急忙冲出小屋。只见广场上鬼影汹汹，夜袭引起一片混乱，狰狞可怖的人群腾挪蹿跳，在黑暗中影影绰绰，宛如一大群青蛙，几支火把在这片暗影中交叉奔跑，好似沼泽上面雾气中乱窜的燐燐鬼火，整个场面在她看来，就像一场神秘的恶战。爱斯梅拉达头一个念头，就是以为撞见了在夜间兴妖作怪的精灵，吓得魂飞魄散，赶紧跑回小屋，蜷缩在简陋的床铺上。

不过，最初的恐惧情绪逐渐消失了，她听见越来越喧响的喊杀声，便意识到来围攻她的是人，而不是幽灵。于是，她的惶恐虽然没有加剧，但是改变了性质。她想到可能是老百姓暴动，要把她从避难所里抓出去。本来她还抱有希望，瞻念将来总能隐约望见弗比斯，现在想到自己又要丧失性命，又要丧失希望和弗比斯，想到自己这样柔弱无能，无依无靠，孤苦伶仃，一切逃路都已阻绝。这千种思绪、万般感慨袭上心头，她不禁气馁绝望，双手抱住头顶着床铺，跪在那里战战兢兢。虽说是个埃及姑娘，是个崇拜偶像的异教徒，现在却哭着祈求基督教的仁慈上帝的保佑，祈求向她提供避难所的圣母的保佑。须知一个人即使毫无宗教信仰，一生也总有几回要临时

场景描写

爱斯梅拉达看到乞丐帮助攻打圣母院的场面，以为是百姓暴动，要把自己抓出避难所，柔弱的她感到恐惧、绝望、无助。

抱佛脚。

她在这惴惴不安中，忽然听见旁边有脚步声，扭头一看，只见小屋走进来两个男人，其中一个手提着灯笼。她有气无力地惊叫一声。

“不要怕，是我。”说话的声音听来并不陌生。

“您是谁？”姑娘问道。

“彼埃尔·甘果瓦。”

听到这个名字，她抬头一认，果然是诗人。然而，他身边有个穿黑袍的人，从头到脚都遮住，吓得她说不出话来。

“亲爱的小姑娘，您有生命危险，佳利也有生命危险。有人还要把你们绞死。我们来救你们了，快跟我们走吧。”

“真的吗？”姑娘惊慌失措，高声问道。

“对，千真万确！快走吧！”

甘果瓦拉住她的手，他那同伴则拾起灯笼，走在前头。姑娘已经吓昏了头，任凭让人拉走。

他们匆匆走下钟楼，穿越教堂，从小红门进入修士庭院。

提灯笼的人径直走向滩头岬角。只见水边有一排钉了板条的残存烂木桩，低低挂着细瘦的葡萄藤，枝条像揸开的手指四外伸展。在这排木桩外面的阴影中，隐蔽着一只小船。那黑衣人招招手，让甘果瓦和姑娘上船，小山羊也跟了上去，他自己则最后跳上船，随即砍断缆绳，用长篙把船撑离岸边，再抓起双桨，坐到船头，全力向河中流划去。

甘果瓦上了船，头一件事就是把小山羊抱在膝上。他坐在船尾，姑娘紧紧挨着诗人坐下，她看见那陌生人就会产生恐惧。

我们的哲学家一感到小船滑动，就拍起手来，对准佳利的额头吻了一下，说道：“哈！咱们四个，这下得救了。”

黑衣人奋力划船，同湍急的逆流搏斗：这股急流隔开城岛

外貌描写

甘果瓦身边的黑袍人极有可能是弗罗洛，因为前文提到过弗罗洛身穿黑袍，而且只有他握着那把红门钥匙。

心理描写

爱斯梅拉达之前有关于黑袍人的不堪回忆，所以她对甘果瓦身边的黑袍人始终保持着警惕。

的顶头和如今叫圣路易岛的圣母院岛的末尾。

小船震动一下，表明抵岸了。老城那边喊杀声一直甚嚣尘上。那陌生人站起身，走到埃及姑娘面前，要挽上她的手臂扶她下船。姑娘却一把将他推开，扭身紧紧抓住甘果瓦的衣袖。而甘果瓦又一心照护小山羊，几乎也是将她推开了。于是，姑娘只好独自跳下船，也不知道该去哪里，眼睛注视着流水，等醒过神儿来才发现，码头上只剩下她和那个陌生人了。看来，甘果瓦趁下船之机，已经带小山羊溜走。

黑衣人仍一言不发，牢牢抓住她的手越走越快。她也不再挣扎了，有气无力地跟着走。

他们一直走到绞刑架所在的广场上时，那人停下脚步，转身面对她，一把掀下风帽。

“噢！”姑娘惊呆了，说道，“我早就知道又是他！”

果然是教士，那样子就像他本人的阴魂。恐怕是月光的效果，在这种清辉下，所见似乎全是景物的幽灵。

“你听我说。”他终于开口了，这阴森的声音，姑娘好久没有听到了，现在一听便不寒而栗。“我刚刚救了你。——先让我把话说完。——我有能力保你安然无恙，而且全部准备就绪，就看你的意愿了。只要你一句话，我就能办到。”

他猛然打住：“不对，要讲的不是这些。”

他始终没有放手，现在又拖着她跑起来，径直跑到绞刑架下，指着绞刑架，冷淡地对她说：“你在它和我之间选择吧。”

姑娘从他手中挣脱，跪到绞刑架下，抱住阴森森的石台。继而，她把俊秀的头半扭过来，看着教士。教士则伫立不动，手指始终指着绞刑架，那姿势如同一尊雕像。

埃及姑娘终于对他说：“它还不像你这么可恶。”

教士听了，缓缓放下手臂，眼睛盯着铺石路面，神情万分沮丧。他喃喃说道：“这些石头若是会说话，是的，那一定会讲

动作描写

这里的动作描写体现出爱斯梅拉达很排斥黑袍人的接触。

语言描写

爱斯梅拉达又一次表明自己的立场，她宁死也不愿屈服于弗罗洛，她是一个纯洁、坚贞的姑娘。

这个男人多么不幸。”

他接着说下去。姑娘跪在绞刑架下，披散的长发盖住半截身子，无意打断他的话。现在，他的声调变得哀怨而柔和，同他那盛气凌人的面容形成痛苦的对照。

“我呀，我爱您。唉！这可是千真万确的。不过，烧灼我心灵的烈火，却丝毫也没有流露出来！唉！姑娘啊，日日夜夜，真的，日日夜夜都在燃烧，难道这一点也不值得怜悯吗？告诉您，这是日思夜想的一种爱情，是一种痛苦的折磨。——噢！我可怜的小姑娘，我太痛苦啦！——我敢肯定，这是值得同情的。您瞧，我对您讲话口气多么温和，真希望您不再这么讨厌我。——归根结底，一个男人爱上一个女人，这不能怪他！……噢！上帝啊！——怎么！您永远也不会原谅我吗？要永远恨我吗？难道就这样完啦？正是有了这种念头，我才变坏了，您瞧，连我自己都讨厌啦！——您连瞧都不瞧我一眼！我站在这儿同您讲话，为我们两人所面临的大限而战战兢兢，而您可能在想别的事情！——千万不要向我提起那个军官！——怎么！我就是匍匐在您的脚下，就是亲吻……当然不是吻您的脚，这您是不肯的，而是吻您脚下的土地，怎么！我就是像孩子一样痛哭流涕，从我胸膛里掏出……不是掏出话语，而是掏出心肝五脏，以便对您说我爱您，就是做出这一切，也都无济于事啦！——然而，您的心灵里只有温柔和宽厚，您洋溢着最美好的温情，完全是甜蜜、善良、仁慈和柔美的化身。唉！您只对我一个冷酷无情！噢！竟是这种命运！”

语言描写

弗罗洛向爱斯梅拉达表白爱意的时候，是如此真挚、卑微。在这里，我们看到的不是之前那个恶魔般的弗罗洛，而是一个渴望得到爱情的普通人。不过，在接下来的故事中，作者将弗罗洛的另一副面孔写了出来。

他双手捂住脸。姑娘听见他的饮泣，这还是头一回。他这样站着哭泣，全身颤动，比跪下来还要显得凄惨而恳切。他就这样哭了半晌。

姑娘想把压在他身下的脚抽出来，稍微一动，就使他醒过神儿来。他缓缓举手，摸摸凹陷的脸颊，惊愕地看着湿了的手指，半晌才喃喃说道：“怎么！我流泪了？”

他又猛然转向埃及姑娘，无比焦虑地说：“唉！您看着我痛哭流泪，却无动于衷！你看着我死去，还会发笑呢。噢！而我，却不忍看着你死！说一句话吧！只要说一句请原谅的话！不必说你爱我，只说你愿意，这就够了，我就可以救你。想一想我掌握两个人的命运，而我又丧心病狂，这很可怕，我一松手，就全掉下去，我们下面是无底深渊啊，你这个冤家，我追随你堕落，永生永世！说一句宽厚的话！说句话吧，哪怕只讲一句！”

名师解读

明明是自己作恶、以爱斯梅拉达的生命相要挟来满足私欲，弗罗洛却乞求爱斯梅拉达的宽厚，他自私卑鄙的本性逐渐暴露出来。

“告诉你，我属于我的弗比斯，我爱的是弗比斯，弗比斯才英俊呢！你这个教士，这么老！这么丑！滚开！”

教士大吼一声，就像受炮烙之刑的不幸者，他咬牙切齿地说道：“那你就死吧！”姑娘见他眼露凶光，想要逃跑，却被他一把抓住。教士又推又搡，将她摔倒在地，抓住她美丽的双手，拖着她快步朝罗朗塔楼拐角走去。

名师解读

前面那个卑微、真诚的弗罗洛不复存在，取而代之的是面目狰狞、疯狂的弗罗洛。得不到就毁掉，当爱斯梅拉达再次拒绝弗罗洛的请求时，恶魔便出现了。

到了那里，他又问一句：“最后问一遍，你愿意跟我吗？”

姑娘用力回答：“不！”

于是，教士高声喊道：“古杜勒！古杜勒！埃及姑娘就在这儿！你报仇吧！”

姑娘猝然感到臂肘被人抓住，回头一看，只见一只枯瘦的胳膊从墙壁的窗洞伸出来，像铁钳一般紧紧抓住她。

“抓紧啦！”教士说道，“她就是那个逃跑的埃及姑娘。不要放开她！我去叫军警。你会亲眼看着把她绞死。”

“哈！哈！哈！”一阵笑声，从墙里呼应这几句血腥的话。埃及姑娘看见教士朝圣母院桥跑去：那边传来嘚嘚的马蹄声。

这时，埃及姑娘已认出是凶恶的隐修女，不由得惊恐万状，想用力挣脱，她扭动身子，垂死挣扎，绝望地蹿跳几下，可是对方力量大得出奇，紧紧抓住她不放，那瘦骨嶙峋的手

场面描写

这里生动地写出了隐修女抓住爱斯梅拉达所用的力量之大，侧面体现出隐修女对埃及女郎的强烈恨意。

隐修女讨厌埃及女郎，因为埃及女郎曾经偷走了她的孩子，面对爱斯梅拉达，隐修女仍然充满恨意和愤怒。

指狠狠地掐进她的肉里，渐渐合起来，箍在她的胳膊上，就像铆住似的。甚至可以说，这不只是铁链，不只是枷锁，不只是铁环，更是从墙里伸出的一把有智力的活钳子。

姑娘颓然倚到墙上，这时，头脑里充满了死亡的恐惧。她想到生命的美好，想到青春、蓝天、自然景象，想到爱情、弗比斯，想到正在逝去的一切和逐渐逼近的一切，想到告发她的教士、要赶来的刽子手，以及在眼前的绞刑架。于是，她感到恐慌的情绪从心头升起，以致毛发倒竖。她又听见隐修女在狞笑，低声对她说："哈！哈！哈！你就要被绞死啦！"

姑娘气息奄奄，扭头只见铁栏里麻袋女一脸凶相。

"我怎么得罪您啦？"她有气无力地问道。

隐修女并不答言，只是又恼恨又嘲笑而念经般地念叨："埃及姑娘！埃及姑娘！埃及姑娘！"

不幸的爱斯梅拉达又低下脑袋，长发披散下来遮住脸面，她明白自己不是在同人打交道。

隐修女忽然嚷起来，仿佛埃及姑娘的问话这么久才抵达她的大脑："你怎么得罪我？还问我！哼！埃及女人，怎么得罪我！好吧，你听着。——当初我有个孩子，明白吗？当初我有个孩子！告诉你，一个孩子！一个非常漂亮的小姑娘！——我的阿涅丝！可她被埃及女人偷走了！"

"你知道我的小女儿在哪儿吧？喏，我让你瞧瞧，这就是她的小鞋。还有同样一只，你知道在哪儿吗？你若是知道，就告诉我吧，就是在天边，我爬着也要去找回来！"

她说着，就从窗口探出另一条手臂，给埃及姑娘看绣花小鞋。这时天已大亮，能够看清鞋的形状和颜色了。

"让我看看这只鞋，"埃及姑娘颤抖说，"上帝呀！上帝呀！"

与此同时，她用没有被揪住的那只手，急忙打开脖子上挂着的缀着绿玻璃珠的小香囊。

“打开吧！打开吧！”古杜勒吼道，“搜搜你那护身符！”

可是，她戛然住声，浑身哆嗦起来，从肺腑深处发出一声喊叫：“我的女儿！”

原来，埃及姑娘掏出来一只小鞋，同另一只完全是一对。小鞋上贴着一块羊皮纸，上面写着这句谶语：

> 另外一只找回来，
> 母亲把你搂在怀。

隐修女的动作比闪电还要迅疾，当即对比了两只鞋，看了羊皮纸上的字迹，她立时笑逐颜开，脸上焕发天堂般的喜悦，叫道：“我的女儿！我的女儿！”

人物描写

隐修女一直将那只小鞋放在身边，当成自己的精神寄托，爱斯梅拉达把另一只随身携带，以帮助自己找到母亲，如今母女二人在阴差阳错下相认了。

“我的母亲！”埃及姑娘应道。

这情景我们就不细表了。

墙壁和铁窗栏将母女二人隔开。隐修女怨道：“噢！墙壁呀！噢！看到她，却不能拥抱！你的手，把手伸过来！”

姑娘把手臂从窗洞伸进去，隐修女一下子扑上去，嘴唇紧紧贴在这只手上，沉醉在这个吻中，许久没有止息，只是因啜泣而后身不时起伏。她在黑暗中，这样默默无声，然而却泪如泉涌，好似夜雨滂沱。可怜的母亲，积十五年的苦楚，一滴滴滤出的泪水，贮蓄在她这口又黑又深的心井里，现在汹涌而出，倾泻在这只宝贝的小手上。

她猛然直起身，掠开额前的灰白长发，一言不发，便用双手狠摇铁窗栏，比母狮还要凶猛。铁条撼不动。于是，她到屋子的角落，搬来她当枕头的大石块，铆足劲儿朝铁窗栏砸去，只见迸出无数火星儿，一根铁条应声断裂。再砸第二下，古旧的铁十字窗栏就完全垮了。接着，她用双手将铁条完全折断，再将生锈的断头掰开。有时候，女人的手有超人的力量。

动作描写

作为母亲，隐修女不顾一切地想要靠近女儿，15年的思念在此时化成了巨大的力量。作者通过一连串的动作描写，写出了隐修女的急迫心情，母女相认的场面在作者笔下显得非常感人。

不到一分钟的工夫，通道就打开了，她拦腰抱住女儿，将她拉进小屋，嘴里一边咕哝道："来吧！让我把你拉出深渊！"

她把女儿拉进小屋，就轻轻地放到地上，然后又抱起来，搂在怀里，仿佛还是她原来的小阿涅丝。她在小屋里走来走去，如醉如痴，又叫又唱，简直乐坏了，边吻女儿边同她说话，忽而咯咯大笑，忽而号啕大哭，这一切都同时迸发出来。

阅读笔记

"你瞧，我的孩子，"隐修女说一句吻一下，"你瞧，我是多么爱你。我们离开这里，一起去过美好的日子。在我们家乡兰斯，我继承了一点财产。兰斯，你知道吗？哦！不，你不会知道，那时你还太小！你也不知道，你生下来四个月的时候有多漂亮！有人好奇，从七古里远的埃佩尔奈来看你的小脚！我们能有土地，能有一所房子。我让你睡在我的床上。上帝呀！上帝呀！谁想得到呢？我找回女儿啦！"

"母亲啊！"姑娘激动万分，好容易恢复说话的力量，"那个埃及女人早就跟我说过了。埃及女人中，有一个人心肠非常好，是去年死的，她一直像奶娘一样照看我。就是她把这小香囊挂到我脖子上，还常常对我说：'孩子，好好保存这件宝贝，这非常珍贵，日后能帮你找到母亲。你这是把母亲挂在脖子上。'那个埃及女人，她说得多准！"

麻袋女又把女儿紧紧搂在怀里。

"来，让我亲你！这话你说得多感人。等回到家乡，我们就把这双小鞋送进教堂给圣婴穿。我们这一切，全亏了圣母。上帝呀！你的声音多甜啊！你刚跟我说话，就跟音乐一样！啊！我主上帝啊！我可找回孩子啦！天下有这种事，能叫人相信吗？人不会随便就死掉的，这个，我也没有乐得死过去。”

接着，她又笑又叫：“我们要过上幸福的日子啦！”

这时，兵器撞击和战马奔驰的声响，恰好传进小屋，马队似乎从圣母院桥那边过来，越跑越近了。埃及姑娘惊慌起来，立刻投进麻袋女的怀抱。

“救救我！救救我吧！妈妈！他们来啦！”

隐修女面失血色。

“天哪！我倒忘啦！有人追捕你！你干了什么事儿啦？”

“我也不知道，可我却被判处死刑。”不幸的孩子答道。

“死刑！”古杜勒说道，她像遭了雷击，身子摇晃起来，“死刑！”她直愣愣地看着女儿，又缓缓说道。

她从窗口探出头去，立刻又缩回来。

“待在这儿吧，”她急促而又凄然地低声说，同时紧紧抓住半死不活的埃及姑娘的手，“待在这儿吧！别出声！到处都是兵。你不能出去，天都大亮了。”说完，她将女儿藏在老鼠洞的阴影里。

就在这时，小屋附近传来那教士恶毒的叫声：“在这边，弗比斯·德·夏多佩队长！”

听到这个名字，爱斯梅拉达在蜷缩的角落里动了一下。

“别动！”古杜勒说。

话音刚落，人马和刀剑声响成一片，全在小屋前停住。母亲急忙站起来，用身子堵住窗口。

“喂，疯老婆子，”带队军官又说道，“别对我撒谎。刚才有个女巫交给你看管，你把她弄哪儿去啦？”

隐修女怕引起怀疑，不好一口否认，就以直率的口吻，粗声粗气地回答：“刚才倒有人把一个高个儿姑娘塞给我，如果您指的是她，那我就告诉您，她咬了我，疼得我放开手。就是这样。让我安静点吧。”

原本感人、愉悦的氛围被打破，气氛变得紧张起来，母女二人交谈没多久，抓爱斯梅拉达的军警就找上门来。面对追捕，她们能否化险为夷，作者在这里给我们留下了一个巨大的悬念。

动作描写

外面到处是兵，作为母亲，隐修女能做的就是用身子堵住窗口，这里和前面砸掉窗栏的情节一样，都彰显了伟大的母爱。

那个官员颇为失望，做了个鬼脸。

“你休想骗我，老妖精，”他又说道，“我名叫隐修士特里斯唐，是国王的伙伴。隐修士特里斯唐，听见了吗？”他环视河滩广场，又补充说，“这名字在这儿响得很。”

“您就是隐修士撒旦，我也不怕，也没什么可告诉您的了。”古杜勒又有了希望，便回敬一句。

“算啦！”他咬牙切齿地说，“上路！继续搜索！不绞死那埃及姑娘，我不睡觉！”

不过，他还犹豫了一会儿，没有上马。他那副疑虑重重的样子，环视广场，就像一只猎犬，感到猎物就躲在附近，因而迟迟不肯离去。这可苦了古杜勒，生死未卜，她的心悬在半空。特里斯唐终于摇摇头，翻身上马。可怜的孩子一直躲在角落里，一动不动，大气也不敢出，就觉得死神站在面前。恰好这时，她听见一个声音。

那正是弗比斯·德·夏多佩的声音。埃及姑娘一听，真是百感交集。她的朋友，她的保护人，她的依靠，她的避难所，她的弗比斯，就在这儿啊！她站起身，不待她母亲阻拦，就冲到窗口，喊道：“弗比斯！救我呀，我的弗比斯！”

弗比斯不在那里了，他策马飞驰，已经转过刀剪街。然而，特里斯唐却没有走。

隐修女大吼一声，扑到女儿身上，猛力将她拉回来，指甲都抠进她脖子的肉里。做母亲的有时赛似母老虎，急起来就顾不了这些了。可是太晚了，特里斯唐已经瞧见了。

“哈！哈！”他一声狂笑，牙齿全震掉了，那副豺狼面孔也直颤动，又嚷道，“这耗子洞里有两只耗子！”

“我早就料到了。”那个士兵说道。

剑子手和军警冲进小屋。母亲毫不反抗，只是爬过去，不顾死活，扑到女儿身上。埃及姑娘眼看兵卒逼上来，自己死到

语言和动作描写

痴情的爱斯梅拉达竟然对弗比斯还抱着希望，她拼命地呼喊着弗比斯的名字，但是心如铁石的弗比斯依旧忽略了她，离开了。爱斯梅拉达爱上了一个错的人，她的痴情最终让自己陷入深渊。

临头，便一阵恐惧，又呼叫起来：“妈妈！妈妈！他们来啦！保护我呀！”那凄惨的声调难以描摹。

“好的，我的心肝，我来保护你！”母亲答应着，但声息微弱；她紧紧搂着女儿，遍吻女儿的身体。母女二人都倒在地上，此情此景，实在可悯可怜。

对比

与士兵相比，母女二人太柔弱了，隐修女拼命保护着女儿，但也注定无济于事，这种悲惨的情景让我们感到深深同情。

亨利埃·库赞把她拦腰抱起。姑娘感觉到这只手，“啊！”地叫了一声，便晕过去了。刽子手也情不自禁，眼泪一滴一滴落到她身上。他想把姑娘抱走，便极力掰开母亲的手，然而母亲的双手紧紧搂着女儿的腰肢，死死扣住，根本无法挣脱。亨利埃·库赞只好硬把姑娘拖出小屋，也连带把母亲拖了出去。母亲也同样紧闭双目。

这时太阳升起来了，广场上已经聚集了不少人，他们远远观望，不知从石路面上往绞刑台拖的是什么东西。闲人不准靠近围观，这是总监行刑时的老习惯。

住户的窗口一个人也没有，只看见远处俯临河滩广场的圣母院两座钟楼的顶层窗口，有两个人似乎朝这边张望，黑色的身影鲜明地印在早晨的晴空上。

铺垫

“圣母院中的两个人”，让我们想到的是弗罗洛和卡西莫多，这里的描述为后文的情节发展做了铺垫。

亨利埃·库赞拖着母女二人，来到行刑架下站住，把绳索套在姑娘的可爱的脖颈上。不幸的姑娘抬起眼皮，看见头顶石头绞架支出瘦骨嶙峋的臂膀，不禁声音凄厉地高喊：“不！不！我不愿意！”母亲一直把头埋在女儿的衣衫里。刽子手趁机猛然掰开她紧紧搂抱女犯的双臂。她没有反应，也许是精疲力竭的缘故。于是，刽子手将姑娘搭在肩头，但见他那大脑袋旁边，那秀色可餐的女郎曼妙地折成两段。

这时，匍匐在地上的母亲忽然两眼圆睁，她没有号叫，但面容可怖，从地上一跃而起，像猛兽扑猎物一般，扑了过去，一下咬住刽子手的一只手。这一举动疾如闪电。刽子手痛得直叫。军警跑上前，好不容易把刽子手那血淋淋的手从老婆子

名师解读

这段话完全体现了一位母亲为了保护女儿而释放出的超自然的力量。

牙齿中拉出来。她始终缄默不语，被人猛力推开，只见她的头重重地磕在石路面上；她被人扶起来，却又颓然倒下，原来她已经断气了。

刽子手始终没有丢下姑娘，他继续从梯子登上去。

二　白衣美人

心理和动作描写

这里是对卡西莫多的心理和动作描写，写出他发现爱斯梅拉达消失后的心痛和着急。

卡西莫多见小屋空了，埃及姑娘已不在里面，就在他全力保护的时候被人劫走了；他又惊讶又痛心，双手揪住头发，同时连连跺脚。

他苦思苦索，推想究竟是什么人猝然劫走了埃及姑娘，大概就在这时候，他想到了主教代理，还想起堂·克洛德有两回黑夜袭击姑娘，很快他确认是主教代理劫走了埃及姑娘。

设置悬念

卡西莫多此时的心情是非常矛盾的，如果是别人，他一定会报复，但是面对自己的义父，他什么也做不出来，感恩和忠诚抵制了他内心的愤怒，他只能让两种感情在心中对抗。

卡西莫多想到这是主教代理干的；换了别人，他会食肉寝皮，方解心头之恨，而偏偏是克洛德·弗罗洛，可怜的聋子的愤恨只好转化为更大的痛苦。

他的思绪集中到教士身上，不觉曙光照亮了扶壁拱架，他望见圣母院顶层半圆殿外围栏杆的拐角处，有个人影朝他这边走来。他认出正是主教代理。克洛德庄重地缓步走来，但是并不朝前看，目光移向北钟楼，脸也扭向那边，朝向塞纳河右岸，还高高地昂起头，仿佛极力越过屋顶张望什么。猫头鹰总爱摆出这种姿态，侧目而视：它飞向一点，眼睛却盯着另一点。教士就是这样从卡西莫多头顶上面走过而没有看见他。

这一幽灵突如其来，聋子惊得目瞪口呆，看着他钻进北钟楼的楼梯门里。读者知道，登上北钟楼，能望见府尹衙门。卡西莫多站起来，要跟踪主教代理。

卡西莫多随后登上钟楼，只是要弄清楚教士上去干什么。再说，可怜的敲钟人自己要干什么，要说什么，有什么打算，也一概不知道，他只是满腔怒火，也满腹疑惧。主教代理和埃及姑娘在他心中相撞击。

到了钟楼顶，他先是停在幽暗的楼梯口，仔细观察教士在哪里。教士背对着他。楼顶平台四周围着一道镂空的雕栏。教士胸脯贴在朝圣母桥一面的栏杆上，俯视新城的街区。

卡西莫多蹑手蹑脚地走到他的身后，想瞧瞧他在望什么。教士驰心旁骛，根本没有听见聋子走到身边。

巴黎的景观，尤其是在夏日清朗的晨曦中，从圣母院钟楼顶上眺望，更是美不胜收。这天大约是七月。天空晴朗澄净，寥寥几颗残星渐渐消隐，但有一颗格外明亮，恰巧在最亮堂的东方闪耀。太阳就要出来了。

在钟楼顶栏杆外面，就在教士驻足之处的下方，探出一个哥特式建筑物上常有的造型奇异的石头雨槽，石槽的一道裂缝中长出两棵桂竹香，在晓风中摇着盛开的鲜花，就像人一样，相对鞠躬以为嬉戏。从钟楼上面的高空里，传来鸟雀的鸣啭。

伏笔

这里作者对石头雨槽的描写为后文埋下了伏笔。

然而这一切，教士视而不见，充耳不闻。周围天地辽阔，景物繁多，而他的目光只凝注在一点上。

他就是这样看到了教士凝望的目标。在常年竖立的绞刑架旁边，已经支起了梯子；广场上聚了一些人，但是军卒的数量要多些。一个汉子在石路面上拖着一个白色物体，后面还连着一个黑色物体，走到绞刑架下便站住了。

场景描写

卡西莫多顺着弗罗洛凝视的方向，看到了绞刑架。弗罗洛此时在想什么呢？他的内心是否会为自己对爱斯梅拉达所做的事情而感到后悔？

那里发生的情况，卡西莫多一时看不清楚，倒不是他那只独眼看不到那么远，而是有一帮士兵挡住了，看不到整个场面。况且，太阳这时刚好升起来，天空霞光万道，巴黎城的所有高矗的建筑，诸如尖顶、烟囱、山墙尖角，仿佛同时燃烧起

来了。

这工夫，那汉子开始登梯子。卡西莫多这才看清楚，他肩上扛着一个女子，是个穿白衣裙的姑娘，脖子上套着一根绳索。卡西莫多认出来：那正是她。

那汉子登到梯子顶端，调整一下绳结。这时，教士双膝跪到栏杆上，以便看得清楚些。

突然，那汉子一脚踹开梯子；卡西莫多已有半晌屏住呼吸，这时他看见那不幸的姑娘吊在绞索上，而那汉子则踏着她的肩膀蹲在上面。绞索转了几转，卡西莫多看见剧烈的痉挛传遍埃及姑娘的周身。至于教士，他则伸长脖子观赏，眼珠子都要冒出来，望着那可怕的一对：那汉子和姑娘，蜘蛛和苍蝇。

就在这惨不忍睹的一刹那，教士脸色灰白，爆发出一阵魔鬼的狂笑：只有人不再是人时，才可能发出这种笑声。卡西莫多虽然听不见，但是看到了。敲钟人在主教代理身后倒退几步，突然又猛扑上去，两只大手掌狠命一推他的后背，就将他推下他所俯瞰的深渊。

名师解读

卡西莫多此前已经知道，是弗罗洛劫走了爱斯梅拉达，但是出于对义父的忠诚，他即使再愤怒，也没有做什么。可是在这一刻，当他看到弗罗洛恶魔般的大笑时，他再也忍不住了，亲手将弗罗洛推向深渊。

堂·克洛德叫了一声：“该死！”随即掉了下去。

他坠落时，刚巧被下面的石头水槽托了一下，他的双手赶紧拼命抓住，张口正要喊第二声，忽见卡西莫多复仇的可怕面孔，从他头上的栏杆边沿探出来。于是他噤声了。

脚下是深渊，但是主教代理一言不发，只是使出浑身解数，扭动着躯体，想搭着石槽上去。然而这花岗石槽没有抓处，两脚在黝黑的墙壁上乱蹬却踏不住。可怜的主教代理，在凹壁上耗尽了力气。他要攀登的不是陡壁，而是向里倾斜的墙壁。

卡西莫多只要一伸手，就能把教士拉出深渊，可是，他连看也不看一眼。他注视着河滩广场，注视着绞刑架，注视着埃及姑娘。聋子倚着的栏杆，正是刚才主教代理俯瞰的地方，他目不转睛，死死盯住他此刻在世上的唯一目标，一动不动，哑然无声，那姿态就像遭了雷击的人。有生以来，他那只独眼只流过一滴泪，现在成串的泪珠默默地流淌。

这工夫，主教代理气喘吁吁，秃头上大汗淋漓，指甲在石头上抠出了血，膝盖在墙上也蹭得皮开肉绽。他每挣扎一下，都听见挂在水槽上的教袍撕裂开线的声响。更糟糕的是，这个石槽末梢接的一根铅管，禁不住他身体的重量而弯下来。主教代理也感到这根铅管慢慢弯曲，他惊恐万分，肝胆俱裂。下面十来尺有个小台，是排列的石雕构成的。有几回绝望之余，他昏头昏脑看着窄窄的小台，心里祈求上苍，但愿能在这两尺见方的小台上了此一生。还有一回，他望望下面的广场，望望那深渊，赶紧闭上双眼，又抬起头来，吓得毛发倒竖。

两个人都沉默着，这场面相当可骇。主教代理在下面几尺的地方垂死挣扎，而卡西莫多则涕泗涟涟，凝望着河滩广场。

主教代理每挣扎一下，只会摇撼脆弱的唯一支撑点，他决定不再动弹，抱着水槽悬在半空，几乎屏住气息。然而，即使稳住不动，体力还是渐渐不支，手指从水槽往下滑，下面的景象触目惊心，他看见圆殿圣约翰教堂的屋顶，小得像对折的一张纸牌。他又逐个审视钟楼上冷漠的石雕，全都跟他一样悬在深渊的半空。周围全是石头：眼前是张开血盆大口的石头怪物；下面的渊底，则是铺石的广场；头上又是啜泣的卡西莫多。

前庭广场上聚集了几堆老实的闲人，他们不慌不忙地猜想，是什么人发疯了，这样别出心裁来寻乐子。他们说话的声音传上来，细弱但很清晰，教士听见他们说：“哎呀，他会摔得粉身碎骨！”

卡西莫多还在哭泣。

主教代理又气恼又恐惧，终于明白大势已去。不过，他还

这一次，卡西莫多对弗罗洛展示出了自己最大的冷漠，他只是极度悲伤地注视着广场那端，注视着自己心爱的姑娘爱斯梅拉达，默默地流泪。

场景描写

作者详尽地描写了弗罗洛垂死挣扎的惨状，邪恶的弗罗洛最终也将付出血的代价。

名师解读

此处对民众的描写，和鲁迅先生笔下麻木的看客有异曲同工之妙。弗罗洛的命悬一线在民众看来，只是闲暇时的乐子。

想最后拼一下，扳住水槽向上挺身，双膝同时用力顶墙壁，两手便抠进一道石缝，总算攀上去约有一尺了。然而这样一震动，支撑他的铅管猛然弯下去，同时教袍也撕开了，他立时感到身子完全失去了依托，唯独双手还抓住点什么，这倒霉的家伙闭上双眼，放开水槽，掉了下去。

卡西莫多看着他摔下去。

从这样的高度很难垂直坠落。主教代理先是头朝下，两手伸直，接着在半空转了几个圈，被风吹向一座楼房的屋顶，摔在上面，不幸的人摔断了几根骨头，不过还没有死。敲钟人看见他还要用指甲抓住山墙脊；然而顶盖太陡，他也精疲力竭，又从房顶急速滑下去，好似脱落的一片瓦，摔到铺石路面上弹跳了几下，随即不动了。

名师解读

作者将弗罗洛下坠的过程描写得十分生动。恶人有恶报，作恶多端的弗罗洛最终受到了惩罚。

于是，卡西莫多又举目看那埃及姑娘，只见她的身子吊在绞架上，隔着白色衣裙还显出临终的震颤；接着，他又低头看那主教代理，只见他尸横钟楼脚下，已经血肉模糊。这时，他从心底发出一声哀号：“噢！我所爱过的一切啊！”

三　弗比斯成亲

当天时近暮晚，主教的司法官前来检验，收走主教代理血肉模糊的尸体，圣母院里早已不见卡西莫多的踪影。

这段奇事有不少传闻。大家都不怀疑，卡西莫多即魔鬼，克洛德·弗罗洛即巫师，两者订了契约，现已到了践约的日子，魔鬼就要把巫师抓走了。有人推测，卡西莫多砸烂克洛德的躯体，取走他的灵魂，如同猴子砸开壳吃核桃仁一样。

因此，主教代理未能葬在圣地。

第二年，即一四八三年八月，路易十一死了。

至于彼埃尔·甘果瓦，他终于救了小山羊，在悲剧创作上也硕果累累。关于他在戏剧创作方面的成就，从一四八三年，朝廷的流水账就有记载："付给约翰·马尔尚和彼埃尔·甘果瓦一百利弗尔，二人是木匠和作者，为迎接教皇使节先生莅临巴黎，制作和创作了圣迹剧，并设计了角色和服装，该剧在大堡演出。"

弗比斯·德·夏多佩也有一个悲剧结局：他结婚了。

讽刺

每个人都逃不出命运的安排，经历过这些事情之后，人们的生活又回到了正常的轨道中。本节的题目是弗比斯成亲，但在作者笔下，那竟然是一个悲惨的结局，其中的讽刺意味自然不言而喻。

四　卡西莫多成亲

上文叙过，埃及姑娘和主教代理毙命的当天，卡西莫多就从圣母院失踪了。确实没人见到他，谁也不知道他的下落。

爱斯梅拉达姑娘受刑的那天夜晚，刽子手的助手按照习俗，将她的尸体从绞刑架上放下来，运到鹰山的万人窟里。

如索瓦尔所说，鹰山是"王国最古老又最壮观的绞刑台"。在圣殿和圣马尔丹关厢之间，出巴黎城垣约三百米，离库尔提有几箭之地有一个小土丘，虽然坡度徐缓而不大显眼，但有一定高度，方圆几里都能望得见。山丘顶上有一个造型奇特的建筑物，类似凯尔特人的大石台，那便是拿人祭祀的场所。

景物介绍

这里作者对位于塞纳河右岸的鹰山进行介绍。

建于一三二八年的巨型绞刑架，到了十五世纪末，剥蚀相当严重。横梁蛀迹斑斑，铁链生了锈，柱子上也长满了青苔。砌石的底座合缝都已裂开，足迹罕至的平台则长满了荒草。这座建筑由天空衬出的轮廓，显得狰狞可怖；如果在夜晚，朦胧的月光照见白头骨，或者寒风吹得铁链如骷髅咯咯作响，昏暗中无不在蠢蠢而动，气氛就更为恐怖了。这座绞刑架高耸在那

里，就足以给周围平添阴森可怖的气氛。

这座狰狞建筑的砌石底座下面是空的，辟为宽敞的地穴，出入口有一道破旧的铁栅门，里面不仅扔进了从鹰山铁链上掉下来的残骸，而且还扔进了其他绞架常年吊死的不幸者的尸体。在这万人深坑里，多少尸骨残骸同形形色色的罪恶一起腐烂；多少名宦要员，多少无辜百姓，相继来此存放遗骨，从早年算起，有在鹰山头一个受刑的义士昂格朗·德·马里尼①，一直到煞尾的另一位义士科利尼②海军统帅。

对比

这里的“善辈”与上文叙述的“罪恶”，不禁引人思考：什么是真正的善与恶。

至于卡西莫多的神秘失踪，我们发现了下面的情况。

在这篇故事结尾的事件发生之后一年半至两年，有人到鹰山地窟中来寻找奥利维公爵的尸体：两天前他被处以绞刑，但查理八世恩准移葬圣洛朗墓地，与善辈为伍。他们在惨不忍睹的残骸枯骨中寻找，发现两具骷髅，一具以奇特的姿势搂抱着另一具。其中一具骷髅是女性，上面还有白布衣裙的碎片，脖子上挂一串念珠树果实的项链，下端系着一个镶缀绿玻璃的丝绸小香囊，已经打开，里面空无一物。

场景描写

为了和爱斯梅拉达在一起，卡西莫多就这样结束了自己的生命。他用自己的行动守护着心爱的人，让我们为之感动。

这些遗物毫无价值，想必连刽子手都不会要。紧紧搂抱这具骷髅的另一具则是男性，只见那具骷髅脊椎骨歪斜，头颅缩进脖腔里，一条腿短一条腿长；不过，脊梁骨没有断裂的伤

---

①昂格朗·德·马里尼（1260—1315），法国政治家，任法王菲利浦四世的财政大臣。菲利浦四世死后，他被处以绞刑。

②加斯帕尔·德·夏蒂永，即科利尼爵士（1519—1572），曾任庇卡底总督，有战功，后来主张宗教改革，加入胡格诺教派，在圣巴泰勒米节的大屠杀中遇害，移尸鹰山再处绞刑。

痕，显然此人不是被绞死的，而是主动来此长眠。有人要把他搂抱的骷髅拉开，他的遗骸也就立时化作尘埃了。

精简点评

爱斯梅拉达被绞死在广场上，副主教被推下钟楼摔死。而自从爱斯梅拉达离开人世以后，人们再也没有见过卡西莫多，但一次偶然的机会，有人竟然发现，卡西莫多和爱斯梅拉达一起长眠在了鹰山之中。故事讲到这里，雨果便停笔了，但是我们对于爱、对于善、对于美的思考不能停止。

佳词美句

惨不忍睹　蛀迹斑斑

砌石的底座合缝都已裂开，足迹罕至的平台则长满了荒草。

这些遗物毫无价值，想必连刽子手都不要。

阅读思考

你如何理解卡西莫多选择来鹰山长眠？

读后感

（一）

之前一直不明白为什么要读书，说得更具体一点，就是为什么要读名著？幸好，在我拜读了《巴黎圣母院》之后，答案开始明晰。就像今天看的一部讲顾城、海子诗歌的书中说的那样，欣赏一件艺术品，不是为了从构思、技巧上面分析、揣测它，重要的是透过它让自己进一步了解生活，明确怎么去生活。明白什么是爱，健康的爱，该怎么去爱，正确地爱，是我从中得到的最大收获。

分析弗比斯、弗罗洛、卡西莫多这三个喜欢爱斯梅拉达的人物，弗比斯对爱斯梅拉达的迷恋，只不过是因为他好色，虚伪的他游走在两个女人之间，天真的爱斯梅拉达爱错了人。

毫无疑问，弗罗洛是一个自私、伪善的人，虽然他扭曲性格的形成和中世纪的宗教压迫有很大关系，但也和他自我的道德沦丧密不可分，所以他虽然可悲，却不值得同情。他总是为自己的沦丧寻找冠冕堂皇的借口，甚至认为让他步入深渊的是爱斯梅拉达。面临选择时，很多人的脑袋里都会有“天使”和“恶魔”在挣扎，弗罗洛也一样，而作为神职人员的他，却总是选择后者，或许他自己都不曾意识到自己找了那么多借口，这就是他最可悲的地方。而他对爱斯梅拉达的爱和他所做的一切，只不过是为了满足自私的占有欲。我们不能说弗罗洛的爱不是爱，但这种爱是不健康的、扭曲的，它带给双方的只能是无尽的伤害和痛苦，这样的爱是不会有好结局的。

那么，卡西莫多的爱呢？他的爱的出发点，以及他为爱斯梅拉达所做的一切，都是为了让她快乐、幸福、满足。为了她，他去求弗比斯和她见面；为了她，他每天送去新鲜的面包和水；在所有人都抛弃她的时候，只有他依然守护在她的身旁。是的，我想，真正的爱就是这样吧，站在她的角度爱她。

（二）

在十九世纪群星灿烂的法国文坛，维克多·雨果可以说是最璀璨的一颗明星。他是伟大的诗人，声名卓著的剧作家、小说家，又是法国浪漫主义文学运动的旗手和领袖。这部伟大的作品《巴黎圣母院》，是他第一部引起轰动效应的浪漫派小说，它的文学价值和深刻的社会意义，使它在经历了将近两个世纪的洗礼之后，仍然被一遍遍地被翻印、重版，从而来到我们的手中。

在阅读这本书的过程中，我感受到了强烈的“美丑对比”。书中的人物和事件源于现实生活，但是被大大地夸张和强化了，在作家的浓墨重彩之下，构成了一幅幅绚丽而奇异的画面，形成尖锐的，甚至是难以置信的善与恶、美与丑的对比。

这是一个耐人寻味的故事，情节生动感人，它形象地讲述了旧社会的不平等与封建制社会的黑暗，似乎作者要以这个题材牵引着人们进行深度思考。这本书反映出人世间各种各样的人生，而一个人的一生能够体验的各种酸甜苦辣，雨果都把它诠释在了这本书中。我觉得故事中的人物个性鲜明，看后让我真正感受到了人类的善与恶。卡西莫多奇丑无比，可他并没有就此厌倦人世、憎恨所有人，而是一直任劳任怨地为人们服务，他又一次次把爱斯梅拉达从罪恶之人的手中救回……他图什么？难道就为了让人们不惧怕他吗？不可能。因为人们永远也不可能对这个丑陋的大怪物好。在《巴黎圣母院》中，作者以极大的同情心描写了巴黎最下层的人民、流浪者和乞丐。他们衣衫褴褛、举止粗野，却拥有远远胜过那些所谓的有教养、文明世界中人的美德——互助友爱、正直勇敢、舍己为人。

考点透视一

一、填空题

1. 作者将门楣上花瓣格子的透亮小圆窗比作 ______________。

2. 扮演朱庇特的人是 ______________。

3. 那个“平息了风暴”的陌生人，和 ______________ 的对话，引起了头一排观众中 ______________的注意。

4. 圣迹剧刚开场时，______________ 的到来，引起了大堂众人的骚动。

5. 被打断的圣迹剧继续演出时，______________打断了演出，提出了选取“丑大王”活动。

6. 鬼脸怪相表演开始。从窗洞探出的第一张面孔，______翻出来，______咧到耳根子，______重叠。

7. 对卡西莫多的长相描述是：大脑袋上 ________________；两个肩膀之间突出一个________，同隆起的鸡胸取得平衡；从胯骨到小腿，整个下肢完全错了位，只有双膝能勉强合拢，从正面看去，两条腿恰似手柄合拢的 ________，双脚又肥又宽，一双手大得出奇。

二、问答题

1. 圣迹剧的演出，中途被打断了几次？每次都是什么原因？

____

____

2. 圣迹剧的作者叫什么名字，从文中描述可以看出，他是一个怎样的人？

____

考点透视二

一、填空题

1. 甘果瓦有两种身份，一种是 ＿＿＿＿＿，另一种是 ＿＿＿＿＿。

2. ＿＿＿＿＿ 和 ＿＿＿＿＿ 第一次绑架了爱斯梅拉达。

3. 爱斯梅拉达的爱宠是一只名叫 ＿＿＿＿＿ 的 ＿＿＿＿＿。

4. 甘果瓦被 ＿＿＿＿＿ 抓进了奇迹宫廷。

5. ＿＿＿＿＿＿＿救出了被劫持的爱斯梅拉达，他的身份是 ＿＿＿＿＿＿＿。

6. 甘果瓦晚饭吃的食物是 ＿＿＿＿＿＿＿＿＿＿＿＿＿＿＿＿＿＿＿＿＿ 。

7. 爱斯梅拉达在 ＿＿＿＿＿跳着舞，周围还有围着篝火的观众。

8. 爱斯梅拉达从胸襟里掏出一个 ＿＿＿＿＿＿＿＿＿，它是一个吊在脖子上用＿＿＿＿＿穿成的项链。小香囊发出一股强烈的 ＿＿＿＿＿，外面有 ＿＿＿＿＿ ，正中镶了一大颗 ＿＿＿＿＿＿＿＿＿＿＿＿＿＿。

9. 爱斯梅拉达在跳舞时手敲的是 ＿＿＿＿＿＿＿＿ 。

二、问答题

1. 爱斯梅拉达为什么要救下甘果瓦？

＿＿＿＿＿＿＿＿＿＿＿＿＿＿＿＿＿＿＿＿＿＿＿＿＿＿＿＿＿＿＿＿＿＿

2. 女主人公爱斯梅拉达的人物形象是怎样的？

＿＿＿＿＿＿＿＿＿＿＿＿＿＿＿＿＿＿＿＿＿＿＿＿＿＿＿＿＿＿＿＿＿＿

＿＿＿＿＿＿＿＿＿＿＿＿＿＿＿＿＿＿＿＿＿＿＿＿＿＿＿＿＿＿＿＿＿＿

＿＿＿＿＿＿＿＿＿＿＿＿＿＿＿＿＿＿＿＿＿＿＿＿＿＿＿＿＿＿＿＿＿＿

3. 新登基的丑大王卡西莫多看到了主教代理弗罗洛后，他做了什么？

＿＿＿＿＿＿＿＿＿＿＿＿＿＿＿＿＿＿＿＿＿＿＿＿＿＿＿＿＿＿＿＿＿＿

＿＿＿＿＿＿＿＿＿＿＿＿＿＿＿＿＿＿＿＿＿＿＿＿＿＿＿＿＿＿＿＿＿＿

考点透视三

一、填空题

1. 建筑艺术最伟大的作品，主要不是 ________ 的创造，而是 ________ 的创造，主要不是 ________________ 的灵感，而是 ________________ 的成果。

2. ________ 是建筑师，________ 是泥瓦匠。

3. 欧洲的建筑分成三个相互重叠的带：______ 、________ 和 ________ 。

4. ________ 河流经巴黎城区。

5. 巴黎共有 ______ 座城，分别是 ______ 、______ 和 ________ 。

6. 新城位于塞纳河的 ________ 岸。

7. 当年的巴黎，不仅是一座美丽的城市，而且风格统一，是中世纪历史和建筑艺术的产物，是一部 ____________________。

8. 从正面看，巴黎圣母院一共有 ________ 个层次。

9. 老城当时有五座桥，右岸三座：________、________和 ________；左岸两座：________和 ________。

10. 新城四府后面的王宫是 ____________________。

二、问答题

1. 文中提到的哪些建筑有哥特式和罗曼式两种建筑式样？

____

2. 请列举出巴黎新城的建筑物。

____

____

____

____

参考答案

考点透视一

一、填空题

1. 饰以花边的星星　2. 米歇尔·吉博纳　3. 米歇尔·吉博纳（或朱庇特）　两位年轻女子　4. 红衣主教　5. 科坡诺勒老板　6. 红眼皮　嘴巴　脑门皱纹　7. 倒竖着棕红色头发　大驼背　两把弯镰

二、问答题

1. 圣迹剧的演出中途被打断了三次，第一次是因为红衣教主的到来，第二次是被卖袜子的商人科坡诺勒老板打断（丑大王的选举），第三次是因为爱斯梅拉达的出现。

2. 圣迹剧的作者叫彼埃尔·甘果瓦，他是一个懦弱无耻的落魄诗人。

考点透视二

一、填空题

1. 诗人　哲学家　2. 弗罗洛　卡西莫多　3. 佳利　山羊　4. 三个乞丐　5. 弗比斯·德·夏多佩　羽林军骑卫队长　6. 一块黑面包、一片肥肉、几个皱巴苹果、一罐麦花酒　7. 河滩广场　8. 长方形小香囊　念珠树籽　樟脑味　绿绸子套　仿绿宝石的玻璃珠　9. 巴斯克手鼓

二、问答题

1. 因为爱斯梅拉达是一个善良的人，她不忍心看到甘果瓦被吊死。

2. 作者将爱斯梅拉达刻画成一个美好的存在，她长得非常漂亮，舞姿灵动、歌声优美，是个多才多艺、活泼可爱的少女；她不喜欢甘果瓦，但为了救他，和他成为名义上的夫妻，是个内心善良的姑娘。

3. 卡西莫多卑恭地跪在了弗罗洛的面前，极力哀求，任由他发泄怒火。之后，当弗罗洛被人们围住、叱责时，卡西莫多又吓退众人，护送他离开。

考点透视三

一、填空题

1. 个人　社会　天才人物　民众劳动　2. 时间　人民　3. 罗曼带　哥特带　文艺复兴带（或希腊 – 罗马带）　4. 塞纳　5. 三　老城　新城　大学城　6. 右　7. 用石头撰写的编年史　8. 五　9. 圣母院桥　钱币兑换所桥　磨坊桥　石头小桥　圣米歇尔大桥　10. 圣波耳宫

二、问答题

1. 巴黎圣母院、圣德尼拱门、圣日耳曼教堂的大殿和博舍维尔教务会的大厅。

2. 儒伊府、桑斯府、巴尔博府、王后宫、圣波耳宫、小缪色公馆、圣摩尔神甫公馆、埃唐普伯爵府、巴黎府尹公馆、昂古莱姆公爵府、小塔宫、巴士底城堡、大堡、圣雅各教堂、大柱楼、圣热维教堂、圣梅里教堂、圣约翰教堂、圣卡特琳教堂、圣殿教堂、圣马尔丹教堂、位于圣德尼街与蒙多戈伊街之间的修女院、卢浮宫等。